RESTIF DE LA BRETONNE
(1734-1806)

Nicolas-Edme Restif, mais conhecido como Restif de La Bretonne, nasceu no interior da França em 1734 e morreu em 1806 em Paris. Tipógrafo na juventude e mais tarde novelista extremamente prolífero, nenhum dos aspectos da vida e da sociedade francesa do século XVIII lhe escapou. Um reformista social cheio de intenções moralistas, Restif foi igualmente o autor de uma obra erótica que lhe valeu o título de "Rousseau de sarjeta". Grande parte de seus livros é de inspiração autobiográfica, como *La Vie de Mon Père* (1779), um quadro vívido da vida camponesa da época, ou sua autobiografia *Monsieur Nicolas* (1794-97), cujo cenário é, em grande parte, o submundo parisiense. Sua imaginação extraordinária, porém, mistura fato e ficção de forma inextricável na maioria de seus livros, como neste *Anti-Justine*, agora publicado.

Leia também na Coleção **L**&**PM** POCKET:

Anti-Justine – Restif de la Bretonne
Os crimes do amor – Marquês de Sade
O marido complacente – Marquês de Sade
Fanny Hill – John Cleland
A ninfomania – D. T. Bienville
O sofá – Crébillon Fils

Restif de La Bretonne

ANTI-JUSTINE

Tradução de Marina Appenzeller

www.lpm.com.br
L&PM POCKET

Coleção **L&PM** POCKET, vol. 444

Primeira edição na Coleção **L&PM** POCKET: setembro de 2005
Esta reimpressão: junho de 2010

Título do original: *L'Anti-Justine ou Les délices de l'amour*

Tradução: Marina Appenzeller
Tradução do prefácio e posfácio: Márcio Dornelles
Revisão: Renato Deitos
Capa: Ivan Pinheiro Machado sobre desenho de Rotundo *in Ex libres eroticis 2* (L&PM, 1990).

ISBN 978-85-254-1439-7

L126a La Bretonne, Restif de
              Anti-Justine / Restif de La Bretonne; tradução de
       Marina Appenzeller. – Porto Alegre: L&PM, 2010.
       240 p.   18 cm. – (Coleção L&PM POCKET)

       1.Ficção francesa. I. Título. II.Série.

                                        CDD 843.03538
                                        CDU 840-993

Catalogação elaborada por Izabel A. Merlo, CRB 10/329.

© da tradução, L&PM Editores, 2005

Todos os direitos desta edição reservados a L&PM Editores
Rua Comendador Coruja 314, loja 9 – Floresta – 90.220-180
Porto Alegre – RS – Brasil / Fone: 51.3225.5777 – Fax: 51.3221-5380

Pedidos & Depto. Comercial: vendas@lpm.com.br
Fale conosco: info@lpm.com.br
www.lpm.com.br

Impresso no Brasil
Outono de 2010

SUMÁRIO

VIAGEM AO CENTRO DA CARNE 7
ADVERTÊNCIA 16
PREFÁCIO 17

PRIMEIRA PARTE

I. Da criança que entesa 21
II. Da cona sedosa 23
III. Da mãe fodida 26
IV. De um outro cunhado chifrudo 28
V. Do bom marido espartano 30
VI. Da esposa enrabada 33
VII. Da coninha de pêlo fátuo 35
VIII. Das condições de casamento 38
IX. Das compensações 41
X. Do marido infame 42
XI. Virgindade destinada a varas grandes, resolvida por uma pequena 46
XII. Do mais delicioso dos incestos 49
XIII. Da cona e do cu vendidos 52
XIV. O jovem, a moça, o monge 56
XV. Do fodedor à Justine 59
XVI. Fodedor, armazém, enterro, amor 63
XVII. Da virgindade do cu, o pai metedor 67
XVIII. Dos conselhos paternos, o pai mantendo a vara enfiada na cona da filha 70
XIX. Do pai justo e da vara grisalha 73
XX. Ah, como ela foi fodida 77
XXI. Da lembrança e do episódio 82
XXII. Da fodedora que volta a ter apetite 85
XXIII. Da ternura filial. Amor paterno 88
XXIV. Da obra-prima de ternura paterna 92

XXV. Do bom pai que manda foderem sua filha 95
XXVI. Advertência muito útil ao leitor e ao autor 100
XXVII. Do início das grandes fodas 101
XXVIII. Da foda no rabo e na cona 106
XXIX. Da foda no rabo e na cona (continuação) 109
XXX. Uma nova atriz. Dança negra 112
XXXI. Da Picaretada, do Picaretado, do Picaretador ... 115
XXXII. Continuação da história. Picaretadinha. Dez anos depois 117
XXXIII. Da coninha saboreada 119
XXXIV. Da fodedora sensata. História 125
XXXV. Do homem de rabo 127
XXVI. Da gança insaciável (história da senhora Guaé) ... 136
XXXVII. O homem peludo, a Conaveludada, Linars etc. (Continuação da história da senhora Guaé) 161
XXXVIII. Dos seis fodedores para três fodidas (Continuação da história da senhora Guaé) 171
XXXIX. Da conclusão da história das três ganças (Fim da história da senhora Guaé) 176

SEGUNDA PARTE
XL. Da poltrona 185
XLI. Das conas barbeadas 187
XLII. Vara inesperada 190
XLIII. O ciúme das duas coninhas 196
XLIV. Minone e Conetta outrora desvirginadas. A vigília 199
XLV. Do remate de foda 204
XLVI. Ceia de despedida. Ação de graças da senhora Varanegra 207
XLVII. Primeira negociação da cona de minha filha ... 210
XLVIII. Repetições que fazem entesar 214
Glossário 219
Posfácio 220
Nota biográfica 233

PREFÁCIO

Viagem ao centro da carne

Anti-Justine não é para se colocar entre todas as pernas. Ela poderia deixar marcas, não tivesse aqui e ali os sinais de um desejo desmedidamente exasperado. Eis enfim uma obra "desejável" para ele, "molhada" para ela, da diva Imoralidade dos tempos passados. Era a época em que as supremas licenciosidades não se chamavam ainda "pornografia", versão mercantil da audácia lúbrica. Na santidade como no deboche, no sublime como na blasfêmia, não cessamos nossas dívidas com os Antigos, os que tinham tanto saúde para cantar o diabo como talento para encantar a Deus.

Restif nos oferece um raro dom, de uma tonalidade sem exemplo na modernidade. Seu júbilo pelo inadmissível é tão natural, tão *fresco* como um puro entusiasmo pela perfeição. Todos os esforços dos ideólogos do sexo para abrasar nossos sentidos, e, na verdade, liberá-los, esbarram numa objeção bem atual: vara e verve não são mais solidárias, a não ser numa idéia nostálgica da festa. Através de seus libertinos, o século XVIII do *Inferno* nos restitui um ritmo, uma profusão, uma inocência do mal cujas trepidações remontam à primeira idade da humanidade lúbrica. A transgressão nela é alegria da mesma forma que a adoração. O vício resplandesce, feliz por ser o vício, e não se envergonha em não poder se impedir de o ser. A luxúria é o justo extravasamento, o privilégio do excesso oposto à desgraça da moderação. Esse fanatismo do coito excita o surgimento de indivíduos superiores, sacralizados por sua intemperança mesmo, apenas extraviados dos colossos mitológicos.

Restif responde magnificamente a Sade. Seu *Anti-Justine* é a pesquisa lírica dos delírios compartilhados, uma procura mais solitária que herética de um tudo-é-permitido, exceto o sofrimento, exceto a humilhação ou a escravidão. Esse turbilhão de obscenidades tem sua luz, fornecida pela reciprocidade dos atrativos.

Sentimos aqui, por comparação, o quanto o erotismo crispado, freqüentemente crepuscular, do fim do século XX deve ao Marquês. O que era furor e loucura de um gênio encarcerado, paroxismos alimentares, apelos do sexo à pulverização dos limites, transforma-se, intelectualizado pela elite dos fanáticos dos pêlos pubianos, numa aventura esotérica, com seus arcanos, seus ritos, e até sua "mística". Com o que é necessário de pompa para a estética dos atos, e o que é necessário em matéria de sangue para sua crueldade. Desconfio dessas composições sábias feitas para excitar desencarnados, delírios de pseudo-importantes explodidos nos êxtases pseudocientíficos e nas proezas insignificantes.

Essas paixonites surdamente confessadas, divulgadas a meia voz pelas mundanidades torturadoras, sem dúvida alargaram o campo das perversões. Não abriram o dos instintos. Contudo, a maior parte dos herdeiros – ou os que pretendem ser – de Sade não fazem mais que traduzir um dos aspectos irreversíveis da evolução dos costumes: longe de ser liberada, a sexualidade esposa os movimentos redutores da vida, impostos pelo culto do Progresso. No implacável processo de *desnaturação* em todas as coisas a que assistimos, ela paga seu tributo à *Feiúra* soberana, ao reino dos computadores. Seria preciso urgentemente subtrair nossas pulsões mais demoníacas, nossas obsessões menos legítimas aos charlatões das nádegas e outras multinacionais da anormalidade. Subtraí-las aos teóricos do sex-shop, aos paladinos acanalhados da renovação libidinosa, nisto abençoados por um sacerdócio anal, que os faz triunfar apenas num determinado ponto: a superpopulação dos divãs. Neste sentido, pode-se dizer que *Anti-Justine* é *também* um *Anti-Emmanuelle* por antecipação. Muito distante das pesquisas sobre a quadratura do sexo entre os burgueses doentes de tédio. Longe, ainda, dessas narrativas em que cada contorno de impotência, cada fracasso infligido ao fastio se paga invariavelmente com complexos pruridos futuros. *Anti-Justine* seria, enfim, como uma *Histoire d'O* (História d'O) derrubada, reviolada por brutos, recambiada toda estripada, visceralmente rejuvenescida, nos começos do prazer.

Com este livro, é toda a infância de ardentes desregramentos que nos é devolvida, a música livre dos desejos de orgia. De um salto, de um grande salto ao outro, a penetração é a regra, o orgasmo uma certeza. Para o leitor, enfim reconciliado com seu velho sonho paradisíaco, eis o falo infinito ereto, a vagina cheia de viscosidade. Sob o pronto-para-plantar, nada tarda a nos deixar boquiabertos. O que nos inebria é a unanimidade dos arrebatados em volta das chamas, sem distinção de sexo. A fúria de foder e a furibunda necessidade de ser fodida fazem com que se tornem um só. Machos e fêmeas participam da mesma felicidade de gozar. As mulheres são encantadoras em sua aquiescência a tudo e a qualquer coisa, belas nas suas impudicas aspirações. Não dizendo jamais não, e freqüentemente tomando a dianteira do delírio, elas nos fazem negligenciar o sabor de uma doce resistência, de uma "demora a sucumbir". Com elas se esquece o picante das estratégias anteriores ao assalto final, as negaças da oferta (sutil) e da recusa (momentânea), e seu cortejo de *frissons*, esses artifícios do prolongado hálito do predador sobre a presa, como em Choderlos de Laclos. Eis aí um conto de fadas em que as fadas estão nuas, vorazes, impacientes, e as braguilhas são mágicas. Realmente é preciso que se tenha sido muito bem-educado, ou mal-nascido, para repugnar tais ofertas da carne. Alguma coisa nos perturba, não sendo nem a ambigüidade dos toques nem os vislumbres da tara, mas simplesmente o vigor desenfreado dos gestos do festim. É pouco dizer que esses humores têm humor: eles extravasam. O exagero das cenas, o inverossímil das façanhas engendra uma doce vertigem, uma crepitação no mais profundo do ser, agradável como uma primeira emoção em jovens testículos.

Quanto a mim, amo esse ritmo perfeito das monstruosidades que se precipitam. As fornicações dançam, giram, *ousam* até a loucura. Há carnaval nessa exibição de pênis e de bocetas inflamadas dos melhores sumos, levados à temperatura do inextinguível por incandescências de indecência. No coito habitável, vamos e voltamos, movidos por uma coisa maravilhosa com perfume de escândalo. Em tal lugar, os fenômenos labirínticos são irrelevantes. Nem as missas negras, nem os róseos deveres. Entramos nas intimidades do fogo como numa anomalia familiar. Pelo menos num dos vestíbulos de nossa memória já percorremos, um dia, esses atalhos que levam da apetência sem freio às fúrias insaciáveis.

Não há nada, na ordem das paixões indecorosas, que uma cadência de palavras não possa multiplicar até o insustentável. Um extremo arrasta ao outro, e cada um deles possui a demência contagiosa, o espasmo recrutador. Assim escreve Restif, mestre na arte de excitar sem aborrecer. Seu verbo realiza milagres, entre os quais o de fazer de uma iminência de tédio uma promessa de assombro. O obsceno salta no momento em que se pensa que vai soçobrar. O melhor, nessas histórias em que a repetição é um engodo, é se abandonar ingenuamente à feroz e alegre vontade do autor em nos associar a seus desafios. Pouco importa, no fundo, que os limites que ele pretende abolir sejam definitivamente mais da ordem do tesão que da razão. Nesse vocabulário pronto a se superar, em vão se procuraria uma flacidez sonora, um momento frígido de expressão literária. É assim, como que se lamentando de uma maneira lapidar, que Restif nos anuncia uma pausa. Adivinha-se que ela está carregada, pesada de sonhos úmidos, de langores, de suspiros, de ondas bestiais, de preparativos de cópula. O repouso de uma "concha", o sossego de um "timão". Em quatro ou cinco palavras largadas ao léu, o autor retoma forças, pois já retornam os verdadeiros nomes, carnudos, enfáticos, sangrentos, apaixonados, da glande ressaltando sobre o orifício banhado. Quando o vejo tão exímio em seus delírios, imediatamente reencontro a volúpia de ler.

A credibilidade do texto se torna secundária, um problema até irrisório quando se pensa nele. Obedeço ao charme, subscrevo o impossível. Nesse caso, mais desesperado, nada é tão deleitável como ceder ao ato que passa, desincumbido de correr atrás dele. Nunca se sabe: não é de imediato que semelhante exuberância cairá a nossa frente. Trata-se de ser imoderado com esta imoderação, monstro com esta monstruosidade. Para além de nossas enfermidades, e da amarga visão que temos de nossas misérias protéicas, existe isto: uma escrita revigorante, sem atavio nem artifício, elevada à suculência de extravagâncias por arrebatados em júbilo.

Que se perdoe um escritor, emboscado em seus terrores e que vela à noite sem ilusões diurnas, de se divertir assim, às custas de sua própria seriedade. Pois confesso: mesmo sem compartilhar de toda esta exorbitância, eu teria sido capaz, ao curso desta leitura, de partilhar todas as extravagâncias, daquelas que sujam àquelas que superhumanizam. Assim são as obras de hemorragia épica (minhas amor-ragias): ou elas o excluem, ou o confinam. Fui esse prisioneiro exemplar, mais inclinado a "andar" que a duvidar, mais "sensorialmente" escrupuloso em acreditar, rir, participar, do que em analisar. Em suma, conheci bem a boceta, a bocetinha, a bocetona, a bocetita de *Conquette-Ingénue* (Conchette-Ingênua). Eu explorava as de Rosamalva, de Ternolírio, de Minone. Acariciei os pés ("mas como esses pés procurados permanecem sempre condenados"), eu beijei sapatos, enquanto que, manifestamente na vida, ignoro este fetichismo. Parece-me que fui o comparsa super excitado de Linguet, Varanegra, Varacruel, Physisthère, Traçodeamor, e até do horrível monge ginovoraz Fodeamorte, que me legou algumas sobras. Fui, portanto, associado a inúmeras atividades relativas ao malefício epidérmico, e envolvido nos assuntos esgotantes que nossa ética reprova. Ninguém duvida que fui alternadamente vizinho desse esperma inesgotável, perdido numa floresta de falos, e *voyeur*, em algum lugar, numa garupa de beleza arruinada. Sim, creio ter sonhadoramente esvaziado, revolvido, raspado o ventre ao ritmo dessa canalha arfante, ávida de luxúria, pronta a relegar o moralmente estabelecido e fisiologicamente circunscrito à classe de baboseiras, de ninharias da racionalidade, de coisas sem valor para os notários da concupiscência.

O rompimento é raramente sedutor. Contudo, aqui, a sedução rompe. E o que é que faz correr o fascinado senão a rapidez da armadilha onde ele *ama* cair, estas ações acumuladas, fulgurantes, do subjugante sobre o subjugado? Eis por que, na verdade, fiz todos os esforços para *alargar*, todos os cuidados para *lubrificar*. Lembrei-me, com essas turgescências loucas, que eu *desvaginava*, todo prazer sendo para mim me "retirar de uma vagina", não mais "dizer baboseiras". Apenas lamentei que, neste livro, se faça excesso de ablução. Eu esperava mais odores, abandonos íntimos, algumas satânicas delícias ligadas a abandonos animalescos. Mas a sensibilidade da epiderme é espessa, tão crua que se esquece dessas estranhas delicadezas. Respiram-se as fragâncias do momento, não os maus odores estagnados. Os ruídos estão lá para nos ninar, um lancinante crescente musical que finaliza em estertores.

Mas há ainda mais. Jamais, na convulsiva saga dos tabus, o incesto foi tratado como aqui, com tanta alegria e ingenuidade tão desarmante. Ele se exibe como uma travessura dos sentidos não educados, como uma proibição alegremente exumada, tão elegante no impudor quanto enfeitada na licenciosidade. Toda uma diabrura de palavras nos convida a gozar dos folguedos malditos, fosse apenas para constatar a queda da maldição, anulada por não sei qual diligência ou ardor em exaltar o delito. Em momento algum temos a impressão de uma transgressão, quer fosse ela pacientemente urdida. A heresia do ato, vomitante de incontinência, se legitima sem explicação. Pelo menos, uma certeza: os amantes se excitam um com o outro, um no outro, sem mesquinharia na intensidade das ofertas. A filha elegeu seu pai como o melhor dos machos. O pai designou sua filha como a fêmea perfeita. O resto, independentemente das permutações de parceiros, das numerosas trocas, misturas e condimentos de todos os gêneros, extensão ao infinito da avidez do estupro, o restante, digo eu, é embriaguez a dois, ardor e consanguinidade se impulsionando para o orgasmo. Algumas considerações fazem pensar que Conchette, sob seu genitor, se excita com a idéia de recomeçar seu nascimento, ou ser desvirginada por uma violência paternal. Minha opinião é que o privilégio que cada um dá ao sexo do outro, esta dupla superioridade incessantemente louvada, celebrada, elogiada, talvez seja como que a racha secreta da obra.

Existe neste par de furiosos familiares, em sua afirmação repetida, mutuamente galvanizada, da excelência dos atributos, e do caráter insubstituível dos prazeres que usufruem juntos, uma maneira de *fidelidade,* arrebatada pelas distrações mas, no entanto, sempre ressurgente. Sob a onda das libertinagens, sob a luxúria dos cinismos, as palavras chegam a criar o instante de uma torridez que parece muito com uma *afeição*. Alguma coisa de frágil, de furtivo, uma estranha emoção, lá onde os sentimentos estão banidos, e com razão. Dir-se-ia um sopro de amor além do físico, rapidamente apagado, mas sem dúvida autenticável, a espreitar mais de perto. Em seu apogeu, este incesto nos manda alguns sinais de ternura, ao uso dos românticos perdidos.

Permito-me recomendar *Anti-Justine* aos decepcionados com o tolo realismo: sexo explícito nas salas escuras, a lição de posições de A a Z nas caras revistas. Não trocaria este livro, modelo de truculência, todo o insensato dos sentidos à mão dos campeões do pecado, por essas representações laboriosas da antiga necessidade de viver com seus demônios. Que criatura dotada de entranhas, mesmo pouco ardentes, que detrator titubeante deste século de frieza, de trapaça, de investimento na neurose, poderia permanecer indiferente à plenitude de um tal canto? Até na infâmia ou na perversidade – todas duas bem-alimentadas, estalando de saúde, repletas de vinho – descobrimos, na leitura, modos de sentir que poderíamos acreditar em via de desaparecimento. Acho que percebi, por extremecimento, uma qualidade de selvageria, uma superabundância de vida atualmente rara. Creio ter escutado irreligiosamente a palpitação dos antepassados, encorpada pela inspiração do feiticeiro. Tal era o sabor deste verbo degustável, lido como álcool – obrigado, arte de Baco.

Concebida originalmente como uma inconveniência para meter medo, a obra adquiriu em duzentos anos as marcas de um benefício consolador. O imundo de ontem vale mais que o mundo de hoje. Ele transpassa com um dardo ardente nossos tédios, nossas melancolias, nossas vocações mortas de torcer o pescoço da lógica. Recebamos esta obra com a exaltação daquele que deixa soprar em si a purificante tempestade.

Marcel Moreau

ADVERTÊNCIA

Que desculpa pode dar a si mesmo o homem que publica uma obra como a que se vai ler? Tenho milhares delas. O objetivo de um autor deve ser o prazer* de seus leitores. Nada contribui mais para a felicidade do que uma leitura agradável. Fontenelle dizia: "Nenhuma dor resiste a uma hora de leitura". Ora, de todas as leituras, a mais estimulante é a de obras eróticas, sobretudo se estas são acompanhadas de figuras expressivas. Displicente com relação às mulheres há muito tempo, a *Justine* de Dsds** caiu em minhas mãos. Deixou-me em chamas. Quis gozar, e com fúria: mordi os seios de minha montaria, belisquei-lhe os braços... Envergonhado por meus excessos, efeitos de minha leitura, fiz para mim um *Erotikon* saboroso, mas não cruel, que me excitou a ponto de me fazer engolir uma manca corcunda de dois pés de altura. Aceitai-o, lede-o, fareis o mesmo que eu.

---

* Que os leitores, os puristas e os eruditos de todos os tipos me perdoem por alguns termos modernos que fui obrigada a empregar no texto para seguir à risca a vontade do autor: proporcionar prazer aos leitores. (N. da T.)

** Abreviação de: de Sade. (N. do E.)

PREFÁCIO

Ninguém se indignou mais do que eu com as obras sujas do infame Dsds, ou seja, com *Justine, Aline, Le Boudoir* e *A teoria da libertinagem*, que li na prisão. O celerado só apresenta as delícias do amor para os homens acompanhadas de tormentos e da própria morte para as mulheres. Meu objetivo é fazer um livro mais saboroso que os seus, que as esposas poderão dar para seus maridos lerem a fim de serem melhor servidas por eles, um livro em que os sentidos falarão ao coração, em que a libertinagem nada terá de cruel para o sexo das Graças e antes lhes devolva à vida do que lhes cause a morte, em que o amor, levado de volta à natureza, isento de escrúpulos e preconceitos, só apresente imagens risonhas e voluptuosas. Ao lê-lo todos irão adorar as mulheres e irão mimá-las metendo em suas conas. Mas todos abominarão ainda mais o vivissecionista, o mesmo que foi tirado da Bastilha com uma longa barba branca a 14 de julho de 1789. Que a obra encantadora que publico possa derrubar as suas!

Um mau livro com boas intenções.

Eu, Jean-Pierre Linguet*, no momento detido na Conciergerie, declaro que só compus essa obra, entretanto saborosa, com intenções úteis. O incesto, por exemplo, só se encontra nela como equivalente, para o gosto corrompido dos libertinos, às horríveis crueldades pelas quais Dsds os estimula.

Floreal, ano 2

---

* *Anti-Justine* foi originalmente atribuída, pelo próprio Restif, a M. Linguet. (N. do E.)

PRIMEIRA PARTE

CAPÍTULO I

Da criança que entesa

Nasci numa aldeia perto de Reims, e meu nome é Cupidonet. Desde criança gostava de moças bonitas. Meu fraco eram principalmente pés e sapatos bonitos, no que eu me parecia com o Grande Delfim, filho de Luís XIV, e com Thévenard, ator da Ópera.

A primeira moça que me fez entesar foi uma camponesa formosa que me levou às vésperas, as mãos sem luvas pousadas nas minhas nádegas. Fazia cócegas em meus culhõezinhos e, ao sentir-me entesar, dava-me um beijo na boca com um arrebatamento virginal, pois ela era quente porque era sensata.

A primeira moça em quem toquei levado por meu gosto por belos sapatos foi à primeira de minhas irmãs mais novas, que se chamava Jenovesette. Eu tinha oito irmãs, cinco mais velhas de um primeiro casamento de meu pai, e três mais novas. A segunda das mais velhas era de uma formosura sem par: falarei dela mais tarde. O pêlo da joinha da quarta era tão sedoso que só tocá-lo já era uma volúpia. As outras eram feias. As três menores eram todas provocantes.

Ora, minha mãe preferia Jenovesette, a mais voluptuosamente bonita e, de uma viagem que fez a Paris, trouxe-lhe sapatinhos delicados. Vi-a experimentando-os e tive uma violenta ereção. No dia seguinte, domingo, Jenovesette pôs meias novas, finas e brancas de algodão, um corpete que lhe apertava a cintura e, com seu rebolar lúbrico, apesar de tão jovem, fez meu próprio pai entesar, pois ele disse à minha mãe para mandá-la embora (eu estava escondido debaixo da cama para melhor ver o sapato e a canela de minha bela irmãzinha)... Assim que minha irmã saiu, meu pai derrubou minha mãe e tocou seus carrilhões ao pé do leito sob o qual eu me encontrava, enquanto lhe dizia:

– Oh! Cuidado com vossa cara filha! Ela terá um temperamento furioso, estou vos avisando... Mas ela tem por quem puxar, pois meto bem! E agora, dai-me esse suco de cona, como uma princesa...

Percebi que Jenovesette estava ouvindo e assistindo... Meu pai tinha razão. Pouco depois, minha bela irmãzinha foi desvirginada por seu confessor e, em seguida, fodida por todos. O que só a tornou ainda mais sensata.

Depois do jantar, Jenovesette veio ao jardim, onde eu estava sozinho. Eu a admirava, entesado. Abordei-a, apertei-lhe a cintura sem falar, toquei seu pé, suas coxas, uma coninha imberbe e... que lindinha! Jenovesette nada dizia. Então, fiz com que ficasse de quatro, isto é, apoiada nas mãos e nos joelhos e, à imitação dos cães, eu queria atravessá-la uivando e refreando com toda a força, como faz o cão, e comprimindo-lhe muito as virilhas com minhas duas mãos. Eu a fazia dobrar a cintura, de maneira a que sua coninha estivesse tão ao meu alcance quando o buraco de seu cu. Alcancei-a, pois, e pus a ponta entre os lábios dizendo:

– Levanta, levanta o traseiro, que vou entrar!

Porém sente-se que uma coninha tão jovem não podia admitir um pinto que ainda não desbarretava (era-me necessária uma conona, como eu logo teria). Só consegui entreabrir um pouco os lábios da fenda. Não descarreguei: ainda não estava formado o suficiente... Como não conseguia enfiar, pus-me, também imitando meus modelos, a lamber a jovem coninha... Jenovesette sentiu uma coceguinha provavelmente agradável, pois não se entediou com a brincadeira, e deu-me cem beijos na boca quando me levantei. Alguém chamou, e ela foi embora.

Como ainda não tinha peito, no dia seguinte colocou tetas postiças, decerto porque ouvira elogiar as de sua mãe ou de suas irmãs mais velhas. Notei-as: fiz com que ela se calçasse e, tendo-a colocado comodamente em sua cama, esgrimei por quase duas horas. Acho, na verdade, que ela descarregou, pois se agitava como uma endemoniadazinha às minhas lambidelas de cona... Dois dias depois foi mandada como aprendiz para Paris, onde realizou o horóscopo predito por meu pai.

CAPÍTULO II

Da cona sedosa

Das minhas outras irmãs, uma era séria: manteve-me nos limites, mas depois fodi duas filhas suas em Paris. A terceira mais nova ainda era jovem demais: tornou-se uma moça magnífica aos dezoito anos! Lancei-me, no entanto, sobre essa criança, quando percebi que Cathos, gêmea de Jenovesette, era inabordável. Precisava de uma cona depois de ter tido uma nas mãos: manipulei Babiche. Finalmente, num domingo em que estava bem arrumada depois de ter tomado banho, eu a enlevei.

Foi durante a benigna operação que fui surpreendido pela ardente Madeleine da cona sedosa. Ela nos examinou por muito tempo antes de nos perturbar e, notando que a pequena estava sentindo prazer, ficou tentada. Falou. Voltamos à decência. Madeleine nada disse: mandou Babiche embora. Depois, aventurou-se a brincar comigo. Derrubou-me na palha do celeiro para onde eu havia atraído Babiche e, assim que caí no chão, ela começou a me deleitar passando por cima de mim, uma perna para lá, outra para cá. Por acaso, levei a mão para debaixo de suas saias, onde encontrei a admirável cona sedosa.

O pêlo divino determinou meu gosto por ela. Fiquei louco pela cona de Madeleine Linguet e pedi-lhe que me deixasse beijá-la.

– Malandrinho – disse-me ela –, espera um minuto.

Foi até o poço, tirou um pouco de água, agachou-se... Voltou e brincou mais um pouco. Inflamando, fora de mim, disse, de meu pequeno furor erótico:

– Tenho de lamber esse buraquinho bonito.

Ela deitou-se de costas, as pernas abertas. Lambi-a, a bela Madeleine concordou com o traseiro:

– Dardeja com tua língua lá dentro, caro amiguinho – dizia. E eu dardejava, e ela erguia a moita. Eu esborralhava com fúria!... Ela sentiu tanto prazer que ladrou. Eu entesava como um pequeno carmelita e, como não descarregava, prosseguia com o mesmo ardor. E ela adorava... Como tinha de ir embora, Madeleine me deu guloseimas que comi com Babiche.

Um dia, minha irmã de cona sedosa disse-me:

– Cupidonet! Sua linda broquinha fica o tempo todo tesa quando me lambes! Acho que, se estivéssemos na mesma cama, poderias fazê-la entrar na boca de minha marmotinha que gostas tanto de lamber e cujo pêlo é tão macio! Eu certamente sentiria muito prazer e talvez tu também. Vem essa noite.

Quanto todos adormeceram, esgueirei-me para a cama de minha irmã mais velha. Ela me disse:

– Vi meu pai num dia em que acabava de acariciar minha irmã, a bela Marie que estava indo para Paris, correr sobre tua mãe, seu espetão bem teso, e fender-lhe a marmota. Vou te mostrar, farás o mesmo que ele.

– Eu também vi!

– Então está ótimo!

Ela se dispôs, colocou-me sobre ela, disse-me para empurrar e contra-atacou. Mas ela era virgem e, embora firmemente entesado, não consegui introduzir: estava me machucando. Porém Madeleine Linguet provavelmente descarregou, pois estrebuchou.

Ó! Como senti saudades da linda cona sedosa que eu lambia e esborralhava há seis meses! Meu pai, Claude Linguet, que não se parecia comigo, afastava suas filhas assim que elas o faziam entesar. Dizem que Madeleine tentara fazer com que ele lhe enfiasse... De qualquer forma, três dias depois, ela partia para a capital, onde nosso irmão mais velho, o eclesiástico, conseguira um cargo de governanta para ela, junto a um cônego de Saint-Honoré. O hipócrita não demorou para descobrir o quanto ela era preciosa. Havia uma porta escondida, que só ele conhecia, que dava para o quarto de suas governantas, que ele ia manipular à noite. Contudo jamais deparara com uma cona tão bonita quanto a cona sedosa da senhorita Linguet! Quis vê-la. Sua beleza encantou-o, e ele não teve mais descanso enquanto não a fodeu. Numa noite em que ela dormia tão profundamente quanto fazia parecer, ele a enlevou. Ela descarregou sensivelmente. Imediatamente o cônego subiu nela e enfiou. Ela abraçou-o mexendo o traseiro.

– Ah, pequenina – disse ele –, como te mexes bem!... Mas não sentiste dor? Acho-te um pouco puta. – A camisola e os lençóis ensangüentados provaram-lhe que ela era virgem. Ele adorou-a. Ela fodeu santamente com o santo homem durante dois anos e levou-o ao túmulo. Entrementes, ele a havia dotado, o que fez com que ela desposasse o filho do primeiro marido de minha mãe.

CAPÍTULO III

Da mãe fodida

Como, após o casamento de Madeleine e sua volta a Reims, eu estivesse um pouco mais formado, desejava vivamente meter nela. Há mais de dois anos, eu estava reduzido a manipular e enlevar minha irmã Babiche e algumas primas-irmãs. Mas, ou minha vara estava crescendo, ou todas as coninhas imberbes estavam encolhendo... Pedi um encontro noturno com a nova senhora Bourgelat. Ela me concedeu para aquela mesma noite. Estávamos em nossa fazenda, e seu marido acabara de partir para Reims a negócios. Não sei por que acaso, naquela mesma noite, meu pai se sentiu mal. Depois de tê-lo socorrido e temendo incomodá-lo, minha mãe foi deitar-se ao lado da nora. Esta, vendo-a adormecida, levantou-se devagarinho para vir se deitar comigo, enquanto eu, por minha vez, preparei-me para ir até ela. Não nos encontramos; uma lástima.. Coloquei-me ao lado da mulher que encontrei na cama. Ela estava deitada de costas. Montei na adormecida e meti. Fiquei surpreso por conseguir entrar tão fácil! Ela apertou-me em seus braços e deu algumas traseiradas sonolentas, enquanto fazia:

– Nunca! Nunca me destes tanto prazer! – Também descarreguei, mas desmaiei sobre suas tetonas ainda firmes porque não amamentara e porque jamais alguém as havia manipulado. A senhora Bourgelat voltou para perto de nós no momento em que eu desmaiava.

Ela ficou muito espantada com as palavras que sua duplamente sogra acabara de pronunciar! Compreendeu que eu a fodera e levou-me de volta para minha cama ainda desmaiado. Então eu acabara de emitir minha primeira semente na cona materna!... Completamente desperta, minha mãe disse a Madeleine:

– O que estais fazendo, filha?

Eu recuperara os sentidos. Minha irmã voltou à cama de minha mãe, que lhe disse baixinho:

– Minha nora! Como estais estranha!

– Meu marido – respondeu a senhora Bourgelat – muitas vezes me faz ficar por cima. Sonhei com isso e fiquei, acordei, pulei da cama.

Minha mãe acreditou.

Entrementes o golpe vingou: a senhora Linguet ficou grávida, deu secretamente à luz um filho belo como Adônis, e teve a habilidade de trocá-lo pelo bebê de seu filho, que morrera ao nascer. É dele que falaremos mais tarde sob o apelido de Cupidonet, também conhecido por Galinho, meu sobrinho.

Passaram-se oito dias, depois dos quais, bem recuperado de meu desmaio, marquei um outro encontro. Admirai porém minha desgraça! Fôramos ouvidos por uma gorda peituda, nossa ceifeira, que dormia no celeiro. No dia em que a senhora Bourgelat deveria vir até minha cama, Mamona, que gostava de mim, pois rebolava muitas vezes em minha homenagem e que, além disso, não era má, contentou-se em dizer a meu irmão para fechar de noite a porta de seu quarto a chave e escondê-la, por bons motivos... Ele seguiu seus conselhos. Podeis imaginar meu espanto quando, em vez de uma cona sedosa e de tetinhas redondas e delicadas, manipulei um conão com crina de cavalo e dois balões bem inflados. Ela se pôs em posição, eu meti e tive bastante prazer. Contudo, mais uma vez, estive a ponto de desmaiar.

Finalmente meti em Madeleine no celeiro de feno. Ia enfiando como um louco. Mas na terceira traseirada que ela deu, desmaiei...

CAPÍTULO IV

De um outro cunhado chifrudo

Madeleine evitou conceder-me favores cujas conseqüências a amedrontavam. Porém não senti por muito tempo essa privação: oito dias após a última cena, parti para vir a Paris. Vinha para estudar. Mas não falarei aqui sobre meus estudos. Hospedei-me na casa da bela Marie, a segunda das minhas irmãs mais velhas.

Em meu desvirginamento, eu chifrara meu pai. Cornificara meu irmão uterino fazendo descarregar e fodendo finalmente com emissão uma irmã paterna, que ele desposara e que eu engravidei. Pois Bourgelat teve apenas esse filho, que veio ao mundo nove meses após minha foda no celeiro de feno. No entanto, ainda teria muito trabalho com oito irmãs, das quais seis, ou pelo menos cinco, eram soberanamente fodíveis. Mas voltemos a Marie, a mais bela de todas.

Num dia de Virgem, Marie estava enfeitada, calçada com o gosto típico das mulheres bonitas, e um buquê magnífico sombreava seus seinhos brancos. Ela fez-me entesar. Eu tinha quatorze anos. Já fodera e engravidara três mulheres, pois Mamona tinha uma filha da qual se orgulhava por tê-la eu feito e que se parecia em tudo com Jenovesette Linguet. Assim, não senti desejos vagos: pretendi diretamente a cona de minha provocante irmã mais velha. Após o jantar, ela foi dormir numa alcova escura e deitou-se no leito conjugal. Ela vira seu marido, cujas calças brancas eram justas, entesar, e ela queria lhe dar o prazer de fornicá-la toda arrumada. Escondi-me para espreitá-los. Porém meu irmão, após ter pego as tetas e a cona de minha irmã e ter admirado a última iluminando a alcova, provavelmente reservou-a para a noite: retirou-se em silêncio. Vi-o pegar sua bengala, seu chapéu e sair. Tranquei a porta. Ao voltar, fechei as cortinas: o marido as deixara abertas, e à mulher, com as pernas à mostra. Coloquei-me sem calças sobre ela e enfiei na fenda, ora sugando seus seios descobertos, ora os lábios entreabertos. Ela estava achando que era seu marido. Uma pontinha de língua me fez cócegas. Eu entrara todo barretado. O prepúcio, que eu ainda não cortara, recurvava meu pau e fazia-o parecer grande como o de seu esposo. Empurrei. Minha bela mexeu-se e meu pau atingiu o fundo. Então minha irmã, estrebuchando, agitou-se. Descarreguei... e desmaiei.

Foi isso que me revelou. A bela saboreou as últimas oscilações de minha vara. Porém, assim que acabou de usufruir de todo o encanto de uma descarga copiosa, desvencilhou-se, jogando-me para o lado. Abriu as cortinas da alcova e, olhando para mim:

– Ah, meu Deus! É Cupidonet! Descarregou-me bem no fundo! Desmaiou de prazer!...

Eu estava voltando a mim. Ela ralhou comigo e perguntou-me quem me havia ensinado aquilo.

– Tua beleza – eu disse –, irmã adorável.

– Mas tão jovem?

Então contei-lhe toda a minha vida: como eu manipulara e lambera a coninha de Jenovesette, como eu enlevara e finalmente enfiara na cona sedosa de Madeleine, como fodera a senhora Linguet achando que era a senhora Bourgelat, como Mamona fizera com que eu metesse nela, como, não podendo mais passar sem cona, dava lambidelas na coninha de Babiche, como eu engravidara as três mulheres que eu fornicara.

– Ó céus! Mas és bem indiscreto!

– Sou contigo, pois és minha irmã mais velha, pois te fodi (a história que acabara de contar, as tetas de minha irmã e seu sapato, fizeram com que eu voltasse a entesar), e porque vou, divina Marie, fornicar-te outra vez.

– Mas meu marido...

– Tranquei a porta.

Ela apertou-me contra seu belo seio e disse-me baixinho:

– Malandrinho, faz um filho em mim também.

Eu a refodi, emiti sem desmaiar. A bela Marie ainda não tivera filhos: fui o pai da senhorita Belaconinha, filha única de meu cunhado portador desse nome.

(Não mencionarei aqui todas as fodas comuns. Só com volúpia e quadros libidinosos, como os que se seguirão, é possível combater com vantagem, no coração e na mente dos libertinos displicentes, os gostos atrozes despertados pelas abomináveis produções do infame e cruel Dsds! Assim, reservo todo meu ardor para descrever gozos inefáveis, acima de tudo o que a imaginação extraordinariamente carrasca do autor de Justine *conseguiu inventar.)*

CAPÍTULO V

Do bom marido espartano

Antes, porém, de passar aos quadros que acabo de prometer, devo narrar resumidamente uma aventura extraordinária que me ocorreu na rua Saint-Honoré, aos vinte anos completos, quando eu estudava Direito.

Meu quarto ficava defronte à casa de um velho relojoeiro que tinha uma mulher jovem e encantadora. Era sua terceira esposa. A primeira fizera-o perfeitamente feliz durante doze anos, foi uma embriaguez. A segunda, durante dezoito anos, com o auxílio de uma irmã mais jovem que a substituía na cama quando de suas menores indisposições para que seu marido jamais fodesse sem gosto. Tendo a excelente esposa falecido, o relojoeiro casara-se, aos sessenta anos, com a linda e deliciosa Fidelinha. Supostamente filha de um arquiteto ou de um marquês. A beleza dessa terceira mulher não encontrava equivalente em maciez e provocação. Seu marido a adorava, mas não era mais jovem! No entanto, como era rico, prodigava-lhe tudo o que ela parecia desejar. Porém, não alcançava o objetivo, e Fidelinha a cada dia se sentia mais triste. Finalmente, uma noite, o bom marido disse-lhe:

— Meu anjo, eu te adoro, sabes disso. Contudo, estás triste e temo por teus dias preciosos. Não aprecias nada de tudo o que faço por ti? Fala, é um amigo carinhoso que te suplica! Diz-me o que desejas. Tudo, tudo o que estiver a meu alcance te será concedido!

— Oh, tudo? – disse a jovem.

— Sim, tudo, até... Falta algo a teu coração? Ou será que falta algo à tua divina coninha?

— Preenches meu coração, marido querido, mas meus sentidos são quentes demais e, embora loura acinzentada, sinto em minha joinha comichões... terríveis!

— Pouco te importa quem a satisfaça ou terias alguma preferência?

— Sem amar, tenho uma preferência... um capricho... Mas amo apenas a ti.

— Quem excita tua mão que vejo nesse momento buscar tua linda coisinha?

— Olha! esse vizinho... que fica me olhando... e do qual... já me queixei.

— Compreendo... Deves ter me achado bem obtuso... Vai tomar um banho, anjo adorado, volto num instante.

Ele correu para falar comigo:

– Jovem vizinho? Dizem que gostais da senhora Folin, a relojoeira.

– Dizem a verdade: eu a adoro.

– Então vinde.

– Aconteça o que acontecer, vamos.

Ele pegou-me pela mão e fomos até sua casa.

– Despi-vos. Entrai no banho que minha mulher acaba de deixar, eis a toalha. Regalai-a como a uma recém-casada, ou poupai-vos para várias noites, a escolha é vossa ou dela... Adoro minha Fidelinha, mas, quanto a essa esposa querida, fico contente sempre que a vejo satisfeita, feliz. Depois de tê-la fornicado, depois que sua coninha tiver descarregado bem, eu irei, por minha vez, fodê-la, para prestar-lhe uma pequena homenagem.

E ele me fez entrar na cama onde sua mulher já estava desde que acabara de banhar-se. Quando ia deixar-nos:

– Maridinho querido – exclamou a tímida pombinha –, vais me deixar sozinha com um desconhecido? Por favor, fica! E, se me amas, sê testemunha dos prazeres que só deverei a ti.

E ela nos beijou a ambos na boca... A cama era grande, o bom Folin nela se meteu conosco... Montei no ventre da jovem casada com as tochas acesas diante de seu marido e enfiei firme. Ela reagia com fúria.

– Coragem minha mulher! – gritava o excelente marido, acariciando meus colhões. – Descarrega, minha filha, levanta o traseiro! Enfia a língua!... Teu fodedor vai te inundar! E tu, jovem vara, mergulha, mergulha! Desbasta-a... desbasta...

Descarregamos como dois anjos. Fodi-a seis vezes durante a noite, e os dois esposos ficaram muito satisfeitos comigo.

Usufruí desse gosto celeste e mais do que humano até o parto de Fidelinha, que perdeu a vida cedendo-a ao fruto de nossa fornicação.

CAPÍTULO VI

Da esposa enrabada

Mal mencionarei minhas porcariazinhas com minha mulher clandestina, pois jamais confessei esse casamento.

Conchette-Ellès era uma linda bexigosa, bem-feita, com uma cona tão insaciável que fui obrigado a tirar-lhe as rédeas e deixá-la foder com quem bem quisesse. Era filha de um dono de restaurante da rua Saint-Jacques e irmã do livreiro Petitebeauté. Morreu sifilítica muito tempo depois de me dar duas filhas. Ah, como fodia bem! Jamais mulher fodida conduziu seu cavaleiro como Conchette!... Foi a única criatura que enrabara até então, mas a seu convite, quando sua saúde se tornou duvidosa. Em seguida, deu-me o cu de sua irmã caçula dizendo-me que ainda era o seu. E eu acreditava nela. Mas a jovem fazia com que eu enfiasse na cona, percebi o truque do qual não me queixei!... Foi delicioso! Porém, isso não passa de fornicação comum!...

Quando minha cunhada se casou, minha mulher seduziu sua cabeleireira à qual recomendou que se deixasse enrabar, alegando que eu estava acostumado a isso. Porém, como a moça me avisou durante o dia, meti em sua cona à noite sem que Conchette percebesse. Dessa forma, tive sucessivamente seis cabeleireiras, todas bonitas, durante doze anos, e minha mulher, que pagava a elas, achava estar me escondendo desse modo que tinha sífilis. Foi assim que aguardei as coninhas deliciosas que me seriam destinadas pela natureza. Foi após a última cabeleireira que Conchette, moribunda, tendo notado que um de meus irmãos menores estava cortejando minha filha-sobrinha Belaconinha, que não queria lhe ceder e pela qual era amado, propôs a Mariette que deixasse seu apaixonado meter. Porém, temendo que o jovem não conseguisse desvirginá-la, ela disse-me que a última cabeleireira estava me mandando uma de suas alunas que eu deveria fornicar, e em silêncio, pois, como minha sobrinha dormia no quarto ao lado, havia motivos para não se enviar a aluna-cabeleireira para o meu.

Contanto que eu fodesse uma cona jovem, qual o problema? Deitei-me nu. Encontrei tetinhas florescentes, uma coninha que se agitava. Desvirginei.

Havia metido três vezes, quando vieram me mandar embora. Achei que haviam combinado aquilo. Porém, como fiquei ouvindo, surpreendi-me ao escutar esporearem novamente minha montaria, com minha mulher de instrutora, estimulando seu sobrinho e sua sobrinha. Voltei para minha cama, pensativo.

No dia seguinte, pedi explicações a Conchette.

– Qual o problema? – respondeu-me. – Desvirginastes vossa sobrinha Belaconinha antes de seu primo enfiar-lhe, pois temia que ele não conseguisse deflorá-la.

Fiquei encantado! Eu tivera as primícias da moça que implantara num dia da Virgem na cona da bela Marie Linguet. Mas dissimulei minha alegria. Era um excelente prognóstico para os prazeres que eu acalentava usufruir há muito e cujo momento estava se aproximando. Finalmente estava chegando a eles.

CAPÍTULO VII

Da coninha de pêlo fátuo

Sabe-se que eu tinha duas filhas ou que, pelo menos, minha clandestina tinha, pois me lembro que ela sustentava que suas filhas verdadeiras tinham morrido ainda bebês e que... e que... Ela falava do rei... de uma princesa... Mas ela era tão mentirosa, que seria uma loucura acreditar em qualquer coisa que dissesse.

Conchette-Ingênua, minha filha mais velha, provocava desejos em mim desde os dez anos. Quando sua mãe, ainda não sifilítica, deitava e fodia com um galante, enviava Conchette para minha cama. A criança tinha uma *concha* lindíssima. Adotei como regra então beijá-la todas as noites, após abrir suas coxas, durante seu primeiro sono. Introduzia minha língua com leveza, mas sem lamber. A seguir adormecia, ela deitada de lado, suas nádegas sobre minhas coxas e minha vara entre as suas.

Durante o dia, eu metia, ou na amante de um certo Mivière, advogado, ou numa bonita corcunda, sempre bem calçada, que morava na casa, ou ainda numa manca das duas pernas, mas com uma carinha deliciosa e prestes a se casar. Ela deixara seu futuro deflorá-la e desde então não mais poupara uma formosíssima cona loura. Quando essas três fodedoras deixavam-me na mão por tempo demais, eu atiçava a vara apertada entre as coxas de Conchette-Ingênua que, sentindo-se incomodada, empunhava-a adormecida e fazia-me ejacular. Ela tinha onze anos. Sentiu algo e falou. Mandaram-na para uma casa longe de mim.

Ela aprendeu a desenhar. Aos quase quatorze anos, após uma separação de mais de dois anos, fiquei viúvo, e ela voltou para casa. Dormia num quartinho ao lado do meu. Crescera, era bem-feita. Tinha um pezinho perfeito. Fiz com que o artista mais hábil a calçasse, a partir da fôrma de sua mãe, que era a da Marquesa de Marigny. Depois, fiquei perdidamente apaixonado por minha obra.

Mas ninguém jamais foi mais casto do que a celeste mocinha, embora suas mães, real ou pretensa, tivessem sido putas e tivessem ambas morrido de sífilis. Conchette-Ingênua não admitia que se tomasse a menor liberdade com ela. Provavelmente a Providência o quisesse para que um dia fosse ainda mais desejável e voluptuosa... Assim, encontrei-me reduzido a enlevá-la durante o sono, que felizmente era profundo! Aproveitava seu primeiro sono para descobri-la, admirar sua deliciosa coninha que um bonito pêlo começava a sombrear e enlevá-la moderadamente.

Só na décima noite senti-a reagir. Lambi mais e mais, e ela emitiu... A luz estava apagada quando Ingênua despertou dizendo:

– Ha! Ha! Ha! Faz cócegas! Ha!

Ela achou que tinha sonhado. No entanto deu algumas cotoveladas em sua irmãzinha que se encontrava na mesma cama que ela, como se achasse que fora ela quem lhe fizera cócegas.

Voltei para minha cama, encantado por ter minha filha descarregado. Essa emissão fez-me esperar que, depois de despertar seu temperamento, logo eu poderia fodê-la, torná-la minha amante e ser o mais feliz dos homens. Que ilusão! E quantas varas tentariam martirizar a divina coninha antes da minha! Lamentavelmente, esta teve de enfrentar uma enorme profusão de infelicidades... De qualquer modo, foi minha verdadeira inclinação, a mais constante, a mais voluptuosa, essa menina adorável cuja única rival foi sua irmã. Não (digo por experiência), não existe no mundo prazer comparável ao de mergulhar a vara tesa até o fundo da cona acetinada de uma filha querida, principalmente quando, mexendo o traseiro com coragem, ela descarrega copiosamente! Feliz! Feliz daquele que põe chifres e faz com que ponham chifres num genro igualmente detestado por ambos!

Conchete-Ingênua teve suas primeiras regras uma semana após descarregar. Assim tornara-se perfeitamente núbil. Mas, acordada, eu não conseguia roubar-lhe qualquer favor essencial. Minha irmã Marie, que me conhecia, colocou-a como aprendiz de modas e de comércio de jóias junto a uma bela comerciante cujo marido trabalhava num escritório e a jóia da bela Conabsorvente me compensou, mas sem me consolar dos rigores da de minha filha. Meti também em minha sobrinha Belaconinha, então casada com seu primo. Sem o duplo alívio, teria conseguido evitar violar a provocante Conchette-Ingênua? Perdidamente apaixonado por ela, mas não ousando pegar de dia em seu bonito pêlo fátuo e não o tendo à noite, contentei-me em fazê-la olhar para a rua por uma janela com beirada larga, o que lhe descobria um pé extraordinariamente calçado, uma parte das belíssimas pernas, de modo que, me abaixando, via a coxa e a coninha em certos movimentos ou quando ela se dispunha a sair dali. Entesava como um carmelita. Mas naquele momento chegavam, num determinado ponto, ou a patroa de Conchette-Ingênua, ou minha bela sobrinha Belaconinha, em quem eu ia enfiar no meu quarto, após dizer à minha filha para voltar à janela para vê-las chegar. E, a porta entreaberta, eu via o pé provocante, a perna voluptuosa daquela que me fazia entesar, fodendo, ora sua patroa, ora sua prima.

Assim passaram-se quatro anos, sem outras fodas. Então, mais apaixonado do que nunca por Conchette-Ingênua, que aos dezoito anos era magnífica, resolvi obrigá-la a dormir algumas vezes em minha casa retendo-a tarde com o pretexto de uma indisposição súbita. Ela continuava a ter um sono profundo. Desse modo, assim que ela adormecia, eu a enlevava e fazia-a descarregar copiosamente. Ela tinha uma moita fantástica, sombreada por um pêlo negro macio e sedoso. Ardia de vontade de enfiar, mas ela sempre acordava ao descarregar e dizia-me:

– Só aqui em vossa casa tenho sonhos que me deixam toda não sei como!...

A única coisa que me permitia era pedir-lhe para beijar seu formoso pé calçado, às vezes a perna. Um dia, após atormentá-la muito, cheguei a conseguir que me deixasse tocar no pêlo acetinado de sua jóia. Porém, em seguida, ela ficou tão exasperada com o temor de que eu conseguisse deflorá-la antes de ela se casar, que precipitou, com o auxílio de sua patroa, a senhora Conabsorvente, um péssimo acordo com um infame. Foi difícil para mim perdoá-la por isso! Mas a pobre criança já sofreu demais, já se arrependeu o suficiente, sua coninha encantadora desde então já me mereceu demais para que os erros da juventude e da inexperiência não sejam perdoados. Aliás, fui obrigado a isso por um outro motivo: devo a esse execrável casamento indizíveis delícias (como se verá), assim como minha atual fortuna.

CAPÍTULO VIII

Das condições de casamento

No domingo seguinte, estando Conchette-Ingênua em minha casa como de hábito, ela não pôde evitar ver que eu entesava a não mais poder! Como tremia por sua virgindade!... Eu beijara-lhe o pé, a perna, mas ela defendera sua coninha. De repente, ergo-me e, apoiado no encosto da cadeira, mergulho as duas mãos em seu corpete. Pego suas tetas... Ha! Como eram formosas!... pequenas, mas firmes, e que brancura!... Ela não conseguiu fugir. No entanto, declarou-me, séria, que *queria se casar*. A essa declaração, passei diante dela, a vara fora da calça e muito entesado. Ela ficou vermelha como uma cereja: fervia. Inflamado de amor e luxúria, notifiquei-lhe que nada assinaria se não pudesse desvirginá-la. Ela indignou-se, peguei-lhe a cona à força. Ela se encolheu e disse-me:

– Pelo menos assine isso.
– Assino se te enlevar.

Ela não me compreendeu. Expliquei, acrescentando:
– E até a descarga ou o prazer de tua parte, inclusive.

Ela refletiu e disse, suspirando:
– Ora, já fizestes tanto isso! Meus sonhos eram provocados por vós!...

Ela se deitou de costas na cama dizendo-me:
– Satisfazei-vos então! E... não me enganeis! Enlevai-me, mas quero estar virgem no dia de meu casamento com o senhor Varanegra. É um viúvo, e a senhora Conabsorvente disse-me que ele entende do assunto.

Durante esse discurso, saciei meus olhos, em primeiro lugar, com a visão de uma coninha das mais encantadoras, depois de um ventre liso como marfim, uma coxa de alabastro, um traseiro de cetim.

– Andai logo!
– Estou inventariando o que teremos de entregar a esse senhor Varanegra, e tudo está muito bem condicionado, à exceção de uma coisa que depois te direi. Enlevemos!

Eu estava furioso! Lambia-a com fúria, espreitando o momento da emissão de seu licor virginal para me jogar sobre ela de uma maneira que não conseguia acreditar.

Logo seus estremecimentos deram-me o que eu estava aguardando. Então, abandonando a coninha, joguei-me sobre ela. Embriagada de prazer, decerto teria me deixado fazer tudo, mas sua coninha jovem, embora bem úmida por sua foda e minha saliva, não se deixou penetrar. Eu ainda não havia adquirido a experiência necessária, como pomada e manteiga fresca, para enfiar em algumas virgens. No final, ela pegou minha vara para me desalojar. Apertada por sua mão suave e branca, ela descarregou e cobriu de uma substância azulada sua cona, seu ventre, suas coxas e sua mão. Limpa como sempre foi, saiu dali e correu para se lavar.

– Quem acreditaria – exclamei, vendo-a lavar o traseiro, as nádegas e a coninha – que não meti?

– Ah! Se fôsseis razoável! – respondeu Conchette-Ingênua – poderíeis ter essa linda enlevaçãozinha tanto quanto quisésseis, pois tive bastante prazer.

– Agora falaste bem!

E fiz com que dardejasse a língua em minha boca, enquanto eu lhe segurava a coninha.

– Mas – continuou –, nada daquilo que sujou o que acabo de lavar! Quero ser mulher honesta!

– Deves tua cona bonita a teu pai, filhinha encantadora!

– Se fôsseis mais rico, renunciaria ao casamento e poderia me dedicar a vossos prazeres. Mas preciso de um marido para deixar de ser um estorvo para vós. – Comovido, beijei-a dos pés à cabeça, sapatos, perna, testa, olhos, boca, pescoço, seios, coxas, traseiro e finalmente a moita até ela descarregar. Depois assinei tudo o que ela queria, naquele momento eu a adorava...

Ela casou-se sem voltar para me ver e evitou-me durante três meses. Esse comportamento deixou-me furioso, e jurei fodê-la e fazê-la foder se um dia voltasse a cair em minhas mãos, mil e uma vezes antes de perdoá-la... Mas então eu sabia que ela estava infeliz?

CAPÍTULO IX

Das compensações

Victoire-Conchette, minha segunda filha, vivia no interior desde a morte de sua mãe, na casa de sua tia Jenovesette, que então estava casada com seu último amante, que a mantinha. Como não dispunha mais de cona de devoção, chamei Victoire. Enquanto aguardava a sua chegada, conformei-me com duas coninhas ainda imberbes ou pelo menos de pêlo fátuo, que consegui perfurar depois de passar muita pomada. Eram a irmã e a amante de meu secretário, entregues por ele mesmo, como veremos a seguir. Fodíamos até sua velha madrasta, pois não queríamos apelar para as putas.

Assim que Victoire chegou, fiz com que a calçassem como à sua irmã, com saltos altos e finos, e a criança, que ainda nem quinze anos tinha, fez-me entesar tanto quanto sua irmã mais velha. Mas eu não tentei deflorá-la, ela servia apenas para me colocar no espírito da coisa e enfiar com mais vigor em Minone e Conetta, irmã e amante de Traçodeamor, meu secretário, ou em sua madrasta. Para isso, quando Victoire chegava toda enfeitada e calçada, eu a pegava pelas saias e sentava-a em meu colo por baixo nua em pêlo, eu sem calças, quando possível. Eu fazia com que ela me deleitasse com algumas linguadinhas. Se eu estivesse pelado, minha vara ficava entre suas coxas como o badalo de um sino. Se ela não estivesse enluvada, como era muito inocente, fazia com que pegasse minha vara, dizendo-lhe:

– Pequenina, aperta meu dedo, bem apertado! Bem apertado!

Minone, Conetta ou a madrasta sempre chegavam, pois Traçodeamor sempre ia chamar uma delas, assim que me via trancado com Victoire. Ao ouvi-las, colocava a encantadora criança em seu quarto por uma porta oculta, abria para elas e fodia deliciosamente, os colhões acariciados por Traçodeamor. Em seguida era ele a enfiar na irmã ou na madrasta e eu manejava seus colhões.

Eu teria me contentado com essa vida por muito tempo embora ainda apaixonado por Conchette-Ingênua que se tornara a senhora Varanegra, se minhas irmãs Marie e Jenovesette não tivessem considerado indecente eu conservar Victoire sozinha em minha casa. Elas obrigaram-me a colocá-la como aprendiz de tecelagem junto a devotas que me indicaram. A senhora Belaconinha levou-a.

Felizmente, há alguns dias, a querida criança apresentara-me uma mulher separada, alta e magnífica, que estava perdidamente apaixonada por ela sem que a ingênua Victoire percebesse e que, acreditando que eu também estivesse apaixonado, fodeu sob mim com fúria. Chamava-me de seu pai e dizia-me:

– Mete, mete... mete na tua... provocante Victoire! Tua... ardente..., tua filha terna!

CAPÍTULO X

Do marido infame

Mas está chegando o momento de voltar a Conchette-Ingênua. Meu maior desejo, mesmo nos braços da senhora Mouresquin (a amiga de Victoire), era pôr chifres em Varanegra. Um dia minha Conchette encontrou-me na ponte Notre-Dame. Ela estava infeliz, jogou-se em meus braços. Fiquei tão comovido que toda minha antiga raiva evaporou. A dor embelezara ainda mais minha deliciosa filha.

Meu primeiro impulso foi agarrar-lhe a cona. Mas estávamos na rua... Fui visitá-la na tarde seguinte, numa hora em que ela me afirmara que seu marido, ou melhor, seu monstro, não estaria. De fato, encontrei-a sozinha e, já nessa primeira visita, ela confessou-me que tinha um amante. Encantado com a confidência, que me anunciava os chifres em Varanegra, elogiei-a, acariciei-a, estimulei-a a deixar que Indecis (seu galante) lhe enfiasse. Mas logo compreendi que se tratava, de ambos os lados, de um amor absolutamente platônico, com o qual Conchette-Ingênua se consolava das brutalidades de um devasso. Ela gostava de falar de seu amante. E, como eu era o único com quem podia conversar com segurança e prometi conseguir-lhes encontros, ela passou a me adorar.

No decorrer da segunda visita, Conchette revelou-me as últimas infâmias de Varanegra.

Num dia em que ela se abaixou para pegar algo, ele fez com que um de seus amigos lhe agarrasse a cona. Ela gritou.

– Ora, não passa de uma cona pega! – disse Varanegra com frieza. E a seu amigo:

– Não te disse que o pêlo de sua cona era mais acetinado do que seda?... Pois saiba que lá dentro é mais macio ainda...

Conchette quis se retirar. Ele a reteve com brutalidade, fez com que se colocasse sobre ele, arregaçou-lhe o vestido até que suas coxas ficassem bem à mostra e segurou-lhe a cona, esforçando-se por mostrá-la ou sacudi-la durante todo o tempo que levou para contar o quanto, quando ela queria, dava prazer àquele que a acariciava.

– Mas – acrescentou – ela é como as putas: é preciso espancá-la para que cumpra seu dever.

Em seguida, ele quis mostrar seu colo. Ela fugiu, mas o marido deu-lhe um pontapé.

Alguns dias depois, diante do mesmo visitante, após o café, Varanegra, que percebera que sua mulher, depois de urinar, se lavara no bidê, disse a Culante, seu amigo:

– É uma cona limpíssima! Vamos ambos enlevá-la por bem ou por mal. Se for por mal, não te surpreendas com o escândalo. Para o primeiro caso, aqui está a chave que abre a porta da salinha que dá para o corredor. Entrarás quando, cansado, eu disser bem alto: *vamos, senhora, colocai a cona em condições, e recomecemos*. Vai em frente! Pois eu gostaria que a terra inteira fodesse a marafona: ela não é larga o suficiente...

Conchette foi chamada de novo. O marido fez com que sentasse no meio deles diante da lareira, pôs a vara e seus colhões de mulato para fora e disse a seu amigo para fazer o mesmo. Como ele hesitasse:

– Tira as calças dele já, desgraçada, ou te arranco todos os pêlos da cona!

E pôs as mãos no local indicado. Ela deu um gritinho. Imediatamente, Culante tirou sua vara e seus colhões como se pedisse misericórdia para ela.

– Vamos, marafona, sacuda-nos a ambos, um em cada mão! Sou seu dono – acrescentou o celerado –, tu me pertences.

Conchette chorava. O amigo pediu novamente misericórdia para ela.

– Muito bem, então ela me chupe a vara de joelhos diante de mim para eu descarregar em sua boca! Eu descarregava na de minha primeira mulher, que morreu disso, era o seu maior prazer.

Culante observou que aquilo estragaria a mais linda das bocas.

– Então, vou enlevá-la.

– Eu entesaria demais – disse Culante –, ide fazê-lo naquela salinha.

Varanegra empurrou Conchette naquela direção e foi substituído por Culante, depois do que saiu para jogar. Culante enlevou e não ousou foder Conchette, pois tinha a vara tão pequena que não conseguiria passar por Varanegra. Mas ele descarregou seis vezes, Conchette, doze. Retirou-se com um tapa, para que ela se convencesse de que se tratava de Varanegra. Porém, à noite, quando voltou, o monstro disse à mulher:

– Então, marafona, fostes enlevada o suficiente? Não era eu. Não te daria a honra de descarregar seis vezes. Era meu amigo. Mas, perdida, bem que sabias disso, pois descarregaste doze vezes e não entesas por mim. E o tapão que ele te deu, hein? Sentiste-o?

O infame deu uma gargalhada.

– Vamos, perdida bastarda de advogado, estás feita puta: acho que tua cona poderá render-me muito dinheiro.

Assustada, Conchette prometeu-se abandoná-lo. Encontrou-me no dia seguinte e, a partir desse momento, adquiriu firmeza contra o monstro.

Embora atenuada em sua boca, a história de minha filha revoltou-me. Prometi-lhe socorrê-la de imediato. Mas, ao mesmo tempo, ela fizera-me entesar como um carmelita com todas as histórias de brutalidades libidinosas. Pedi favores. Ela enrubesceu, mas deixou-me beijar um belo sapatinho verde que acabara de estrear. Parei por aí.

No entanto, na visita do dia seguinte, enfiei, rindo, uma mão em suas costas. Insensivelmente, cheguei às tetas, que ela defendeu, mas que finalmente ficaram em minhas mãos. Em seguida, consegui seus cabelos, depois, querendo saber até onde poderia levá-la sem assustá-la, atormentei-a para que me desse um tufinho de pêlos de sua cona sedosa. Ela deu-mos, mas que medo de que seu marido percebesse! Para acalmá-la, fiz com que falasse do amante e, durante a conversa, de liberdade em liberdade, cheguei à cona. Ela estava tão envolvida em seu assunto que acho, de fato, que ela imaginava que era Indecis quem estava segurando sua moita! Disse-lhe, manipulando-a, que encontrara uma pensão para quando ela deixasse Varanegra. Ela enrubesceu de prazer e deu-me um beijo. Dardejei-lhe com minha língua, e ela fez com que eu sentisse a sua.

Encantado, ia pedir-lhe que me contasse a forma como fora desvirginada quando, ao ouvir Varanegra, precipitei-me para o quartinho escuro, planejanto fugir pela porta do corredor. Porém fiquei estranhamente surpreso ao ver um monge entrar por aquela porta. Ele não me viu. Escondi-me atrás de um grande sofá. Varanegra entrou imediatamente pela porta do cômodo que eu acabara de deixar:

– Reverendo Padre, é vosso desejo fodê-la antes do jantar?

CAPÍTULO XI

Virgindade destinada a varas grandes, resolvida por uma pequena

O monge, que devorava a bela Conchette com os olhos pelo vidro, pareceu concentrar-se. Ao final de um momento, respondeu:

– Não: como combinamos, passai para uma sala iluminada e mostrai-ma brincando com ela, tetas, cona e traseiros. Prefiro-a de noite.

– Oh, isso seria mais do que combinamos.

– Não: gosto de foder na cama, chupar língua e tetas, enfiar na cona, no cu, nas tetas, etc., morder, arrancar as pontas. Vamos... Vara para cima, aquecei-a bem... Brutalidade!

Varanegra voltou sem calças para junto de sua mulher, que continuava tremendo:

– Vamos, marafona, preciso de prazer! Vê como enteso diante de teu belo sapatinho verde! Ontem ouvi um fodedor atrás de ti dizendo que gostaria de descarregar aí dentro... Desce as rendinhas, quero ver tuas tetas! Como são bonitas, brancas e firmes! Ah, desgraçada! Bem que arrancaria esse botãozinho se não temesse estragá-lo! Anda... Que rabinho fodedor! Arregaça, puta, para cima da cintura e do umbigo, quero ver esse mecanismo! Anda para frente e apresenta a cona... Agora vira e mostra o cu... Que maravilha! Continua, desgraçada, cu e cona até eu te dizer que chega!

Assim ela deu mais de cem voltas, mostrando alternadamente cu e cona.

Entrementes o monge dizia:

– A vara desse traste não é tão grande quanto a minha, e ele não conseguiu desvirginá-la! Oh, como ela vai se divertir hoje à noite! Mas eu não agüentaria, tentaria matá-la e ela gritaria para toda a vizinhança ouvir... Vou embora.

E saiu devagarinho, murmurando:

– Foi feita para ser morta, será morta!

No mesmo instante Varanegra disse:

– Chega, marafona fodida.

E entrou no quartinho.

– O que achais – disse –, desejais experimentá-la?

Eu entesava a não mais poder. Respondi bem baixo pelo monge:

– Sim.

Varanegra foi buscar a mulher e, empurrando-a brutalmente:

– Anda, por Deus, desgraçada, puta, vou te foder... Como vais gritar! Mas trata, sagrada coninha de boneca, de não atrair os vizinhos! Ou deixo todos entrarem sem me preocupar com seu ventrezinho.

Dito isso, ele ma derrubou arreganhada no fodedor colocado ali de propósito e retirou-se.

Precipitei-me sobre a minha filha que, ao se sentir enfiada quase sem dor, não gritou.

– Grita! – disse-lhe baixinho.

E ela gritou a plenos pulmões ao ver-se enfiada por um estranho. Assim que descarreguei deliciosamente fazendo com que ela oscilasse a cona, fugi antes que as vizinhas chegassem e, como ela continuasse a gritar, enviei-as para socorrê-la. Encontraram-na de pé.

– Estava servindo minha mulher – disse Varanegra. – Olhai. Ela ainda está toda borrada. É da natureza das gatas: elas mordem e gritam quando tratamos bem delas.

As vizinhas riram e foram embora. Varanegra jantou e foi bastante honesto: temia que sua mulher percebesse que fora fodida por um monge e contasse a todos.

Jantei num restaurante ali em frente. Vi-o sair e imediatamente voltei à casa de minha filha, que me contou tudo. A princípio, fiquei calado. Fiz com que me contasse de que maneira acreditava ter sido desvirginada, porque a história era um manjar dos deuses para mim e decerto iria me reanimar para fodê-la outra vez. Ela contou-a assim que a estimulei lembrando-a de seu amante:

"Nossa primeira noite e as três seguintes renderam cada uma quinhentos luíses a Varanegra, segundo ele me contou depois. Assim que chegamos à sua casa, ele acendeu quatro velas que colocou em torno da cama na qual me derrubou arregaçada até a cintura. Ele virou-me, revirou-me, examinou-me, beijou-me por toda parte. Fazia-me erguer as pernas, depois ficar de pé na cama.

– Mexe o traseiro – dizia-me –, assim, assim (mostrava-me), como se eu estivesse te fodendo.

Observei-lhe que aquilo era indecente.

– Ora, uma mulher é a puta de seu marido.

Ele me enlevou. Gritou a plenos pulmões:

– Ela está descarregando!

E fez-me pegar seu membro enorme, da cor e da grossura do de um cavalo.

– Vamos, vamos! Agora vou te foder.

Jogou-se sobre mim, mas nada conseguiu.

– Que foda! As que me disseram que teu pai te desvirginou são umas marafonas! És mais virgem do que quatro. Gostaria que todos estivessem aqui para comprovar...

Passou-me pomada na frente e atrás. Apagou as velas (minha virgindade estava vendida) e aparentemente deitou-se. Mas foi um outro, pois durante toda a noite fui atormentada por um membro enorme que nada conseguiu."

CAPÍTULO XII

Do mais delicioso dos incestos

Quando em sua história, ela disse: "*Ela está descarregando! Ela está descarregando!*", enfiei sorrateiramente uma mão entre as coxas de minha filha e ela não se queixou. Nessa posição, agarrava-lhe a cona.

– Ah, papai, não ides me poupar mais que os outros no dia em que... fui desvirginada?

– Desvirginada? Ah, filha celeste. É verdade mesmo?

– Nunca jamais ninguém havia entrado nisso... que segurais... até hoje.

– Ó, filha adorada! Sou um deus e não um homem... Mas tu me fazes entesar demais! Teu precioso favor... ou... terei uma cólica espermática terrível!

E ergui-a depressa em meus braços. Levei-a para o quartinho escuro.

Vós sois todos iguais – disse-me ela. – Meu próprio papai só me procura por esse buraquinho!

– E pelo teu traseiro, tuas tetas, tua boca, teus olhos, tua cintura voluptuosa, tua aparência provocante, tua perna, teu pé fodedor, tua alma ingênua e virginal, apesar de tudo o que fizeram para te tornar puta.

E, falando dessa forma, arregacei-a por trás, curvada como estava sobre o fodedor, e dispunha-me a meter nela como numa coelhinha. Porém foi preciso passar pomada. Ela continuou:

– A culpa é minha! Essas histórias inflamam todos os homens. Indecis esteve prestes a me deflorar uma única vez, foi justamente depois que lhe contei essa história, mas com menos detalhes.

Enquanto isso, ela se esquivava para que eu não enfiasse. Queixei-me com ternura:

– Queres que eu fique doente, criança querida?

Ela se comoveu, seus grandes olhos azuis ficaram úmidos. Ela se inclinou para ela própria me inserir e disse-me, ajudando-me, apesar de uma certa dor aliviada pela pomada:

– Quando minha irmã e eu vos vimos tantas vezes

meter assim na minha mãe ao pé de vossa cama, gritáveis de prazer! Não façais isso agora, Varanegra pode chegar!

Prometi-lhe o silêncio, por mais que sentisse prazer...

Meti-lhe. Minha bela fazia pequenos movimentos de contração da coninha. Nenhum cetim era mais macio que o interior da coninha celeste. Nem a coninha ainda imberbe à tão estreita.

– Ah, se teu miserável soubesse o quanto tua cona divina vale, teria te arrombado, mesmo que tivesses de morrer.

– Não, como tem aquilo grande demais, tem medo de me deformar. Ele se sacode ou me faz sacudi-lo agarrando-me o pêlo ou uma nádega e descarrega... blasfemando...

Ela contraiu e descarregou. Então parti deliciosamente, aos gritos, apesar de minha promessa.

– Mexe o rabinho – não parava de dizer –, mexe a coninha, meu anjo! Ai, que bom... mais! mais!

E ela se contraía voltando a descarregar a ponto de o fundo de sua cona me beliscar e sugar a ponta da vara... Descarreguei três vezes sem tirar, ela talvez dez vezes, o que eu sentia pelos seus saracoteios convulsivos. Finalmente murchou. Tirei assim que ela parou de emitir. Imediatamente lavou-se, pois temia que, ao chegar, Varanegra pegasse e cheirasse sua cona de acordo com seus hábitos, mesmo diante dos amigos que trazia.

Para descansar, fomos conversar num cômodo iluminado. Ali revelei-lhe toda a aventura do monge para o qual Varanegra lhe fizera mostrar por tanto tempo tetas, traseiro e coninha. Descrevi-lhe o tamanho da vara do monge, o dobro da de seu monstro, a alegria bárbara do monge execrável, ao lado do qual eu estava escondido, de fendê-la e matá-la na noite seguinte com sua vara de lança de carruagem. Ela jogou-se em meus braços:

— Ó papai querido, salva-me, salva-me, irei me dedicar a ti pelo resto de minha vida!

— Vou te salvar...

Expliquei-lhe como e por que o monge enorme havia ido embora, garantindo-lhe que eu o teria apunhalado se ele decidisse violá-la naquele momento. Contei-lhe em detalhes como seu marido abominável ma havia entregue, achando que a estava dando ao monge ao qual a vendera.

— Tu sabes, filha encantadora, como te meti. Fui eu, contra toda esperança e verossimilhança, que roubei tua celeste virgindade de nossos inimigos.

Conchette deu-me um lindo beijinho na boca.

— Como pretendes me salvar?

— Virei te pegar daqui a uma hora. Irei te levar à tua pensão. Assim que estiveres em segurança, com tua chave, colocarei dentro do quartinho escuro, sobre tua cama, a bonita puta do *Port-au-blé*, que já foi avisada. Disseram-lhe que deveria dormir comigo. Espreitarei. Assim que Varanegra e o monge chegarem, fugirei. Ficarei ouvindo e amanhã veremos.

Minha filha ficou encantada. Eu iria salvá-la, mas devia tê-la levado embora já naquele momento. Em vez disso, diverti-me fazendo-a contar a segunda e a terceira noites de seu casamento.

CAPÍTULO XIII

Da cona e do cu vendidos

Eis como minha celeste filha continuou a narração:
"Na noite seguinte, Varanegra voltou a fazer as mesmas coisas. Pegava-me delicadamente pela garganta:

– Firme como um pau! – dizia.

Dispunha-me como se estivesse me mostrando a alguém (o que fazia de fato!). Após mostrar minha cona, virava-me para exibir minhas nádegas.

– Ainda é virgem – disse, como se falasse consigo mesmo. – Para perfurá-la vai ser preciso passar-lhe muita pomada e passar pomada na própria vara.

Ele me enlevou violentamente e, assim que eu havia emitido o suficiente na sua opinião, deixou-me descansar. Depois de um cochilo, despertei deitada de barriga, tendo sobre mim um homem que se esforçava por me introduzir no fundamento um membro bem grande. Porém, embora não tivesse qualquer consideração por meus suspiros de dor, não conseguiu abrir passagem pela roseta de meu ânus (foi o que disse baixinho a alguém). Em seguida, ouvi nesse quarto:

– Seria preciso que uma vara menor que a minha a trilhasse... Mostra a tua! Muito maior, muito maior...

Eu não estava entendendo nada. Adormeci e não acordei mais.

No dia seguinte, à tarde, Varanegra passou manteiga em minha roseta e mergulhou seu membro no azeite. Fez-me deitar de barriga e arregaçar-me. Colocou-se sobre mim dizendo:

– Tenho de sondar essa guloseima de herege!

Lembrei-me que ele havia tentado a noite inteira.

– Chega até ti – respondeu-me – e escorrega... Ah! Como ganharia dinheiro com essas duas joinhas se elas fossem desbravadas!

Fez muito esforço, martirizou-me por mais de duas horas sem êxito e teve de sair dali, pois uma descarga copiosa arrancou-lhe a rigidez e as forças.

Na terceira noite, mais uma vez repetiu tudo o que me fizera. Quando despertei de meu primeiro sono, estava de costas, um homem sobre mim atacando minha jóia com toda a força. Gritei. Varanegra disse-me:

– Estás descarregando, filha?

Deixaram-me em paz, e Varanegra acrescentou:

– Se gritares como se a casa estivesse pegando fogo toda vez que eu quiser te meter, estamos feitos! Vamos, pega minha vara e faz-me descarregar! Acaricia meus colhões com a outra mão. Assim, como faço com tua cona. Vai, vai, vai... (Ele ainda não me chamava de puta, nem de marafona, isso só começou a acontecer passadas as primeiras seis semanas.)

Porém, eu não estava manejando meu marido, como observei mais tarde. Alguém emitiu seis vezes, sacudi o homem por mais de uma hora. E um outro me enlevou. Eu não agüentava mais! Depois ele me fez urinar em sua boca e não perdeu uma única gota, engoliu tudo. Finalmente, deixou-me... Se não me sentisse perfeitamente segura, bem que teria visto que Varanegra o acompanhava, dizendo:

– A operação, a operação!

Mas não desconfiava de nada!"

Apesar de quatro descargas, voltei a entesar e já dizia a minha filha:

– Coninha celeste, não agüento mais! Não te esconderei, deliciosa amiguinha, que, além de minha paixão por ti, que é inexprimível como tua beleza, tenho um poderoso excitante: pôr chifres em Varanegra. Se fosse possível sem triturar teus encantos divinos, adoraria que a terra inteira passasse pela tua cona para que ele se tornasse um chifrudo universal. Vem trazer-me a felicidade.

E estava carregando-a quando ouvimos a chave girar na porta. Imediatamente escondi-me no quartinho escuro. Era Varanegra que estava chegando com um jovem. Ouvimos claramente o que disse antes de entrar:

— Tua vara é do tamanho ideal. Por isso te cedo por seis luíses desgraçados uma virgindade que vale mil. É essencial que eu te surpreenda e queira matá-la: tu suplicarás, e eu só lhe concederei misericórdia se ela te ajudar a enfiar nela. Minhas varas grandes se aborrecem por não conseguirem fodê-la ou enrabá-la. Pagam-me uma boa mensalidade, eu alimento-a bem, como podes constatar. Primeiro, terás de meter na cona: é do que necessito com a maior urgência. Amanhã, poderás enrabar. Fica sabendo que seu marido a adora: se é rude com ela é para torná-la mais flexível às suas vontades. Ela me rendeu trinta mil francos em três meses de casamento. Entremos: ficarás encantado. Mas nada de piedade!

Foi esse o discurso do monstro...

Empurrava Conchette à minha frente. Levei-a à sua pensão, de onde voltou comigo. Caíra a noite. Peguei Coninhinha, a puta, arrumada, apetitosa. Conchete nos precedia. Sentindo-se segura com a minha presença, abriu o quartinho escuro. Entrou. Entramos atrás dela. Disse a Coninhinha para se deitar fodativamente ao pé da cama. Entrementes, minha filha se apresentava. Foi recebida com arrebatamento. O jovem, chamado Perfurador, e o próprio Varanegra cobriram-na de elogios. O moço só beijou-lhe a mão. Contudo, Varanegra que, assim como os três fodedores de varas grandes e o monge, era louco por seus sapatinhos de saltos finos e altos, beijou-lhe os pés. Disse em seguida:

— Bem, filhinha, vamos devagar. Ficaria tão infeliz se tivesse de renunciar a te meter! Porém, tenho de ser razoável: minha vara é grande demais, poderia dilacerar-te se não estiveres preparada. Eis uma vara mais bem proporcionada, que vai te perfurar sem descarga. Assim traspassada, minha vara grande penetrará essa noite no fundo de tua cona. Vê essa vara!

E mostrou a Vara de Perfurador, ou melhor, de Indecis... Varanegra deve ter descoberto, não se sabe como, a paixão de sua mulher, inspirada pelo belo louro, para usá-la da maneira que veremos.

CAPÍTULO XIV

O jovem, a moça, o monge

Ao reconhecer seu amante, que o marido lhe trazia para meter nela, minha filha enrubescera de pudor ou de desejo. Encontrou um jeito de chegar até mim e dizer:

– Fazei a moça sumir, não será usada hoje à noite.

Percebi que ela queria ser fodida por seu galante. Escondi a puta. Eis agora a história do que acontecerá:

Assim que Coninhinha se acomodou atrás do grande sofá, Conchette voltou com os dois homens que a levaram ao fodedor, sentada de traseiro nu sobre suas mãos unidas.

– Vamos, minha marafoninha querida – dizia Varanegra –, vais ser desvirginada e fodida! Mas não é nada. Depois, hoje à noite, terás uma vara grande.

Ele arregaçava-a, arrumava-a.

– Perfurador, ponho-te a vara lá dentro!

– Não, não, minha própria bela irá colocá-la.

– Tens razão, ela tem de se acostumar.

Varanegra saiu e observei que deixara a porta aberta. Pressenti alguma perfídia. Mas eu estava ali... Indecis disse bem baixinho à minha filha:

– Minha boa amiga, vô-la meterei?

– Não, não! Ele foi buscar ouvintes!

A frase deixou Indecis gelado.

– Mas ele irá estropiar-vos!

– Não vou dormir aqui.

Então, o amante, satisfeito, começou a enlevá-la suavemente. Entrementes, a voluptuosa descarregou.

Ela estava no céu quando ouvi Varanegra voltar. Achei que estava trazendo o monge. Entrou depressa seguido por três vizinhas às quais dizia:

– Quero vos mostrar isso.

Efetivamente, mostrou-lhes algo em seu quarto. Entrementes, minha filha apaixonada, enlevada por um amante amado, deu um suspiro profundo. As três vizinhas aguçaram os ouvidos.

– Não é nada – disse Varanegra. – Eu não sabia que minha mulher tinha voltado. É esse o tecido.

– Oh! Temos de mostrá-lo a ela! – exclamaram as três vizinhas.

O monstro reteve a que queria procurá-la. Pegou o candeeiro dizendo:

– Vou ver antes se ela não está dormindo.

Chegou à porta, onde parou com um ar surpreso e horrorizado... Recuou. Mas as três vizinhas haviam visto por cima de seu ombro. Conchette arreganhada, deitada de costas ao pé da cama, a cabeça de um homem entre as coxas... Ele fez com que as vizinhas saíssem pelo corredor, dando tapas na testa.

Conseguira seu objetivo: se a mulher gritasse durante a noite, as três vizinhas, que se acreditavam bem-informadas, contariam tudo às outras. Se a senhora Varanegra perecesse esquartejada pelo timão do monge (que, por ser extremamente rico, teria de pagar sessenta mil francos, e que já matara muitas, pois sempre escolhia as mais estreitas), seria culpa da morta.

Entrementes Varanegra voltava para junto dos dois amantes, que haviam mudado de posição: Perfurador, após ter descarregado no chão, subira à barriga de minha filha.

– E então? – disse o infame marido – ela já foi enfiada? Bem metida? Ela descarregou? E vós, descarregastes?

– Descarregamos – respondeu Indecis-Perfurador.

– Vou sair – continuou Varanegra –, purgai-a para mim ainda durante uma boa meia-hora em que estarei fora... E não vos surpreendais com o que ouvirdes: tenho meus motivos.

Ele foi até o corredor cuja porta abriu e começou a gritar surdamente, como se estivesse enchendo sua mulher de pontapés:

– Ah, sua perdida, ah, puta... Estás fodendo, desgraçada! Assim que saio, te enganchas de novo! Vou à polícia!

Ele abriu a porta ruidosamente e fechou-a da mesma forma. Mas disse baixinho, antes de se afastar!

– Mexe o rabo, mulherzinha! Força, Perfurador, trilha-a bem para mim!

– Que celerado esperto! – eu disse à minha filha, enquanto Indecis observava Varanegra saindo. – O monge teria te matado e ele não está negligenciando nada para justificar tua morte.

– Vamos embora! – disse-me ela.

– Não, não, somos muitos para te defender. Finge para Indecis que estou chegando...

O jovem voltou para dentro da casa.

– Eis meu papai, que chegou na hora certa.

– Ah, sim – respondeu Indecis –, sua presença vem a calhar, pois eu ia te propor que fugíssemos. Mas agora, vamos ver o que acontece.

Eu mostrei-lhe Coninhinha e coloquei-a a par de nosso plano, que Indecis achou maravilhoso... O tempo passou depressa. Ouvimos alguém voltar. Indecis levou o candeeiro ao quarto. Escondemo-nos, eu e minha filha, enquanto o jovem deitava sobre Coninhinha arregaçada...

– Não encosta tua vara em mim – disse-lhe ela –, estou perdida! Que teus colhões não toquem no meu pêlo, estou com chatos!

Varanegra chegou, acompanhado pelo monge, que a vizinhança à janela confundiu com o comissário de polícia.

CAPÍTULO XV

Do fodedor à Justine

O monge havia tirado o hábito, mas todos o tínhamos visto. A seguir, exibiu uma vara tão monstruosa que minha filha, tremente, abraçou-me com força.

– Ó, como é grande! – disse Varanegra

– Ela matou duas de minhas irmãs religiosas, que haviam parido, cada uma, dois filhos de nosso prior. Matei todas as mulheres em que meti. Só não esquartejei minha mãe, mas também não tive prazer: a velha marafona quase não sangrou! Tive pouco prazer... Quanto à tua mulher! Ah, que fúria!... Mas ela está fodida... estará morta antes de eu terminar de rachá-la... Deverei enrabá-la depois que expirar... Trago tua recompensa: sessenta mil francos em dinheiro vivo!

Varanegra contou-os, abraçou-os.

– Se eu pudesse enfiar nela uma única vez!

– Estás zombando de mim! Depois, depois: ela ainda estará quente...

Eu estremecera! E como tinha duas pistolas carregadas, fui tentado a queimar os miolos do monstro: mas ele pegaria sífilis...

– Antes que se estrague, desejaríeis ver a cona? Seu rostinho lindo?

– Não, minha vara amoleceria... Conduzi-me sem luz. – Eles chegaram tateando.

Varanegra foi na frente para afastar Perfurador. Como encontrou uma mulher sozinha, quis enfiar-lhe a língua na cona, aos suspiros. Ela o evitava, quando o monge quase o esmagou ao cair sobre a moça. Varanegra foi obrigado a se retirar de quatro.

O primeiro ato do padre Fodeamorte (como Varanegra o chamou) foi morder a ponta das tetas de sua montaria, enquanto lhe dardejava com seu engenho, que não conseguia entrar na vasta cona, ainda mais alargada por uma esponja, que a moça acabara de tirar. Coninhinha deu um grito agudo e, ao sentir que rasgavam sua cona, quis fugir, arranhando com as duas mãos. Fodeamorte, que bem sabia que ela não conseguiria escapar e cujo prazer de matar uma mulher era ainda maior quanto mais ela fosse bela e estreita, não a poupou: enquanto a dilacerava, arrancou-lhe o bico dos seios com os dentes. Um desmaio profundo ou a morte fez os gritos cessarem. Arrependi-me por não ter dado um tiro na cabeça do monge... Mas talvez com o barulho, os vizinhos arrombassem as portas: foi o que me reteve... Chegando ao fundo da cona da moça esquartejada, Fodeamorte descarregou blasfemando e rugindo.

– Dá uma fodida – disse a Varanegra – antes de eu enrabá-la.

O celerado veio. Porém, ao sentir o cheiro de um cadáver cheio de sangue, retirou-se.

– Ela está morta! – disse.

Fodeamorte apalpou-a:

– Não, o coração ainda está batendo. Depressa, vou enrabá-la.

O cu de Coninhinha era bem mais estreito que sua cona, o monge ofegava. No entanto foi bem-sucedido, pois disse a Varanegra:

— Transformei os dois buracos num só.

E descarregou horrivelmente.

Minha filha apavorada apertava-me a cintura.

Varanegra chorava:

— Minha pobre mulher! Entreguei-te a teu carrasco!

— Não paguei bem por ela? – perguntou o monge. – Agora ela é minha... Vai te deitar e fode tuas sessenta mil libras, estás me incomodando! Quanto a mim, enquanto ela ainda estiver quente, para fazer meu dinheiro render, foderei mais seis vezes o cu e a cona de minha puta.

Varanegra foi se deitar num quartinho onde se trancou.

Imediatamente Fodeamorte obstinou-se inesgotavelmente sobre sua vítima falecida... Finalmente esgotado, foi buscar luz para apascentar seus olhares cruéis... Eu disse que a moça era bonita.

— Ainda está bela – disse o monstro. – Mas o rosto da puta está transtornado, nem se parece mais com ela própria...

Ele olhou sua cona erguendo-lhe o traseiro. Deixou-a cair às gargalhadas:

— Vejam só, a meretriz não passa de um cu, ou de uma cona... não sei bem... Mas será que está mesmo morta?

Ele a despiu, levou-a nua para o outro cômodo, colocou-a sobre uma mesa grande, foi pegar uma grande saladeira, um bisturi (víamos pela porta de vidro).

— Descarnemo-la.

Fez uma incisão na parte carnuda dos seios, tirou-lhe a moita inteira, a carne das coxas, fendeu-lhe a barriga, arrancou-lhe o coração, os pulmões, o fígado, a vesícula, a madre, virou-a, tirou-lhe a carne das nádegas, cortou-lhe os pés calçados, que colocou numa sacola, as mãos, que encerrou em outra. Voltou a virá-la, cortou-lhe a língua, a cabeça, extraiu a carne dos braços. Depois veio buscar sua camisa e um lençol da cama dizendo:

– Que belo banquete para nossos monges e para mim!

O terrível antropófago colocou a saladeira dentro da camisa, enrolou o corpo no lençol, acordou Varanegra para costurá-lo. Depois disse para publicar no dia seguinte que sua mulher estava moribunda, para colocá-la à noite num caixão e que ele, monge, iria se encarregar de enterrá-la. E após recomendar-lhe que apagasse bem durante o dia todos os vestígios de sangue, saiu por volta das três horas da manhã levando sua saladeira de carne humana.

A princípio Varanegra chorou. Porém, quando nos ouviu mexendo-nos para sair, o covarde teve tanto medo que foi se trancar em seu quartinho. Saímos portanto tranqüilamente. Quando atravessávamos o pequeno pátio, ouvimos os vizinhos dizendo baixinho:

– Ele não a matou, estão levando-a embora!

Começamos a fugir por ruelas assim que saímos, pois temíamos ser seguidos. Tínhamos razão: ouvimos alguém correr, mas não foi em nossa direção. Levei minha filha à pensão e deixei Indecis diante da casa de Varanegra de sentinela. Prometi-lhe que voltaria em meia hora.

– Eis – disse-me ela – o estado em que eu estaria se, ao lhe conceder meus favores, não tivesse atrasado vossa partida. Ó papai querido! Todo meu corpo vos pertence para que façais o que quiserdes com ele!

Pedi-lhe a boca, ela enfiou-me a língua. E chegamos. Disse-lhe que se deitasse.

– Não, não! E minhas malas, minhas jóias?

Admirei sua presença de espírito.

Eram quase cinco horas. Corri para encontrar Indecis que passeava diante da porta de Varanegra.

– Nada ainda – disse-me ele.

Um instante depois, vimos Varanegra sair. Indecis seguiu-o e eu fui buscar minha filha, pois sua presença seria necessária se fôssemos detidos por vizinhos obsequiosos. Quando voltei com minha filha e dois carregadores, voltei a encontrar Indecis que nos disse que Varanegra atravessara o bulevar. Minha filha abriu a porta. Carregamos quatro malas preparadas, mas escondidas. Saímos sem sermos vistos e, por ruas pouco conhecidas, fomos até a casa de gente fiel a mim.

Só então minha Conchette se acalmou. Foi deitar-se, e eu e Indecis fomos cada qual descansar em sua casa.

CAPÍTULO XVI

Fodedor, armazém, enterro, amor

Chegamos às fodas por excelência, às que irão aguerrir minha deliciosa Conchette-Ingênua, minha encantadora Victoire-Conchette, fazer sua fortuna, a minha, retirando delas uma falsa delicadeza, e revelar algo admirável, como veremos depois. O caminho que tomarei para formar as duas belas e suas companheiras a princípio surpreenderá. Mas em todas as coisas da vida deve-se aguardar o resultado final.

Retomemos essa história encantadora, trazendo antes algumas fodas preparatórias que levarão às grandes. Porém, não mais haverá no resto da obra horror semelhante ao do monge Fodeamorte. Os horrores a la Dsds são fáceis de apresentar. A obra-prima do gênio é a descrição da volúpia suave.

A primeira visita que Conchette recebeu no dia seguinte, dia de seu enterro, à mesma hora deste, foi a de Indecis. Ele encontrou-a na casa de seu senhorio. Vinha contar-lhe como, após ter morrido na noite anterior, acabava de ser enterrada. Mas não podia falar diante de todos. Ora, eu tinha, na mesma casa, alguns degraus abaixo, mas na parte de trás, um pequeno armazém onde guardava todos os números de meus *Anais* que o governo de então queria suprimir. Nele, minha filha instalaria sua cama naquela mesma noite. Já deveria estar lá, mas ela acabara de despertar. Para meu conforto, de meu secretário, de sua irmã, de sua amante e de sua sogra, ali eu colocara um fodedor cômodo, atrás do qual era possível se esconder.

(Varanegra tinha um idêntico, atrás do qual se escondia quando de um de seus três contratados vinha tentar desvirginar a cona ou o cu de sua mulher, a quem chamava de sua *galinha dos ovos de ouro*. Queria assistir a tudo, pois temia que um dos três a raptasse. Era também por volúpia: era apaixonado pelos calçados de sua mulher. Quando, portanto, ternamente enlevada por um dos três bugres – pois eles a adoravam e sentiriam muita falta dela –, ela emitia, ele tirava-lhe um sapato que, como era fino na ponta, lhe servia de cona. Dizia a seus íntimos: *só fodi minha mulher no sapato.*)

Pressentindo que Indecis tinha muito a lhe contar e que não poderia falar, Conchette disse que deixara em meu armazém uma carta que tinha de mostrar ao rapaz. Ela tinha a cópia da chave: desceram juntos.

Eu acabara de chegar. Ouvi minha filha, sua voz baixa e a de Indecis. Escondi-me sob o fodedor. Eles entraram. Conchette fechou a porta com cuidado, cobriu-a com o colchão que impedia que se fosse ouvido do lado de fora, e eles sentaram-se sobre mim.

– Ah, senhora! – disse Indecis. – Que cena!... Ele descobrira que eu vos amava por meus olhares e porque um dia em que estava com ele em vossa casa enquanto um de vossos compradores vos acariciava sob seu nome, viu-me beijar às escondidas um de vossos sapatos. Mas ele parecia ignorar não apenas que vós me amáveis, mas que me conhecíeis. Ontem, às três horas, quando me encontrou no café, disse: "Não conseguiria desvirginar minha mulher, minha vara é grande demais. És um belo rapaz, escolhi-te para desvirginá-la hoje, agora mesmo. Peço-te apenas seis luíses, que darei a ela". Eu lhes entreguei no mesmo instante e fomos à vossa casa. O resto já sabeis. Essa manhã, depois de vos deixar, fui descansar e fiquei até as dez horas em meu escritório. Porém, ao passar diante da casa de vosso marido, bati à porta. Ouvi duas vizinhas dizendo baixinho: "O confessor está lá dentro. Portanto, não foi ela que levaram hoje à noite". O infame abriu. O monge horrível estava com ele. Um frade trouxera o caixão bem fechado e recitava alto preces junto ao cadáver no quartinho escuro. "É um amigo", disse Varanegra... "Minha pobre mulher está morta!" "Morta!", exclamei. "Expirou nos braços do reverendo pai." Estremeci com sua expressão. O monge disse: "Já tomei todas as medidas, temos permissão para enterrá-la sem estardalhaço. Será às três ou quatro horas." Saí.

Quando acabei de almoçar, por volta das quatro horas, voltei à casa de Varanegra. Dois padres, quatro carregadores, o monge e o frade levaram o corpo sem cantar. Foi enterrado. Veremos a seqüência dos eventos. Continuarei a observá-los.

– Minha bela amiga! Todos acreditam que estais morta. Estais livre: ireis conceder-me então vossos preciosos favores?

– Meu amigo –, respondeu com modéstia Conchette –, antes de mais nada, quero vos agradecer pelo favor importante que nos prestastes. Porém um outro me prestou um favor ainda mais importante: devo minha salvação a ele. Se meus favores ainda me pertencessem, seriam vossos. Mas pertencem ao meu primeiro amante que, escondido, descobriu toda a trama: ele acabara de me deflorar, meteu-me mais uma vez depois disso. É vosso único rival, mas é adorado. Seu nome, que vos direi, irá provar toda minha estima e que sois digno de toda a minha confiança: é meu papai.

A essas palavras, Indecis caiu aos pés de sua amante:
– Filha angélica! Filha divina! – disse-lhe. – Reconheço vossa piedade filial e a beleza de vossa alma! Fodei com vosso pai, que ele seja único a vos meter! Seríeis digna de foder com Deus, se Deus fodesse!... Mas peço para vos enlevar e, se vosso papai o permitir, para vos enrabar.

– Meu amável amigo – respondeu-lhe Conchette, acariciando-lhe a mão –, sois bem razoável.

Indecis tirou as calças, pôs-lhe na mão uma vara de virgindade menor que a minha, pediu que minha filha acariciasse seus colhões e quis masturbá-la. Ela se recusou. Então Indecis derrubou-a, arregaçou-a e sugou-lhe saborosamente a cona... Não! Jamais se ouviu suspiros assim!

– Ah, Indecis... tua língua vale uma vara.

Ela emitira já na terceira lambidela e, em seu delírio, erguia as pernas, fazia seus lindos saltinhos estalarem, erguia o traseiro para favorecer a aplicação da boca de seu enlevador e a intromissão da língua que lhe fazia cócegas no clitóris. Ela imitava sua mãe ao estalar os saltos. Pois eu fodia a última apenas de dia, na cona, no cu ou na boca, para ser excitado por aquilo que ela tinha de melhor: a perna e o pé. Pedia-lhe o estalar dos saltos, pois ele imitava o andar de mulher, som que sempre me fazia entesar...

Depois de descarregar amplamente, minha filha afastou Indecis.

CAPÍTULO XVII

Da virgindade do cu, o pai metedor

A celeste Conchette-Ingênua sempre foi tão justa quanto bela e sensível. Que ninguém se surpreenda com a seguinte história:

Ela deitou de barriga e disse-lhe:

– Meu segundo amigo, passa-me pomada. Meu primeiro amigo obteve a virgindade de minha jóia, é justo que obtenhas a da minha roseta. Meu pai certamente irá me aprovar.

– Ó, deusa – respondeu Indecis, inserindo-lhe pomada no ânus com uma cânula. – Como és razoável! Ele terá a coninha, eu a roseta, e cada um de nós usufruirá de uma foda própria.

Indecis penetrou apesar de alguns gritinhos de minha querida filha e, após refrear com força, descarregou, exclamando:

– Foder, foder! Que prazer dos deuses! – E desfaleceu... Ficou esgotado de esperma e de forças de uma só vez. Também lembrou-se, para minha grande alegria, que o esperavam às sete horas. Deixou a apaixonada Conchette-Ingênua deitada na cama, após tê-la recolocado de costas a fim de dar-lhe algumas lambidelas na cona à guisa de beijos de adeus. Acendeu sua vela, saiu e encostou a porta.

Imediatamente deixei meu esconderijo e precipitei-me sobre minha filha adorável, logo comovida por três dardejares de língua e cuja cona oscilava animadamente.

– O quê? Estáveis aqui?

– Sim, minha divina. Ele enraba, eu meto na cona. Causas-me uma ereção terrível!

– Papai adorado, fodei... fodei-me (era a primeira vez na vida que ela pronunciava essa palavra), eu própria não agüento mais!

Ela pegou minha vara e colocou-a na coninha.

– Empurra! – dizia-me ela. – Está entrando... Empurra, vara de deus, vara paterna! Emiti foda na cona de tua filha!

Enquanto falava, mexia tanto o traseiro que logo me encontrei no fundo de sua coninha. Viva a foda comum! É a melhor de todas as Quarenta! Eu tinha a boca, a língua, as tetinhas brancas de minha filha, suas carícias, a visão de seu rosto encantador, sempre duplamente formoso na mulher que se fode, suas frases doces:

– Querida vara! Vara divina! Como acaricia minha cona!... Empurra!... Ha, herege! Estou gozando... estou descarregando fo...da!... Tua língua! Amante querido! Metedor adorado! Oh, vou descarregar de novo! Fode, desgraçado!... Suga... mordisca-me as tetas!

Descarreguei deliciosamente à segunda emissão de minha celeste filha. No fundo de sua coninha estreita, senti-me adoravelmente beliscado por aquilo que o vulgo chama de clitóris, mas os artistas de parte de baixo do conceptório ou madre. Esse órgão de volúpia, que só se alcança com uma vara longa, sugava-me a ponta do engenho que descarregava. E essa idéia deliciosa, vendo-me sobre a mais bela das mulheres derrubada de costas, bem metida, desvanecendo de prazer: estou fodendo minha filha, descarrego-lhe na cona, nossas fodas misturadas podem fazer-lhe um filho todo meu, estou pondo chifres no patife, no celerado Varanegra, estou fodendo sua mulher que ele acredita morta, que ele jamais fodeu, nós fodemos, eu e Indecis, uma na cona, outro no cu, enquanto o vil joão-foda sacode sua vara à sua divina intenção, ele a acredita esquartejada pela vara-timão de seu monge execrável, e sua coninha estreita descarrega conosco como a de uma princesa fodida por um jovem soldado!... Essas idéias, que me passaram rapidamente pela cabeça, duplicavam ou até triplicavam minha volúpia.

Minha filha fez com que eu me retirasse de sua cona.

– Estou cheia – disse-me. – Na frente, atrás. Tenho de me purificar.

Corri para buscar água morna na casa de seu senhorio, a senhora Bridaconinha, que encontrei sozinha diante do fogo, os seios brancos como a neve descobertos. Beijei-os, peguei a água que estava esquentando para ela. Seu marido disse-me:

– Acabo de lhe meter em homenagem à vossa filha, a encantadora senhora Pelosedoso (nome que eu lhe dera para que não usasse o de seu marido infame).

Voltei ao armazém, eu próprio lavei com uma esponja macia os encantos secretos de minha divindade. Havia um pouco de sangue na roseta e até na coninha.

– O que, minha deliciosa, ainda sofreste?

– Sim, querido carrasco. Mas o prazer sempre predominou, mesmo no cu.

Purificada, Conchette disse-me:

– Estava com tanta pressa de gozar convosco que nem tive tempo, papai salvador, de vos peguntar sobre vosso sentimento com relação ao que aconteceu comigo e Indecis.

– Também tenho muito para vos dizer a esse respeito, meu anjo. Mas vamos jantar. Vós e eu precisamos descansar. Amanhã falaremos.

Dei-lhe a língua, ela dardejou-me com a sua. Beijei os botões róseos de suas tetas e fomos comer.

Durante o jantar, contei ao senhor e à senhora Bridaconinha o que deviam saber sobre a pretensa morte da senhora Pelosedoso, a fim de que eles jamais a comprometessem. Durante o jantar, nosso carregador de água e sua mulher colocaram a cama de minha filha no armazém, e, assim que esta foi arrumada, descemos juntos até lá. Minha bela amiga disse:

– Acho que terei medo. Pedi à senhora Bridaconinha para vir dormir comigo.

– Vou ficar, minha rainha.

– Ah, prefiro assim! Não para usufruir, mas para que meu amante-papai adormeça nos seios da mulher de Varanegra enquanto ele se enregela ou só... num de meus sapatos velhos.

– Minha filha divina – retomei –, já vou dizer hoje o que queria adiar para amanhã. Deitemos.

Despi minha deusa como a uma recém-casada, beijando tudo o que descobria. Ambos na cama, sentei-a sobre minha vara.

CAPÍTULO XVIII

Dos conselhos paternos, o pai mantendo a vara enfiada na cona da filha

Amigo leitor, ainda sinto as oscilações da mais saborosa volúpia quando me lembro desses momentos encantadores que me foram oferecidos por minha Conchette-Ingênua!

– Encosta devagar, minha rainha, para que eu te enfie sem desbastar. – Foi o que ela fez. Assim que estava perfeitamente enfiada, disse-lhe:

– Tu sabes, filha caríssima, que vi e ouvi tudo. Teus sentimentos para comigo encheram-me de gratidão e admiração. Aprovo inteiramente o fato de teres oferecido a Indecis a virgindade de teu belo cu. Aceito com arrebatamento tua dedicação a mim. Mas, filha celeste, é para teu próprio interesse, para tua felicidade, que me proponho a tornar tua cona e teu cu úteis. Não pretendo, como um sultão, conservar-te para meus prazeres exclusivos. Terás alguém que te pague. Qual dos três homens aos quais tua virgindade foi vendida preferes?

– O mais honesto, papai incomparável. Mas é justamente o que tem a maior.

– Então mandarei um homem enorme que conheço alargar-te a jóia. Ele não é amável, mas um homem amável poderia te esgotar fazendo-te descarregar demais, além do que poderia conquistar teu coração, o que não deve acontecer. Um fodedor preparatório só deve conquistar-te a cona. Nem eu, nem Indecis te bastaríamos: não temos a vara grande o suficiente, são apenas varas para desvirginar. Mas tenho vários recursos. Sondarei aquele que preferes, depois os dois outros, se necessário. Espreitei-os, sei onde moram. Não nos comprometerei. Só te peço tua submissão.

– Inteira, papai divino.

Ela saracoteou um pouco e descarregou.

– Se adquirires um temperamento forte, como creio entrever, cuidarei para que não te faltem varas. Verás como serás regalada!... Não tenho mais idade para saciar tua volúpia. Assim, farei com que sejas enfiada por jovens bonitos, graduando o tamanho das varas.

Nesse ponto, minha provocante filha agitou-se e disse:

– Meu caro vara-papai, permite que eu foda na cona em homenagem a Indecis, a vara de meu cu. Converteste-me, ele me enfiará na cona, mas diante de ti.

– Sim, sim.

Eu a refreei. Ela exclamou:

– Esborralha, vara de meu querido Indecis! Esborralha minha cona, faz-me gozar! Herege... fode... Purga,

purga! Estou descarregando! – E descarregava, enrijecendo-se:

– Ha... ha... ha... meu papai hahaha! hahaha! (com um longo suspiro)... Jamais tive tanto prazer quanto nessa descarga...

O quarto estava iluminado. Minha filha colocou-se sobre o bidê para refrescar sua jóia, enquanto eu punha a vara e os colhões na água fria para desentesar. Perguntei à minha filha quem lhe ensinara as expressões que ela usara ao descarregar.

– Na terceira semana de nosso casamento – respondeu-me –, Varanegra deitou-se com sua afilhada, mulher de um espião da polícia. Por ordens de seu padrinho, essa mulher fingia delirar quando ele a enfiava. E eram essas suas palavras, entre tantas outras, que não conviriam para nós, como batocão, vara de mula, fodeamorte caçula, etc.

Voltamos à cama e adormecemos abraçados.

De manhã, repeti minhas instruções à minha filha. Bateram à porta. Era a senhora Bridaconinha. Escondi-me no fodedor. Ela trazia o desjejum da senhora Pelosedoso.

– Estão procurando uma moça do *Port-au-blé*, que desapareceu desde anteontem à noite. Uma colega sua disse que ela tinha ido deitar com um homem de quarenta anos, que ela dissera ser advogado, mas que é cirurgião, que ambos a mataram durante a noite e depois a dissecaram. Talvez seja a vossa história que estejam deformando dessa maneira? Meu marido vai se informar melhor.

Ela saiu e eu fui comer com Conchette. Deixei-a prometendo-lhe voltar na hora do almoço.

Fui pontual. Bridaconinha saíra. De fato, tratava-se de Coninhinha. O comissário e os espiões estavam investigando em todas as casas da rua, mas nada encontraram. Por precaução troquei de roupa... Voltei à noite, mas não dormi no armazém. Descansei três noites e deixei Conchette-Ingênua descansar.

Todos sabem que eu gostava de minha filha tanto pelo que era quanto para meu prazer e que não pretendia saciar seu apetite de dezenove anos com minhas forças de quarentão. Porém, tinha ainda outros motivos. Minha conduta será conseqüente com eles.

CAPÍTULO XIX

Do pai justo e da vara grisalha

Decerto todos ficarão surpresos com o que vão ler após os sentimentos que acabo de professar! Não me julgueis, por antecipação, temerário! Para saber e pronunciar-vos, aguardai.

Conhecia um desses gulosos de prazer, homem alto e vigoroso, lúbrico ao extremo, chamado Sobenacona. Oferecera-me muitos almoços na rua Troussevache, onde morava, lá fizera-me meter na pequena Chupavara, sua amante, enquanto ele próprio a segurava. Até conseguira-me a filha de seu senhorio, joinha seduzida por um homem chamado Fodeasno, que depois a transformara em puta. Divertiu-nos durante toda uma tarde. Tendo embriagado a formosa Adelaide Abanapino, ele teve a polidez de me deixar meter primeiro, os colhões acariciados por sua amante. Depois enrabou-a, igualmente acariciado por Chupavara. Voltei a fodê-la, depois de a Chupavara de Sobenacona tê-la lavado para mim. Mas este nos disse:

– Tenho meus motivos: vou meter na boca da bela marafoninha.

Após ter-lhe metido na boca e ter-lhe feito engolir

sua foda, por raiva de Fodeasno, fiquei com nojo daquilo, assim como Chupavara, também conhecida como *Beijadora*, igualmente obrigada a passar por aquilo. Nunca mais voltei a sua casa. Foi esse homem que convidei para jantar no meu pequeno armazém para que ele aguerrisse e alargasse um pouco minha filha. Afinal, alimentara separadamente nos três pagadores de varas grandes de Varanegra, os senhores Alargador, Traspassou e Bateforte, a esperança obscura de voltarem a vê-la, a ela ou a alguém semelhante.

Conchette conhecia Sobenacona, pois ele fodera sua mãe antes da sífilis. Isso só lhe dera ainda mais vontade de meter na filha. Encontrei-o na escada quando eu também estava chegando. Convidei-o a entrar. Ele permaneceu imóvel de alegria e de admiração ao ver uma mulher tão bela!... Estava tudo arranjado. Fiquei apenas um instante com eles, e depois disse que deixava minha filha para lhe fazer companhia. Ele balbuciou enquanto ia comigo até a porta:

– Ela é deslumbrante! Como está bem arrumada! Que sapatos! E que pena ter sido Varanegra a tê-la desvirginado!

– Varanegra? Não, ela é virgem.

– Ó amigo! Posso tentar e tratar de pôr pelo menos um corno naquele velhaco?

– Faz o que puderes. Mas duvido que sejas bem-sucedido com teu pêlo grisalho. Só as devassas displicentes agüentam velhotes vigorosos e libertinos. Com as virgens comportadas é preciso ser terno, e tu pareces um sátiro ou um condenado. Em todo caso, tenta.

Depois que saí, Sobenacona tentou, antes de mais nada, a galanteria. Porém, como nada conseguisse, derrubou de repente Conchette no fodedor e, como era vigoroso, aproximou, segurando-a com uma mão, a vara dos lábios da cona... Entrementes, não conseguiu enfiar: uma traseirada para trás desalojou-o. Ia ameaçá-la com o punhal quando voltei. Conchette arrumou-se sem demonstrar raiva. Disse baixinho a Sobenacona:

– E a virgindade?
– Ela é o diabo? Acabarei reduzido à masturbação!
– Irás fodê-la.

Fomos comer. Conchette até conversou como sempre com seu hesitante violador e riu com ele. Bem alto, na minha frente, ele perguntou-lhe:

– Por que ela não deixou que eu lhe metesse?
– Bah! – respondeu ela. – Por que achastes que eu agüentaria isso?
– Porque eu estava teso como um carmelita.
– Falais como um Varanegra.

Nem por isso, Sobenacona deixou de me contar suas iniciativas em termos saborosos: ele elogiou a beleza da concha, o pêlo sedoso, a brancura das nádegas, a firmeza das tetas, o róseo dos bicos, a eburnidade* ou o marfim do ventre e das coxas, exaltou o pé e as pernas da bela. Lisonjeada dessa forma, Conchette enrubesceu e só demonstrou mais modéstia. Respondi que ele seria o único a foder minha filha cuja vida eu salvara e que eu deflorara há oito dias. E contei toda a história.

– Vós a fodeis?
– Ora, quem mais a foderia? Sou seu pai duas vezes.

Sobenacona mordeu os lábios. Conchette deu-me um beijo.

Durante toda a refeição, admiramos as voluptuosas cadeiras da senhora Pelosedoso todas as vezes que se levantava para ir pedir um prato ou distribuía os talheres. Usava um lindo sapatinho de saltos verdes, altos e finos,

---

* do latim *eburneus*: de marfim. (N. do Editor Francês)

meias de seda brancas novas com acabamento cor-de-rosa. Perguntei-lhe se estava usando ligas acima dos joelhos.

– Claro – respondeu ela. – Sempre uso.

– Nesse caso – retomei –, mostrai-nos a perna mais bonita do mundo.

Ela recusou. Porém insistimos tanto que, para se livrar de nossos pedidos, ela colocou o pé sobre uma cadeira e nos mostrou até acima do joelho uma perna de entesar moribundo... Entramos no cio, Sobenacona e eu, mas moderamo-nos. Entrementes, num momento em que minha filha saiu, o libertino grisalho propôs-me embriagá-la colocando champanhe que ele trouxera em seu vinho tinto em vez de água. Fingi concordar. Porém, antes que Conchette voltasse, fui avisá-la de tudo. Depois acrescentei:

– Minha sensata filha, ele tem de te meter. Trouxe-o de propósito para isso, mas não sei como fazer. Estava pensando nisso quando sua proposta resolveu tudo. Fingirás que estás embriagada, eu farei o mesmo e, com isso, ele jamais poderá te dominar completamente. Seu engenho é bastante grande, digamos médio. Depois dele, trarei Traçodeamor, meu antigo secretário, um bonito rapaz que acabará de te alargar o suficiente para o engenho do pagador de tua preferência. Ele já sabe de tua existência e só pedi algumas semanas para proporcionar-lhe um encontro contigo. Deixa tudo comigo, minha rainha, impedirei tudo o que não te convir.

– Sou vossa serva, disponde de mim – respondeu ela. – Como me sinto mal por vos ter desobedecido!

Voltamos ao armazém. Entre as duas portas, ela descobriu um seio e fez com que eu o beijasse.

Sobenacona misturava o vinho com champanhe. Tendo sido avisada, Conchette percebeu o gesto, providenciou para ela outra garrafa de água e deixou o vinho para embriagar o próprio Sobenacona. Mas o devasso só se embriagava com os belos olhos e os outros encantos de minha voluptuosa Conchette-Ingênua.

CAPÍTULO XX

Ah, como ela foi fodida

Assim que a senhora Pelosedoso, que fingia uma leve embriaguez, pareceu estar como Sobenacona a desejava, peguei-a, a primeira vez que ela se levantou, pela cintura com uma mão e, com a outra, pela cona (além de desejar muito possuí-la, queria estimulá-la e preparar sua jóia para a admissão de um membro maior que o meu). Derrubei-a enquanto pedia um pedaço de manteiga fresca que ficara sobre a mesa. Coloquei uma bolinha do tamanho de uma noz no orifício e empurrei.

– Soltai-me, soltai-me! – dizia-me ela baixinho. Entrementes, rebolava admiravelmente, e o fodedor estalava sob nós. Descarreguei, gritando de prazer:

– Ela é tua, herege...

De pé, sua vara grande entesada na mão, Sobenacona admirava-nos. Mal tirei, ele precipitou-se sobre minha filha, cuja coninha ainda oscilava. E, duplamente favorecido pela minha foda e pela manteiga fresca, penetrou. Conchette deu um gritinho. Corri para ela, alarmado, mas ela logo me sorriu.

– Estás enfiando? – perguntei ao fodedor.

– Por todos os diabos, sim! – respondeu-me. – E que maravilha! Ela está beliscando minha vara... Que coninha! Um cetim! Ah... ah... estou fodendo! Mexe o traseiro, huri celeste!... Mexe, herege divina... cona deliciosa! Mexe...

sobre mim... Refreia... refreia... Estou chegando... Vou descarregar... Aaah...

O grisalho murchou sobre as tetas de minha filha, que ela própria nadava em foda e volúpia. Eu temia que ela não se mexesse o suficiente sob um estranho. Mas, assim que começou a ser desbastada, começou a se mexer, a refrear, a oscilar o traseiro, a descarregar aos suspiros e gritos... Sobenacona voltou a purgá-la sem tirar a broca, aos gritos e aos urros de luxúria, de vez em quando murmurando:

– Desgraçada divina!... torna-te puta... e... e eu repondo por tua fortuna...

Assim fodeu três vezes sem desenganchar. Finalmente tirou.

– Isso sim é uma foda que vale por dez, e uma cona que vale cem ou mil vezes mais que todas as que te ofereci, melhor mesmo que a da proprietariazinha de minha casa! É difícil abandoná-la...

– Volta a fodê-la, amigo: uma mulher equivale a dezesseis homens nesse jogo, não a deixemos esfriar, nem desocupada...

Ao ouvir essas palavras, Conchette-Ingênua, que permanecera imóvel, apenas contraindo-se um pouco como se ainda estivesse sufocada por uma vara, saltou do fodedor e correu para se lavar. Encontrou água morna preparada. Imediatamente estávamos de joelhos diante de nossa divindade, um esfregando-lhe o cu, o outro a cona, as nádegas e as coxas, pois ela estava cheia de foda e de um pouco de sangue. Tomávamos muito cuidado para não molhar sua camisa ou suas meias. Fazíamos com que se mantivesse arregaçada até acima da cintura. Após uma ablução escrupulosa, admiramo-la, pois ela era deslumbrante com o traseiro e a cona descobertos. Fizemos com que caminhasse assim e observamos a magia de sua divina traseirada.

— O que arrebata a mim – dizia o grisalho ao vê-la vir em nossa direção –, é essa cona negra sobre uma pele de lírio, esse pêlo sedoso, e essa risca de coral que o separa em duas partes iguais.

A bela virou-se e exibiu outros encantos:

— Ah! – exclamou Sobenacona fascinado. – Que belo cu! Não é nada inferior à adorável coninha!

Ela voltava:

— Ah, que bela cona! É digna do divino cu!

Quando minha filha chegou perto de nós, ele beijou-lhe a coninha. Depois, erguendo-se, pois ambos tínhamos permanecido de joelhos para ver melhor, levou-a para o fodedor, pedindo-me permissão para enlevar todos aqueles encantos antes que eu voltasse a fodê-la!... Com a língua, ele lhe fez cócegas na roseta até ela estrebuchar. Depois, partiu para a cona. A bela acariciada estremecia e, em seguida, ao emitir, relinchava como uma jovem égua na vulva da qual se insere pela primeira vez o engenho terrível e perfurante do garanhão vigoroso: as nádegas rechonchudas da égua virgem estremecem, todo seu corpo vibra e reage, pela emissão de seu fluido, às torrentes de esperma que lhe lança o dominador dos haras... Assim eu via minha filha voluptuosa, que então só estava sendo enlevada.

Sobenacona tirou a boca e eu, precipitando-me sobre minha fodedora inclinada, que mantinha seu cu a três dedos do fodedor, mergulhei com brutalidade. Ela só oscilava suavemente, o que não se adequava à minha impaciência devassa. Disse a Sobenacona:

— Tira-lhe o sapato e faz-lhe cócegas nas plantas dos pés.

Foi o que ele fez. Mas o colhão estava se divertindo cheirando-o e dizia:

— Está cheirando a parte de dentro dos sapatos ambrósia.

– Faz cócegas de uma vez, joão-foda.

Ele fez cócegas e, ao segundo sobressalto, descarreguei copiosamente... Em meu êxtase de prazer, elevei minha alma à divindade:

– Meu Deus, agradeço-vos por ter-me proporcionado uma filha tão perfeita, cuja coninha saracoteante acaba de me dar uma idéia das delícias que vós mesmo sentis fodendo vossa filha Natureza!...

– Deus de minha coninha – balbuciou Conchette –, sede abençoado! Vou descarregar outra vez! O grito de meu pai fez sua vara entrar ainda mais!

– Ó, que pai digno, que filha devota! – exclamou Sobenacona, edificado.

Tirei a vara.

– Mas por que – perguntou-me o vigoroso grisalho montando em minha filha e metendo-lhe sem lavar – me fizeste fazer cócegas nos pés de tua fodedora celeste?

– Consegui essa receita com um gráfico que fodia a mulher de seu colega, da confissão do cornudo: "O que fizestes para que ela me desse tanto prazer no final?" "Não vistes que ela estava descalça? Ora, ouvi dizer que os filhos das senhoras Chuilhanobolso e Radball, de oito anos de idade, ao entrarem no quarto onde um advogado e um procurador varejavam as senhoras suas mães, os babuinozinhos tiraram de cada uma seus borzeguins delicados e fizeram-lhe cócegas debaixo dos pés, o que provocou nas damas sobressaltos que lhes deram tanto prazer quanto o davam a seus operadores. Desde então, passaram a pedir que lhes fizessem cócegas nos pés para a circunstância."

– Faz-me esse favor.

Ele refreava:

– Vamos, a foda de teu pai... essa foda de que és feita, amalgamada à tua em tua coninha desgraçada de boneca deve te manter lubrificada! Como está difícil!...

Vi pelo rubor de minha filha que ela estava sofrendo.

– Tira, herege – disse ao metedor. – Tua vara de asno, tua vara de mula é grande demais para essa conazinha!

Ele tirou, e eu pus uma bolinha de manteiga fresca no orifício da jóia de minha filha.

– Ah, como refresca – disse a adorável criança.

Sobenacona voltou a meter na cona com fúria. Entrou melhor e tocou o fundo, Conchette tendo subido o traseiro:

– Ah, estou te sentindo, cãozinho beliscador! Vamos, Varanegrinha, mais para teu joão-foda Varanegra! Belisca... e mexe o traseiro, desgraçada!

Esses termos grosseiros provocaram-me uma fúria erótica. Fiz cócegas impiedosas nos pés de minha filha, enquanto lhe dizia:

– Fode, deusa! Dá-nos tua fodinha bonita! E tu, herege desgraçado, inunda-a! Jamais traspassaste cona ou coninha como a conazinha, a vulvinha de minha celeste, dessa putinha divina...

Conchette saracoteava a ponto de desenganchar seu metedor (como a senhorita Timão sob o grande homem Mirabeau), mas Sobenacona permanecia firme. Entrementes, ela teve uma descarga tão convulsiva, que ele quase foi lançado para fora. Porém, ao voltar lá para dentro, a esfregadela apertada da coninha aveludada fez-lhe descarregar com deslumbramento.

Ele desbastou quatro vezes sem tirar e, na quarta, os colhões acariciados, emitiu tão copiosamente quanto da primeira vez. Mas estava esgotado.

– Ah, como Varanegra é chifrudo! – dizia, enquanto tirava – Afinal, sua mulher fodedora descarregou o triplo comigo.

Conchette sorriu.

– Quantas? – perguntei-lhe.

– Oh, na base de nove, três vezes nove.

Beijei sua testa e ela foi ao bidê. Por essa atitude, percebi que teria um temperamento vigoroso. Assim, resolvi deixá-la calejar-se um pouco antes de entregá-la a uma vara grande.

Como a senhora Varanegra quisesse refrescar por um tempo sua cona no bidê, pediu-nos, corando modestamente, que a deixássemos sozinha. Cumprimentamo-la tão respeitosamente quanto a uma deusa benfeitora e saímos. Sobenacona disse-me:

– Meus parabéns. Eu me sentiria mais orgulhoso de ser o pai dela do que de Maria Antonieta. Ela está tão acima das fodas comuns quanto a senhorita Contat ou a senhorita Lange são superiores a uma puta de pobres que sacode varas atrás das charretes no cais do Louvre.

Ditas essas palavras, separamo-nos.

– Ah – dizia Sobenacona afastando-se –, como ela foi fodida!

CAPÍTULO XXI

Da lembrança e do episódio

Oh, como os puristas devem ter ficado indignados com o último capítulo!... Bem, puristas, estou pouco me importando convosco.

No dia seguinte, esperava um certo amuo ou um pouco de seriedade. Nada disso aconteceu: minha Conchette conversou comigo como sempre. Durante oito dias não tentei meter-lhe... No sábado, sua jóia bem restabelecida das fadigas inflingidas por Sobrancelhagrisalha, também conhecido por Sobenacona, sentiu uma comichão. Então lembrou-se do que eu havia dito, que ela podia deixar Indecis meter-lhe na cona. Fez uma toalete de volúpia, arranjou uma caleça e saiu à noite. Porém eu a observava e mandava a senhora Rédeaconinha ou, como eu a chamava de brincadeira, senhora Conacomrédea, observá-la. Fui avisado. Segui-a para evitar que algo de mal lhe acontecesse. Ela subiu. Fiquei escutando à porta e até entrevi tudo por uma fenda. Conchette atirou-se nos braços de Indecis. Mas ele não estava se sentindo bem. Só conseguiu enlevar a bela. Em vez de acariciá-la como ele esperava, Indecis começou a lhe contar a seqüência dos acontecimentos relativos a Varanegra, Fodeamorte e Coninhinha:

– Como não me senti bem, hoje, em vez de ir ao escritório, fui visitar Varanegra. Ele também estava passando mal, tanto o seu monge o amedrontara ontem com suas ameaças. O último mandara chamá-lo. Varanegra correu para lá. Encontrou toda a comunidade na enfermaria. Ao chegar à cama de Fodeamorte, este disse: "Tratante! Se tivesse força, te estrangularia... Mas, se eu estiver para morrer, como garantem, declararei tudo ao tenente de polícia e serás enforcado. Vendeste tua mulher a mim. Ela era tão bela que tive um prazer... infinito... em fazê-la expirar em dores mais fortes que as do parto... Ainda me enteso com isso, mas com dores insuportáveis... Ela era tão bela que eu quis comê-la: mandei prepararem sua cona, sua madre, seus pulmões, suas tetas e sua cabeça, que eu disfarçara. Nossos monges comeram, sem saber, seu cu, seu traseiro, suas barrigas da perna, seus pés, seus braços, suas mãos, seus ombros, seu coração, seu fígado, etc... Todos, eles e eu, pegamos sífilis! Ora, a mulher bela, fresca, ainda virgem, não podia estar com sífilis... Já sei o que fizeste, tratante: levado por uma falsa compaixão, deixaste tua mulher, por quem paguei para fodê-la até a morte, fugir e substituiste-a por uma puta... Que patifaria insigne... Se eu me recuperar, pegarei tua mulher. Se eu morrer, serás enforcado." Varanegra jurou por todos os demônios que vos entregara. O monge, que acabava de ser esfregado com mercúrio e cuja língua estava inchando, fez um sinal para dizer que não acreditava. O cirurgião puxou Varanegra para um canto: "Tendes algum negócio para concluir com esse celerado? Só lhe restam duas horas de vida, creio, pela maneira que sua língua está inchando. Pegou uma sífilis tão terrível que fui obrigado a esfregá-lo três vezes mais do que aos outros, aqueles, naquelas camas, que estão começando a salivar. Eu o conheço: é um monstro de que o mundo não sentirá falta e logo mais não conseguirá mais falar." "Impedi-o de escrever." "Oh, não tendes o que temer! O inchaço já lhe atinge os olhos, não está mais enxergando, e a língua começa a sair de sua boca... Está sofrendo (pegando em seu pulso) como um condenado... só deve durar mais meia hora." Então, Varanegra, estimulado, disse ao monge: "Patife, infame, dei-te a puta Coninhinha, foi ela que deste aos monges e cuja madre sifilítica devoraste!" O monge se ergueu e deu um soco tão violento em Varanegra que o teria matado se a coluna da cama não tivesse amortecido parte do golpe que, no entanto, derrubou Varanegra. Mandaram-no sair. Porém, hoje de manhã, soube pelo cirurgião que a língua do monge, que ficara do tamanho da de um boi, o matara quinze minutos depois. Queimaram sem ler tudo o que escrevera durante a doença. Foi o que Varanegra, mais calmo, me contou. É tarde. Não posso acompanhar-vos. Vai embora, minha amiga.

 Esse foi o relato de Indecis à minha filha, que ouvi e que ela iria me repetir. Ela voltou com a cabecinha cheia dos piores pensamentos. Segui-a de longe, os olhos atentos para protegê-la dos malfeitores. Eu entesava como um carmelita ao assistir a seu formoso rebolar.

Voltou para casa. Entrei antes dela no armazém e escondi-me. Ela voltou com um candeeiro e água morna. Lavou sua moita e suspirou dizendo para si mesma:

– O celerado deixou de existir!... Ainda estou assustada! – Dei uma batidinha na cômoda. Conchette ergueu os olhos e viu-me. Contei-lhe tudo o que ela acabara de fazer. Dei-lhe um susto saudável que a curou da vontade de voltar sozinha à casa de Indecis, dizendo-lhe que havia visto Varanegra no cais dos Ormes. Acrescentei:

– Fostes para serdes enfiada. Não ficareis na vontade, pois dormirei convosco.

Ela se fez de virtuosa, dizendo que a história de Indecis a deixara sem desejo. Nem prestei atenção. Entrei na cama, e ela veio se deitar ao meu lado.

CAPÍTULO XXII

Da fodedora que volta a ter apetite

O apetite vem quando se come, diz o provérbio, e veremos como isso funcionou para Conchette.

Assim que minha filha ficou ao meu alcance, ancorei-me em seus encantos, suguei-lhe as tetas e meti-lhe. Não sei por que motivo, mau humor ou volúpia, minha criança divina nem se mexeu. Agi da mesma forma e mantive-a enrabada sem fazer qualquer movimento. Adormeci de lado sem tirar. Conchette, que se prestara a isso, provavelmente adormeceu como eu, pois, ao despertar, por volta das duas horas, encontrei-me em sua jóia. Então agitei-me. Ela me apertou em seus braços, mexeu o traseiro animadamente e disse-me:

– Querido amante! Em... purra...

E saracoteou com toda força. Descarregou, eu também emiti...

– Ah, meu Deus, é meu papai que está me perfurando...

– Está te fodendo, minha deusa.

– Ah... não há ninguém melhor que vós para essas coisas... Não irei mais vos contrariar, pois sois mais esperto do que eu... Que prazer senti... só o devo a vós... Querido papai, de novo, vou descarregar em vossa homenagem! Adoro-vos...

Voltei a meter-lhe com vigor, enquanto lhe dizia:

– E fode como há pouco em homenagem a teu amante!

Ela mexeu o traseiro como Cleópatra ou Messalina, e começou a dizer, sacudindo:

– Indecis, seu herege... fode... fode... fode-me... fode tua devassa... põe chifres no patife do meu pai... de quem sou mulher, amante puta... Ah, sinto tua vara no fundo de minha cona... Tua língua... tua língua!... Vou gozar... estou descarregando... Foda... Ah... a... ah... não agüento mais...

Depois de acabar, foi lavar a cona.

Assim que voltou, montei nela de novo.

– Mexe o traseiro, a cona – disse-lhe –... sacode as nádegas... sinto teu beliscador... oh, como fodes bem, filha, minha vara, para uma noviça... Fazei movimentos mais rápidos... Bom... excelente! Que ancas elásticas!...

Ela teve três sobressaltos e descarregou dizendo:

– Oh, meu Deus, colocai uma tonelada de foda nos colhões de meu pai e que sua vara divina descarregue no fundo de minha cona! – Deus atendeu a seu pedido, pois emiti imediatamente, e nossas fodas misturaram-se. Melhor que um Adônis... A seguir, ela permaneceu imóvel, eu também. Ela fez uma ablução copiosa. Refresquei meu pau e meus colhões e voltamos a nos deitar. Voltei a meter-lhe.

Fiquei ali por mais de uma hora, chupando-lhe os botões de rosa, dardejando e fazendo-a dardejar com a língua, fazendo-a dar umas descarregadinhas, gozadinhas, deleitadinhas nos meus colhões. Não conseguia me decidir a tirar a vara. De repente, minha filha, que eu acreditava esgotada, começou a sacudir o traseiro, a convulsionar a cona como sua mãe fazia outrora, mas melhor que a última. Voltei a entesar, mas sem pensar em descarregar, de forma que a desbastei tanto quanto ela queria. Ela me dizia:

– Papai, não falarei de um Varanegra, que só tem prazer com uma mulher brutalizando sua montaria, mas vós fodeis com mais ternura, mais deliciosamente do que Indecis me acaricia. Desbasta minha cona como um deus! Essa descarga é em tua homenagem... Papai, papai, purga... Estás na cona de tua filha! Mexe o traseiro, papai!... Estás me fodendo... estás me fodendo... estás me metendo! Fode, herege... fode tua filha... Anda com esse incesto, joão-foda!... Enfia, en... fia... na con... na de tua filha fodida!...

E ela pemaneceu como morta durante uma longa descarga.

Voltei a desbastá-la, pois também queria descarregar pela última vez naquela noite. Ela voltou a se animar:

– Fode, rufião, sou tua puta, tua devassa, tua marafona preciosa... tua fodedora apaixonada... tua filha terna... Engravida-me!...

Mexendo o traseiro com fúria:

– Coloca-me um menino... uma puta na cona! Se for menina... um dia poderás desvirginá-la... Se for um filho... ele me foderá...

– Furor adorável – exclamei –, pronto... filha adorada... aí vem a foda...

Emiti deliciosamente, e minha fodedora descarregou ainda mais deliciosamente...

– Ah, que noite – disse-me ela... – Indecis não me teria dado uma tão voluptuosa.

Ela fez abluções, eu me lavei e adormecemos.

CAPÍTULO XXIII

Da ternura filial. Amor paterno

A verdadeira sabedoria é ser reservada, modesta, ou voluptuosa e fodedora na hora certa.

Não estou falando de banalidades... Sobenacona não conseguiu voltar a meter na senhora Pelosedoso e ficou muito surpreso com isso. Ela se tornara tão modesta e tão contida com ele quanto antes de ele tê-la fodido. É porque seguia meus conselhos de não se deixar dominar por favores concedidos ou arrebatados. Num dia em que ela se abaixou para atiçar o fogo, ele pegou sua cona. Ela deu-lhe um tapa. Eu disse a Sobenacona.

– Eu, que a conheço, jamais toco em suas nádegas ou no pêlo da coninha sem sua permissão e sem que ela me peça: "Ei, anda logo!". Quando lhe peço esse favor, ela está sempre arrumada e calçada como as Graças. Começo pedindo-lhe para beijar-lhe o pé. Depois, a mão em sua perna, digo-lhe: "É tão linda que vou beijá-la!". Chego à coxa dizendo: "Que cetim!". Passo delicadamente a mão na moita e exclamo: "Minha rainha, quando te vejo caminhar na rua contorcendo o traseiro de forma tão bonita, fazendo os homens entesarem e irritando todas as mulheres, posso dizer para mim mesmo: acabo de manipular e beijar esses encantos fodedores... Eu te seguiria, ouviria os homens dizerem: como eu a foderia bem! Veria as mulheres pensando: coquete desgraçada! Essa toalete, esse gosto, esse traseiro que diz: quero ser fodida, varas, fodei-me! Invejosas, eu lhes responderia baixinho, desprezo vossas conas e vós! Eu só enteso pela bela coninha que invejais". Ao ouvir isso minha filha sorriu e deixou que eu manipulasse e depois beijasse tetas, traseiro e coninha.

Sobenacona admirou meu discurso e pediu perdão a Conchette, que ouvira tudo o que eu acabara de dizer enrubescendo de modéstia.

Num dia de festa em que eu a levara com precaução à casa de uma amiga e voltara para buscá-la à noite seguindo-a de perto, seu rebolado lúbrico me fez entesar com tanta força que, ao entrar em casa, agarrei-lhe a cona. Ela se defendeu porque ouvira a senhora Bridaconinha andando de lá para cá.

– Nesse momento, deusa, estou tão louco de lubricidade em virtude de teu andar voluptuoso que te foderia diante de toda a terra. – E rangia os dentes, mantendo nas mão o pêlo da cona, esse pêlo sedoso que formava uma longa e magnífica peruca à Luís XIV.

– Está bem – disse-me ela –, mas não me amarroteis.

– De roupa de baixo, minha rainha.

Continuava agarrando-lhe a cona e acompanhava tudo o que ela fazia. Ela deu-me um lindo beijo com a língua de dardo para me agradecer por lhe permitir que ficasse apenas com as roupas de baixo.

– Não abandoneis meu pêlo, isso me prepara.

Tal complacência fazia-me adorá-la. Num instante estava de corpete e de sainha curta, as tetas bem descobertas.

– Meu sapato está voluptuoso o suficiente ou desejais chinelos com outras meias?

– Chinelos.

Com a mão, tirei seus sapatos, com a outra continuei a acariciar-lhe a cona. Ah, que perna branca! Que limpeza! Ela se calçou de pé. Coloquei seu pezinho num chinelo cor-de-rosa delicado, com saltos também rosa, finos, altos, com falbalás de ouro, assim como a ponta do salto. Soltei a moita, que ela lavou. Depois ela deu algumas voltas no quarto para me excitar ainda mais.

Ao me ver fora de mim:
– Quero te ver alucinado! – disse-me ela.

Enquanto eu tirava as calças, ela sentou-se e brincou com o salto do chinelo.

Eu não estava mais agüentando... Ao ver-me prestes a me atirar sobre ela, Conchette subiu em mim arregaçada, fez com que eu segurasse suas saias, apoiou os dois cotovelos em meus ombros e enfiou-se sozinha com suavidade sem tocar minha vara com a mão delicada. Desceu dessa forma gradualmente até que eu chegasse a seu lindo belisca-pau.

– Não te mexas! – pediu minha rainha. – Quero me foder sozinha.

Assim que sentiu o prazer, a fodedora divina, comovida demais, caiu com todo o peso de seu corpo, dizendo:
– Vara querida... em... purra!

Ela colocou sua boca ardente sobre a minha, deu movimento interior à sua cona, dardejou-me com a língua e gozou lançando-me toda a sua alma... Eu descarreguei com um estremecimento tão delicioso que ela continuou fodendo por mais cinco minutos.

– Ah, foda adorada, o brilho da felicidade perdura e... prolonga-se contigo.

Senti naquele instante a emoção de minhas primeiras descargas em que eu desmaiava, e achei que iria expirar de volúpia em sua cona. Foi o que eu disse descarregando. Minha anconada agitou-se ainda mais.

– Um filho?... Uma filha?... ou ambos no fundo de minha cona – dizia ela –, querida vara paterna?

Eu blasfemava, consagrava, divinizava minha filha:

– Cona celeste, cona divina, cona de minha vara... Fui eu? Foi um rei? Um príncipe?... Foi o ajudante que te fodeu na cona de tua mãe puta? Ah, minha vara te devolve minha filha misturando minha foda com a tua... Perdida divina, desgraçada... Adorável herege enrabada, tenho de te enrabar também!

– Não, tua foda me é preciosa demais para que eu a perca conscientemente. Fode-me a cona à vontade, mas não o cu, a boca ou as tetas.

Concordei com respeito.

Depois disse-lhe por que sempre a seguia quando a levava à casa de sua amiga ou quando a trazia de volta:

– O primeiro motivo é te proteger do perigo. O segundo, ouvir o que dizem os homens e os moços que fazes entesar. Um diz: "Que movimento de traseiro!... Que marafona! Se estivéssemos sozinhos aqui, iria me jogar sobre ti e te meter!"

– Eu ouvi – disse sorrindo a senhora Pelosedoso.

– Um outro, hoje à noite, sacudia a vara em plena rua: "Mamãe", dizia, "mamãe deliciosa... Estou chacoalhando... descarregando... em tua homenagem".

– Ouvi-o, sorri. Ele logo acrescentou: "Oh, se sois putas... uma divina puta... cinqüenta luíses por três vezes em uma hora!... na vossa casa ou na minha... Moro na rua de Buci, no terceiro andar, nº 16".

– Um bonito pretensioso dizia alto o suficiente: "Minha vara em sua boca e minha língua em sua cona". E chacoalhava, chacoalhava.

– Eu o vi e dei-lhe com o leque na vara. Ele me comoveu! Ocupou minha mente! Foi talvez por isso que me mostrei um tanto mal-humorada quando, à nossa chegada, pegastes minha cona.

Depois dessa frase, repetimos a cena que acabei de contar, só que dessa vez derrubei minha filha de costas.

– Vara-papai – disse-me ela –, és o pretensioso... é o pretensioso que está me fodendo. Vais me foder por todos aqueles que me desejaram... Estou descarregando pelo pretensioso... sua vara em minha boca, seus colhões em minhas tetas, e o engenho de papai no fundo de minha coninha... Estou engolindo... sua foda bonita...

A cona em convulsão:

– Estou des... carregando.

Jamais estivera tão ardente. Porém até raciocinava, pois, entre duas descargas, ela me disse:

– Vossos lábios são apetitosos, chamam-me de volta. Enquanto os de Sobenacona... Não quero mais que ele me me... t... a – disse ela agitando-se. – Língua na boca. Minha cona es... tá... partindo... Ah, se o homem dos cinqüenta luíses estivesse aqui, eu, que não sou descarada, acho que fingiria ser puta, que os exigiria antecipadamente como Varanegra dizia ser comum entre as moças, que eu lhe tiraria as calças e que minha cona martirizada ganharia a soma!

CAPÍTULO XXIV

Da obra-prima de ternura paterna

Conchette era naturalmente bem-comportada, só sentia os arrebatamentos da libertinagem no delírio do gozo, efeito de um temperamento vigoroso.

Eu estava esgotado por duas fodas tão arrebatadas. Entretanto, via-a ofegante de volúpia. Corri à rua de Buci, nº 16, ao terceiro andar. Lá encontrei o homem dos cinqüenta luíses. Eu o reconheci, ele também.

– Sou o pai da jovem dama a quem oferecestes cinqüenta luíses.

– Mantenho minha oferta: três vezes numa hora?

– Está bem. Na minha presença.

– E de toda Paris se quiserdes. Porém, patife, espero que não estejais brincando!

– Não. Mas uma hora sem estardalhaço.

– Palavra de homem. Vamos.

Ele pegou os cinqüenta luíses.

Quando chegamos, disse à minha filha:

– Eis o homem que te agradou. Precisas de cinqüenta luíses, ele tos traz. Deves merecê-los.

Conchette enrubesceu sem nada dizer. O homem tirou as calças, veio pegar suas tetas, a cona. Disse-me:

– Pegai os cinqüenta luíses. Essa cona acetinada e as tetas tocadas valem isso.

Eu peguei-os enquanto ele derrubava minha filha no fodedor. Ela gritou:

– Ó senhor, caro senhor... não me machuqueis muito...

– Seríeis virgem?

– Infelizmente sim.

Ele meteu-lhe com fúria, ela suspirou, deu gritinhos, beliscou com a cona, descarregou.

– Ela é adorável – dizia o fodedor enlouquecido.

Pois ele fodeu e voltou a foder, sem piedade e sem tirar, as três vezes seguidas. Minha filha ora o acariciava, ora lhe pedia misericórdia, mas continuava descarregando... Ele tirou, deslumbrado. E, ao ver algumas gotas de sangue que suas bruscas estocadas fizeram escorrer, ele disse:

– Sois gente muito honesta. Uma virgindade assim

vale mais que cinquenta luíses. Vou mandar outros cinquenta, papai.

Minha filha desaparecera para as abluções.

– Sim, se eu não fosse casado – acrescentou enternecido –, eu a desposaria por sua virgindade e por amor a ela. Recebereis mais cinquenta luíses. Pelo resto da minha vida sentirei falta dela e nunca mais a verei.

Ele foi embora. Minha filha agradeceu-me e disse-me que estava saciada. Entreguei-lhe os cinquenta luíses:

– Não – disse-me ela –, querido papai, são para nossas despesas.

Os outros cinquenta luíses chegaram e não consegui fazê-la aceitar mais de seis. Coloquei os outros noventa e quatro ao seu alcance em meu armazém.

No dia seguinte, assim que cheguei, minha filha disse-me:

– Hoje estou ardendo. Sabeis onde mora o pretensioso ou o pau descoberto?

– Não, são dois bobos.

– Então saiamos: um ou outro decerto me verá e podereis ir atrás deles.

– Filha divina... Esgotado em tua coninha celeste, continuo com os mesmos desejos. E, se quisesse morrer de prazer e no prazer, pediria para que mexesses o traseiro e me deixasses expirar no fundo de tua cona acetinada... Fodamos.

– Só uma vez. Sois caro e necessário demais para mim para que eu não vos poupe.

Enquanto montava em minha filha e ela arrumava minha vara à entrada de sua cona, eu dizia-lhe:

– Abandonar-te para seguir um deles é perigoso demais, pode te acontecer algo de ruim.

E como ela não se agitasse:

– Estás me poupando?... Mexe o traseiro, lindinha,

sacode, descarrega... Só vou te foder uma vez. Mas tenho com o que te satisfazer... Aliás, é até necessário antes que uma das três varonas te martirize.

Ela mexeu o traseiro e a cona como Maria Antonieta fodida por trás na Conciergerie por um moleque de um gendarme... Descarregamos, Conchette como a rainha, eu como o gendarme. Saí. Ela lavou-se.

CAPÍTULO XXV

Do bom pai que manda foderem sua filha

Chegai ao objetivo e enfrentai o resto: trata-se de alargar uma cona. É preciso portanto que esta seja fodida.

Todos sabem que eu tinha um secretário, um certo Traçodeamor, irmão de Minone e amante de Conetta, que me ofereceu para desvirginar, pois a sua vara era grande demais. Era um rapaz vigoroso de vinte anos. Morava perto, fui buscá-lo.

– Queres foder quatro ou cinco vezes uma mulher encantadora que quero regalar e à qual quero dar uma boa impressão de mim? Não a terás de dia, mas poderás vê-la antes de fodê-la para servi-la melhor.

– Está bem! Faz quinze dias que não meto, nem em Conetta, nem em minha irmã, e outras não fodo.

Chegamos.

Mostrei-lhe pelo postigo Conchette, que ele não conhecia.

– Oh, como ela é provocante... fodedora!

Entrei sozinho:

– Mostra as tetas, arregaça-te – disse à senhora Pelosedoso –, estás sendo observada por um rapaz de vinte anos, belo como o amor.

– Meu pretensioso?
– Teu pretensioso. Chama-se Traçodeamor. Vamos, mostra tudo ao te lavar, vou voltar para junto dele.

Depois de voltar para junto de meu garanhão, disse-lhe:

– Observa-a bem, ela vai se lavar e te mostrar cona e cu.

A alma de meu genro momentâneo passou para seus olhos. Conchette descobriu suas tetas, passou a esponja com água de rosa de leve nos bicos. Em seguida, arregaçou-se até a cintura, perfumou o traseiro e a cona com outra esponja macia, exibiu o traseiro, mostrou bem a cona. Depois caiu sobre o fodedor antes de fechar as cortinas. Fui puxá-las dizendo para Traçodeamor me seguir. Joguei-me sobre a deliciosa Pelosedoso e meti-lhe. Minha fodedora gritou de volúpia. Apressei-me em tirar.

Traçodeamor aguardava sem calças. Precipitou-se sobre minha filha, e eu disse, inclinando-me junto à cabeça do enfiador:

– Vamos! Vamos! minha bela, as ancas flexíveis! Recuperei meu vigor.

Traçodeamor mal conseguia enfiar sua bela vara na estreita jóia, embora minha foda ali servisse de pomada. De novo desvirginada, Conchette dava gritinhos e suspirinhos, apesar de mexer animadamente o traseiro a cada dardejar de vara.

Voltei a entesar. Traçodeamor fodeu três vezes e soltou três copiosas ejaculações antes de tirar. Arranquei-o dali para obrigá-lo a recuperar o fôlego.

– Enquanto isso – disse-lhe baixinho –, vou jogar uma partida de buraco-madame.

– Estou vendo – disse-me também – que não estais entesando o suficiente e que sou vosso garanhão excitador. Mas a sua cona está cheia de foda!...

Minha filha estava se lavando. Eu ficava cada vez mais rijo com a visão das coxas de neve, das pernas finas, do pé perfeito, do cu, da cona, do ventre de marfim, do umbigo bem feito, das tetas de minha fodedora. Disse alto a traçodeamor:

– Belo fodedor, mostra-te para que minha deusa veja a vara magnífica que estou lhe oferecendo.

Traçodeamor apareceu, o pau na mão. Não era o pretensioso, mas ele era mais bonito. Minha filha sorriu e, descendo os olhos para a vara portentosa, a bela disse, suspirando e pressionando-a com sua mão branca e rechonchuda:

– Então foste tu que me machucaste tanto... e me deste tanto prazer?

Traçodeamor derrubou-a, fez com que abrisse as coxas, deitou-me sobre ela, pôs meu engenho na brecha e disse:

– Vossa bela tem a mão suave demais, ela poderia vos colocar em má situação, e é preciso meter-lhe com firmeza... Empurrai, patrão... Esporeai à toda... a égua é bela... Vamos, deusa metida, erguei a cona... mexei o traseiro... Vossa madre será umedecida pela foda honrosa de um sábio...

Essa arenga fez a fodida sorrir e, esta, para disfarçar o motivo do sorriso, exclamou:

– Ah, senhor Varanegra, como sois cornudo!

– Vamos, deusa – continuou Traçodeamor –, pensai que deveis realizar três quartos da obra... Movimento!... Muito bem... Ah, essa é por amizade... mexei o traseiro como uma princesa... Vamos, usai a cintura! Com vossa coninha acetinada, levareis vosso fodedor ao céu. Rijo, patrão! Ajudai a vós mesmo... vossa formosa montaria é como uma égua barba... gzee... gzee... uma chicotada... Ha, que sobressaltos! Ora, ela está descarregando...

Esporeai... Como ela saracoteia as nádegas, a celeste amiguinha! Como ela dá!... Vou acariciar vossos colhões para corresponderdes... Estais chegando! Que traseiradas!... Que suspiros! Ela está descarregando de novo!

Minha filha modesta só blasfemava quando muito emocionada e no delírio da volúpia. Nessa ocasião, portanto, sincopou exclamando:

– Herege... fo...de...me... Minha co...na tem toda... minha alma! Estou fodendo em foda... estou descarregando... Por que... não há duas... varas... na desgra...çada da minha cona!

– Ela é estreita demais, minha bela – respondeu-lhe Traçodeamor –, senão daríamos um jeito para vos proporcionar esse prazer... Mas um dia será possível vos enrabar enquanto vosso fodedor meterá na cona.

Após uma deliciosa descarga, achei que estava exausto. Tirei imediatamente. Traçodeamor saltou na cona fumegante e, metendo-lhe de novo, dizia-me:

– Fodestes minha irmãzinha, eu também a fodi diante do vós, desvirginastes Conetta, minha futura esposa. Dizei-me se suas conas são comparáveis à que vossa bondade me oferece. É puro cetim. Mas, a julgar pelo sedoso do pêlo, pressinto que o interior da cona de minha bela chapeleira da rua Bordet não é muito pior... Ah, rainha, estou vos machucando? Sentis prazer? Anda... anda... anda... Estou fodendo. Aaaaaaah, que cetim, que delícia! Enfio... fodo... des...carrego... Mexe... divina... sagrada enfiada! Ó, que pinçazinha gostosa ela tem no fundo da coninha!... Belisca... aperta... convulsionariazinha desgraçada... faz-me... convulsionar em tua graça de cona! Queres foda... deusa? Quatro descargas seguidas vão inundar-te a coninha... conazinha... conetinha!... Eis a segunda...

– Fode... refreia – murmurava minha filha –, não me abandones... Varadeamor querido!

— Não a deixes depois de ter descarregado – disse a meu secretário –, para que ela sinta as últimas oscilações de tua vara enorme!

E eu dizia a Traçodeamor:

— Como ela é bonita fodendo!... Estou entesando de novo... Parece uma deusa! Deixa-a terminar... revolve... desbasta... ela ainda está esperneando... Bom... bom... ela está murchando... Ah, como ela é bonita murcha...

— Ela parou de emitir!

— Ela deu três vezes na cona sem ser desenconada!

— Quatro e três são sete – disse Traçodeamor lavando-a para mim. – Por favor, fodei-a de novo para eu descansar. Eu chegarei às doze.

— Ides vos desgastar – disse-me Conchette –, é a quarta vez que me meteis hoje. O resto das suas doze me bastará, isso completará minhas dezesseis.

Como resposta, derrubei-a. Ela dardejou-me com sua língua e eu meti-lhe firme... Traçodeamor pegou-a em seguida e não mais a abandonou, embora ela o pedisse, enquanto não regou mais cinco vezes a bela cona... Ela levantou-se imediatamente após meu secretário tirar a vara e disse-me:

— Levai esse homem impiedoso embora e deixai-me sozinha. Preciso refrescar minha pobre jóia martirizada no bidê por mais de meia hora...

Deixamo-la. Fui tomar e oferecer a Traçodeamor um caldo na casa da senhora Bridaconinha, a quem pedi que mantivesse um pronto para a senhora Pelosedoso, o que a surpreendeu. Descansada, Conchette foi nos encontrar e parecia tão decente e tão modesta como se não tivesse fodido. Traçodeamor partiu sem mais delongas, pois eu pedira à senhora Bridaconinha que jamais revelasse as relações entre eu e minha filha.

CAPÍTULO XXVI

Advertência muito útil ao leitor e ao autor

Finalmente chegamos à época tantas vezes anunciada das fodas principais. Se eu as contasse sem maiores preparações, estas surpreenderiam. Mas que se saiba que, ao começá-las, não-somente tinha a certeza de ter para minhas filhas dois dos três pagadores que remuneravam Varanegra, como também fizera com que fossem precedidas pela formosa chapeleira da rua Bordet que, vendida aos mais duvidosos, iria me informar sobre a moralidade dos três. Era portanto essencial, para evitar que fossem estropiadas, serem elas prodigiosamente alargadas, evitando, entretanto, prodigar-lhes descarregadores na cona demais. Os leitores verão como procedi para chegar a isso.

Em cada sessão, encontrar-se-á na narrativa um episódio, tanto para variar o cenário e repousar a imaginação quanto para contar algumas aventuras que achei que deveria suprimir no começo. Cada historieta, lida ou contada, não se afastará do gênero. Nada mais deslocado, numa obra como essa, do que uma dissertação filosófica: ela se tornaria insípida e, por isso mesmo, desvalorizaria a filosofia. Meu objetivo moral, tão válido quanto qualquer outro, é proporcionar aos que possuem um temperamento preguiçoso um *Erotikon* apimentado que os faça servir de forma adequada uma esposa que não é mais bela. Foi o que vi vários homens fazerem utilizando para tal o livro cruel e tão perigoso de *Justine, ou as desgraças da virtude*. Meu objetivo é ainda mais importante: quero proteger as mulheres do delírio e da crueldade. *A Anti-Justine*, não menos saborosa, nem menos arrebatada que a *Justine*, mas sem barbárie, evitará então que os homens recorram à última. A publicação da concorrente-antídoto é urgente, e desonro-me de bom grado diante dos idiotas, dos puristas e dos precipitados para oferecê-la a meus concidadãos.

A obra terá duas partes: o relato que forma a primeira será sucedido por cartas não menos apimentadas que compõem a segunda. As filhas de Cupidonet contam os momentos de prazer proporcionados por aqueles que as sustentam, durante os quais, no delírio da embriaguez, seus pagadores faziam com que fossem possuídas por doze homens... Mas nem todas as cartas são exclusivamente eróticas: há algumas interessantes por outros motivos. Como a que versa sobre uma ressurreição, com a descoberta da origem de Conchette-Ingênua e de Victoire-Conchette, nome de duas moças que as minhas substituíram. O que me justificará de uma certa coisa que decerto já incomodou mais de um leitor... Por enquanto nada mais direi a esse respeito...

Poderia fazer muitas outras observações sobre as cenas que colocarei diante do leitor. Para substituir *Justine* e fazer com que a preferência recaia sobre a *Anti-Justine*, esta deve superar a outra em volúpia, ao mesmo tempo que lhe cede em crueldade. Um único capítulo, lido por um homem inspecionando a Tábua, deve levá-lo a explorar a mulher, jovem ou velha, feia ou bonita, contanto que a dama tenha se lavado no bidê e esteja bem calçada.

CAPÍTULO XXVII

Do início das grandes fodas

Satisfeita como fora no dia anterior, minha filha devia estar necessitando de descanso no dia seguinte: sua jóia estava tão cansada que ela mal conseguia abandonar a cadeira. Ficou todo o tempo ao lado da senhora Bridaconinha de medo que alguém viesse manipulá-la. Pelo resto da semana, embora curada já no terceiro dia, evitou igualmente ficar sozinha comigo. Ela própria reunia temperamento, pois jamais se masturbou.

No domingo, à uma hora, foi pela última vez à casa de sua amiga. Antes de partir apresentou-me seu lindo pé para ser beijado e entregou-me sem protestos o pêlo de sua coninha. Levei-a até a porta prometendo voltar antes das cinco, o que a fez enrubescer. Mas observei que, enquanto subia, sorria, pois acreditava que eu tivesse ido embora.

Fui pontual. Ao voltar com ela para casa, fiz com que caminhasse à minha frente e percebi que era observada por um homem que acreditei fosse um dos pagadores de Varanegra. Porém, ele não conseguiria reconhecer seu rebolado e sua marcha provocante, tanto ela estava enfarpelada. Observei o desconhecido. Perguntei à minha filha se era aquele o seu preferido.

– Sim – disse-me ela.

Então chamei-a nitidamente de minha filha. E o homem se afastou.

Eu avisara Traçodeamor. Ele tinha uma chave de meu armazém e encontramo-lo lá. Achei que estava sozinho, apesar de minha recomendação de que trouxesse quatro atores de ambos os sexos. Disse-lhe rindo que estava teso e que queria meter numa cona.

– O quê! – disse Conchette. – Os dois ides fazer aquilo como da outra vez? Sabei que não estou muito disposta.

– Faremos com que fiqueis disposta, minha bela – disse ironicamente Traçodeamor que a confundiu com minha puta. – Dai um olhada nessa vara.

E ele mostrou-lhe uma magnífica:

– Deixai-me antes lamber vossa coninha, senhorita... Meu amo vos meterá quando estiverdes pronta. Hoje estou disposto a dar-vos, a ele e a vós, um prazer de arrematante de impostos régios.

Ele derrubou-a com brutalidade e enlevou-a dizendo-lhe, como se a ameaçasse:

– Não resistais, pois posso machucar-vos.

Contudo, a senhora Pelosedoso, assim como todas as mulheres de temperamento forte, amava na foda e seus acessórios uma espécie de brutalidade. Dessa forma, acreditando estar obrigando-a, ele a servia admiravelmente. A bela começou a descarregar...

Enquanto eu enrijecia com oscilações à visão das sístoles e diástoles das nádegas e da cona de minha filha, vi atrás de uma cortina da alcova algo se mexendo. Fui ver o que era. Eram Minone e Conetta, cujas conas estavam sendo lambidas por dois rapazes, amigos de Traçodeamor, excitados pelo que viam. Fiz com que compreendessem por sinais que não deveriam fazer barulho e estimulei-os com um gesto.

Entrementes Traçodeamor felava ou sugava a coninha da senhora Pelosedoso. Quando achou que ela estava preparada o suficiente, saiu dali, atirou-me sobre a bela e inseriu minha vara tesa naquela coninha revirginada por sete dias de descanso.

– O que tendes aí para eu sugar? – disse ele à enfiada. Ela apresentou-lhe o indicador da mão direita que ele se pôs a chupar, após contudo ter chamado sua irmã e sua amante e dizer-lhes:

– Aqui, rameiras, tratai de mostrar o que sabeis fazer!

Uma delas, Minone, que tinha a mão tão macia quanto a cona de minha filha, acariciou-me os colhões, enquanto a outra, Conetta, enfiava um dedo cheio de pomada no cu de minha fodedora para fazê-la estremecer sob mim. A senhora Pelosedoso relinchava de prazer. Ela dardejava-me com a língua chamando-me de seu querido pretensioso, seu querido cem luíses, seu querido pagador de pau grande, seu querido Traçodeamor... Finalmente, embriagada de furor erótico, exclamou:

– Varanegra! João-Foda... Fode-me! Belisca-me! Que teu grande pau de mulato me rache e me enrabe!

E descarregou como uma energúmena. Naquele momento, a língua agitada de minha fodida estava em minha boca. Uma das duas moças acariciava-me com a sua o buraco do cu e os colhões, a outra chupava o sulco das minhas costas, entre os dois ombros, precisamente no *sensorium*... Achei que conhecia o prazer da descarga, mas jamais o sentira como daquela vez. E imediatamente consegui-o. Que delícia!

Traçodeamor arrancou-me de sobre minha filha e precipitou-se para sua cona.

– Que coninha! – dizia ponto e tirando, indo cada vez mais além a cada entrada. – Essa coninha assemelha-se tanto com as outras conas quanto o cetim com as tapeçarias de Bérgamo...

As mocinhas não precisavam acariciar quando Traçodeamor fodia: ele tinha fogo suficiente e fazia sua montaria saracotear até bem demais. Fiz sinal para que os dois rapazes, Quebramoita e Cordadetripa, deitassem as moças, uma no sofá antigo, a outra numa cama de lona com um simples colchão, e para que as fodessem ao alcance do olhar da bela da cona sedosa. Por um efeito do acaso, minha filha emitiu sob Traçodeamor pela segunda vez, no mesmo instante em que as duas metidas descarregaram, assim como os três homens. A bela Pelosedoso, as pernas rijas, dizia:

– Hi hi-hi he he!...

Minone:

– Han-han-hanh!...

Conetta:

– Huhin-huhin oua-oua-oua-ouaaa!...
Os três homens diziam, juntos. Traçodeamor:
– Mexe o traseiro, deusa!
Cordadetripa:
– Mexe o traseiro, dadeira!
Quebramoita:
– Mexe o traseiro, putinha!
Ao descarregar, exclamaram:
– Foder, foder, foder...
Traçodeamor:
– Ah, deusa...
Cordadetripa:
– Ah, herege...
Quebramoita:
– Ah, espertalhona...
Cada qual de acordo com seu temperamento e polidez.

A senhora Pelosedoso foi a que mais demorou para descarregar: as duas outras já se haviam desvencilhado e lavado enquanto ela ainda emitia. Finalmente parou. Traçodeamor lavou-a e, ao ver-me re-entesar:

– Ireis fodê-la tanto quanto da última vez? – perguntou-me.

– Com toda certeza – respondi. – Só sou vigoroso com essa jovem beldade: eu a foderia até a extinção da vida e à dissecação dos colhões. E verás como estou bem. Basta que me animeis com a visão de múltiplas fodas...

CAPÍTULO XXVIII

Da foda no rabo e na cona

Minha resposta fez Traçodeamor, que decerto nela não acreditara, sorrir.

– Muito bem – continuou Traçodeamor –, vou vos proporcionar um prazer com o qual nem vós, nem esses hereges jamais sonharam. Aprendi essa modalidade com o abade Chouanche, antigo cônego de Santa Genoveva, que me enrabou muito antes de eu ter barba no queixo e pêlo na vara. Um dia, como me visse entediado com sua enrabação, disse-me para ir buscar a pequena Cutrilhado caçula, bonita como um coração e ainda não vendida a um lorde. Ele enviava doze francos à mãe, e a filha deveria receber o mesmo. O abade fez com que ela apoiasse um cotovelo numa cômoda, colocou-se atrás dela e enrabou-a. Eu estava à sua frente e ele fez com que eu metesse em sua cona. Desbastávamos, nossas varas sentiam uma à outra, ou a rameirazinha saracoteava o traseiro de forma a que acreditássemos estarmos sentindo aquilo. Chouance fazia-a jogar a cona para o meu lado e então, sua vara desenrabando um pouco, tinha o prazer de reenrabá-la quando ela fodia o cu sobre ele. Então eu quase saía, depois eu voltava a enfiar. Essa linda brincadeira durou enquanto Chouance conseguiu conter sua foda. Pois ele não descarregou: reservava a foda para meu cu. Por isso, fez a bonita Cutrilhado deitar-se de costas: eu meti em sua cona, o abade me enrabou e os três descarregamos... Não empreguemos a forma do cônego de Santa Genoveva, é muito cansativa para a fodida. Mas ele pagava a linda herege. Pagais pela senhora?

– Claro que não, ela é uma mulher honesta.

– Isso é perceptível pela sua foda: uma puta não

fode como a senhora. Nesse caso, vou mostrar-lhes a experiência física numa dessas duas mocinhas... Vamos Minone! Vamos, Conetta!... Qual das duas quer ser enrabada e enfiada na cona ao mesmo tempo e simultaneamente? Que se arregace!

Durante aquela conversa que a deixava em paz, Conchette cobrira a cona e as tetas. As duas moças estavam sentadas ao seu lado, os seios de fora. Ela beijou seus botõezinhos e cobriu-lhes o colo com suas rendinhas (a senhora Pelosedoso voltava à modéstia sempre que ninguém a estava fodendo)... As duas moças responderam juntas:

– Eu!... Eu!...

– Uma depois da outra – disse Traçodeamor. – Tendes pomada ou manteiga fresca aqui?

– Sim – respondeu rubra, a bela Conacetinada. – Minha pomada está aqui, e eis a manteiga.

– Guardemos a manteiga fresca para vós, bela dama, tão bela de cu e cona quanto de rosto – retomou Traçodeamor.

Minone passou pomada na roseta.

– A primeira serás tu, minha irmã?

– Sim, se fores tu a me desvirginar o cu.

– Também sou virgem ali – exclamou Conetta.

– Tua virgindade de trás não será para mim – respondeu Traçodeamor à irmã –, hoje minha vara está inteiramente reservada à senhora. E, embora a enrabação, passiva ou ativa, nunca tenha me atraído, o cu acetinado da senhora tenta-me tanto quanto o estreito estojo de sua cona, que volta a ficar virgem em uma semana, ou apenas com uma lavagem de água fria. Estou certo de que a senhora nunca foi enrabada...

De joelhos, examinava-lhe o cu:

– ... e que também é virgem.

Conchette enrubesceu.

Os dois companheiros de Traçodeamor sortearam quem iria desvirginar o cu de Minone, pois ambos a queriam. O favorecido pela sorte foi Cordadetripa, um rapagão de vara média. Passou pomada em todo o pau até a raiz. Traçodeamor mandou Minone deitar de lado. Pôs Cordadetripa diante de seu cu, e Quebramoita, um moço formoso de pau grande, diante de sua cona. Foi então enfiada pelos dois lados, os jovens empurrando-se, um mais do que o outro. O que proporcionava tal prazer a Minone, que ela gritava:

– Deus... que maravilha... é uma foda de princesa... Dizem... que a rainha... fode assim entre... d'Artois e Vaudreuil... que fica... com o cu...

– Vamos – disse Traçodeamor –, tratai de descarregar os três ao mesmo tempo.

Cordadetripa empurrava. Pegou a gança pelas ancas para enfiar mais. Quebramoita fez o mesmo de modo que, mantida imóvel, ela se agitava assim mesmo em todos os sentidos.

– Olhai bem – disse eu a Conchette-Ingênua – para fazer o mesmo quando for a sua vez, pois é preciso que experimenteis todos os tipos de foda.

Ela analisava a brincadeira por entre os pauzinhos de seu leque. Minone ofegava. Conetta, assombrada, permanecia imóvel contemplando.

– O que estás fazendo aí parada, marafona? – disse-lhe Traçodeamor, nosso grande mestre-de-cerimônias. – Manipula a senhora... suga-lhe o bico dos seios... Enleva-a, sua cona é mais limpa que um vestido de noiva.

Pronunciadas energicamente, essas palavras colocaram a rainha da festa na dança que descreverei.

Conetta, enquanto Minone trabalhava e era trabalhada, descobriu os seios da senhora Pelosedoso e os seus.

Sugou-lhe os bicos e fez com que a outra sugasse os seus. Aquelas cócegas da boca de Conchette, tão acetinada quanto sua cona, colocaram Conetta em fúria amorosa: arregaça a senhora Pelosedoso, insere-lhe a língua na cona, acaricia-lhe o alto da moita. A bela animada, contudo, continua olhando Minone. Esta avisa aos dois fodedores que está pronta para descarregar. Eles aumentam a purgação. Ela exclama:

– Varas de Deus!

E desfalece. O enrabador e o metedor inundam-na de foda, que escorre dos dois lados.

CAPÍTULO XXIX

Da foda no rabo e na cona (continuação)

Minha filha, vivamente enlevada por Conetta, está fora de si, e a modesta beldade diz à moça:

– Sai daí, marafona! Um fodedor! Um Fodedor!... dois... cem!...

Traçodeamor ouve. Afasta Conetta, teimosa, puxando-a pela bonita crina de sua cona loura. Enche o cu da senhora Varanegra de manteiga fresca, esfrega com essa sua vara desbarretada, encosta o baixo ventre em suas nádegas, enfia na roseta sem ouvir os gritinhos da enrabada, abraça-a com vigor, deita-se de costas, a vara no cu da bela até o fundo, sua cona bem à mostra... Grita para seu amo:

– Para essa cona aberta que vos aspira! Enfiai com força... Esporeai dos dois lados.. a rameira está enrabada e vou vos proporcionar os movimentos. Perdão, deusa! Estou fora de mim... Conetta... trabalha, trabalha os colhões de meu amo!

Enquanto eu metia em minha deliciosa filha sentindo a vara de Traçodeamor que me estreitava ainda mais a passagem e dava à coninha oscilações que jamais uma cona teve, eu delirava exclamando:

– Varanegra, seu cachorro! Chifrudo ao mesmo tempo pela cona e pelo cu! – Essa idéia me inflamava, e sua brutalidade me impediu de descarregar logo. Cheguei à encantadora pinça do fundo da coninha, que me sugou. O pau de Traçodeamor comunicava-me todos os seus movimentos e fazia minha adorável fodedora saracotear de maneira insólita. Já preparada pela língua de Conetta, ela exclama:

– Ah, ah, oh... eu... vou des..car...regar... Foda!

– Eis foda... para encher vossa cona... rainha das varas... e dos deuses... – exclamou Traçodeamor.

E eu sentia as oscilações de sua grande vara ejaculando... Finalmente, eu próprio descarreguei. Minha filha, inundada de foda, saracoteou depressa.

– Cona acetinada de minha vara – exclamei –, como és deliciosa!

A senhora Varanegra ainda emitia quando Traçodeamor a desenrabou.

O movimento fê-la descarregar de novo. O herege lavou-se com água quente. Conchette, em cuja cona eu deixara minha vara oscilando depois da descarga, pulava, saracoteava, tremia sob mim. Conetta abandonara meus colhões. Traçodeamor, ainda teso, voltou para junto de nós.

– Fode-me-a ainda quente – disse-lhe –, ela ainda está descarregando... E tu – disse a Conetta – trabalha sua garrafa de mel do bordão do amor.

Ela me obedeceu. Mas Minone, desenrabada, desenconada, lavada, não tinha o que fazer: veio substituir Conetta depois de me perguntar se isso não significava apenas acariciar os colhões de seu irmão enquanto ele fodia minha amante. Entrementes, Cordadetripa e Quebramoita atacavam Conetta, dessa vez, o primeiro enfiando na cona, enquanto o outro enrabava para dar uma perspectiva estimulante à minha filha.

Mas tudo acabou. A senhora Varanegra parou de descarregar.

Tiraram a vara de sua cona. Traçodeamor colocou-a no bidê, ela cobriu com modéstia a cona e as tetas, depois disse às suas mocinhas:

– Queridas amigas, vamos ajudar a dona da casa a preparar a ceia.

Elas saíram correndo.

– Se só preparastes – disse minha filha – nossa ceia comum, devo avisar-vos que vamos precisar do dobro.

– Não tenho comida suficiente – respondeu a senhora Bridaconinha.

– Depressa para o preparador de carne assada aí da frente – retomou a bela Varanegra –, e trazei um bom vinho, senão só beberei água. Um bom casamento pagará tudo isso.

As duas moças foram até o sucessor de meu sogro, que prometeu uma ceia copiosa para dali a uma hora.

Conchette voltou para junto de nós com as duas mocinhas formosas.

– Estais de novo entesado? – perguntou-me Traçodeamor – Não devemos deixar nossas conas desocupadas pela expectativa de um belo jantar!

– Fico louco com as nádegas e o pé de minha deusa, mas não estou rijo – respondi.

Traçodeamor:

– Estou tendo uma idéia que vos enrijecerá.

CAPÍTULO XXX

Uma nova atriz. Dança negra

– Vamos,ganças – disse Traçodeamor à sua irmã e à sua amante –, nuas! E vós, hereges, despi-vos!

E ele próprio se despiu.

– Mas precisamos de mais uma atriz... Acabo de ver subindo uma bonita leviana que poderíamos usar.

– É a senhora Bridaconinha, senhorio de nossa bela dama – disse Conetta.

– Não, não, amiguinha, é uma moreninha do fundo do pátio, caçula de uma bela loura alta que talvez um dia consigamos e que se chama Coninhadourada. A caçula chama-se Rosamalva e é tida como muito esperta. Dizem que está no cio como uma gata, embora talvez ainda seja virgem pois sua mãe a devora com os olhos. Entretanto, quando um homem a beija, não opõe qualquer dificuldade para lhe dar sua língua.

– Eu a conheço – disse com modéstia a bela Pelosedoso – e... ela... me... me...

Traçodeamor:

– O quê, deusa?

– Deu sua bonita língua e...

– E o quê?

– En...

– Enlevou... Vai buscá-la, Conetta!

– Não – disse depressa Conchette –, eu mesma vou.

Ela saiu e encontrou Rosamalva descendo, pois seu velho tio, bastante rico, cuja impotente lubricidade recreava acariciando-lhe o rabo, o escroto e os testículos, o que lhe fazia entesar um pouco, não estava. A bela Pelosedoso então conversou com ela, obteve seu assentimento e fê-la entrar.

As duas moças e os três homens estavam nus como quando vieram ao mundo. Sem nada dizer à morena Rosamalva, os cinco começaram a despi-la. Tiraram-lhe até a camisa. Lavaram-lhe tudo, cu, cona, coxas, pés. Depois Traçodeamor disse-lhe:

– Minha bela, deves fazer tudo igualzinho à minha irmã e à minha amiga.

Imediatamente começou a dança negra, em que cada uma das moças fazia os movimentos de uma negra ardente fugindo da vara pela qual está louca para ser enfiada, que é pega pela vara e que então refreia saracoteando o traseiro como se a vara a esborralhasse. Os rapazes perseguiam as ganças com o pau na mão e, assim que as pegavam, elas se voltavam para serem enfiadas, ou então eles fingiam estar fodendo-as por trás, dando gritinhos, blasfemando como se perfurassem conas. A dançarina pegava a vara em vez da mão, o homem a tomava pela barba da cona. Um fazia o outro girar assim de vem em quando.

Eu entesei firmemente. Fiz com que minha filha se arregaçasse até em cima da cintura e disse-lhe:

– Concha de Vênus, imita todos os movimentos de traseiro e cona que estás vendo.

Ela estava excitada. Meteu-se entre os dançarinos e logo aprendeu tudo. Vendo-me no cio e seus amigos bem-dispostos, Traçodeamor disse:

– Ao fodedor!

Soltou Rosamalva, sua dançarina, que pareceu mortificada.

– Vossa vez logo chegará, bela dançarina.

Ele deitou minha filha no sofá, um travesseiro sob o traseiro.

– Vamos, minha bem desperta – disse ele a Rosamalva –, enlevai para mim essa coninha enquanto vos meto por trás ou enrabo, a escolha é vossa.

— Não se desvirgina alguém por trás – respondeu ela depressa –, enraba-me se for preciso, enquanto enlevo essa coninha de amor.

Ela enlevou a bela esposa do senhor Varanegra com fúria, e Traçodeamor traspassou sem piedade e com muito esforço o cu virginal da enlevadora. A bela Pelosedoso pediu:

— A vara! A vara!

Eu não agüentava mais. Incomodei Rosamalva enrabada para me precipitar para a cona de minha filha ofegante de volúpia... Enfiava com vigor, quando tive a deliciosa surpresa de sentir meu cu e a raiz dos meus colhões enlevados pela boca e pela língua aveludadas de Rosamalva!... Eu chifrava meu Varanegra tão copiosamente quanto se tivesse colhões de deus!...

Lavamo-nos.

— Com a permissão de minha deusa – disse eu a Conchette –, tenho de pagar minha dívida a Rosamalva.

Todos protestaram:

— Não, não, domingo!

Não os ouvi. Enfiei na virgem, que deu gritinhos, soluçou, e todos testemunharam mais essa minha vitória. Mas Conchette censurou-me com seriedade... Fomos jantar.

A conversa foi comportada, calma. Bridaconinha e sua mulher sentiram-se edificados... Mas não tardarei a convidá-los para nossas diversões. À sobremesa, Traçodeamor pediu-me que contasse uma história no gênero de nossos divertimentos. Fiz com que lesse uma carta endereçada a Varanegra por um de seus três pagadores, carta que eu encontrara numa das malas de minha filha. Ei-la:

CAPÍTULO XXXI

Da Picaretada, do Picaretado, do Picaretador

Um de nossos colegas tinha uma amante de dezesseis anos da qual usufruía à sua maneira, como pretendo usufruir de tua mulher à minha maneira quando finalmente a desvirginar. Então estarás presente às nossas fodas mais ou menos como o pai de quem te falarei. Gosto de escrever essas histórias: fazem-me entesar.

O pai da moça era um rico comerciante que a criara em meio a delicadezas, mas ficara tão pobre que não conseguia mais alimentá-la, nem a seu filho. Como a moça agradou a meu colega, ele quis comprá-la. O pai vendeu-a por doze mil francos. Porém, como Picaretanocu, é esse o nome de meu colega, é um libertino muito displicente, precisa de uma iguaria para reanimá-lo. Essa iguaria é arregaçar a moça e fazer com que seu pai a lave antes de dela usufruir. O pai pega a seguir a vara do fodedor e dirige-a para a cona sem pêlo da jovem Picaretada. Da primeira vez, seu pai lhe passa pomada. Durante o ato, ele a incita a mexer o traseiro, apertar o fodedor em seus braços, etc. Quando lhe tiram a vara, o pai lava-a, assim como o cu e a cona de sua filha e os enxuga.

Conversa vai, conversa vem, Picaretanocu logo ficou sabendo que a Picaretada tinha um irmão belo como Adônis, ou seja, perfeitamente parecido com sua mãe, que fora muito bonita. Assim que meu colega tomou conhecimento do fato, comprou-o, como fizera com sua irmã e, lubrificado por seu pai, enrabou-o. Poucos dias depois, como quisesse foder a irmã com maior vigor, fez com que seu pai a lavasse, que seu irmãozinho a enlevasse e ele meteu-lhe quando ela estava prestes a descarregar. Na seqüência, não enrabou mais a formosa criança:

— Herege! — disse ao pai. — Não enteso mais o suficiente para meter em tua filha sem ser excitado. Enraba-me teu filhinho, isso fará com que minha vara enrijeça.

Para seu próprio interesse, o pai é obrigado a obedecer ao displicente, o que faz o velho sátiro entesar de tal forma que ele mete na cona e até enraba a moça.

Isso já dura uns quatro ou cinco anos. Assim que o menino completou quinze anos, ele lhe fez meter em sua irmã. Em seguida, ele fode-a sem lavar, enquanto o pai enraba o rapazinho. Outras vezes, o irmão enraba a irmã, enquanto o velho herege mete na cona... Essa é a vida que meu velho colega leva e que acha deliciosa para sua idade... A moça é delicada e bonita, o rapaz é formoso, o pai, horroroso. A moça engravidou. O financista acha, com bons motivos, que o filho é do irmão. Ele gostaria que fosse uma menina, pois espera que esta seja bonita como todos os filhos do incesto. Pois não posso deixar de dizer que o belo menino é filho de um irmão mais velho que, perdidamente apaixonado pela mãe, provocou uma diarréia em seu pai colocando purgante na sopa da noite. O pai foi obrigado a se levantar muitas vezes e, a cada corrida, o filho ia para junto da mãe em quem meteu cinco vezes, pelo menos, durante a noite. Eis a procedência do belo rapaz, tão parecido com a mãe e que, se vestido com as roupas da bela que não mais existe, é confundido com ela. Em conseqüência, um amante, picaretador da mãe, manteve o jovem nas mesmas condições que sua falecida amante contanto que, para o gozo, ele vestisse as roupas da mãe e usasse seu nome, senhora Pastavara, simulasse uma vozinha, dissesse minha cona em vez de meu cu, enquanto ele, Varadecona, ia iludir-se dizendo à amante:

— Vinde, querida Pastavara, vinde, vou vos meter por trás!

CAPÍTULO XXXII

Continuação da história. Picaretadinha. Dez anos depois

Vou narrar a continuação dessa aventura.

Picaretada teve de fato uma filha, que hoje tem quatorze anos e é bonita como a avó. Serve aos prazeres do velho tratante que, como não consegue mais meter, obriga-a a acariciá-lo, enquanto sua mãe lhe chupa a vara. Nos êxtases desse prazer longo e difícil, provocado pelas carícias do palato de Picaretada em sua vara paralítica, concebeu um plano: fazer com que Picaretado Adônis, seu pai e tio, desvirginasse e depois enrabasse alternadamente Picaretadinha, então com quatorze anos e justamente apaixonada pelo belo homem.

– Entesa, homem! – disse a Adônis –, e não descarrega! Vais me desvirginar a putinha de tua filha... assim que teu avô te desenrabar.

A pequena foi enlevada pelo macaco velho e depois lubrificada pela mãe. Seu pai, desenrabado, bem teso, chegou até ela e dardejou-lhe a vara na coninha, cujos beicinhos foram afastados pela mãe. O fodedor não entrava, a menina, dilacerada, gritava, o velho sátiro, comovido, entesava vagamente exclamando:

– Ora, empurra, mastim! Ora, empurra, herege! Fende, traspassa o conote de tua filha!... Enfia nela uma gancinha que um dia defloraremos! Vai, vai, garanhão! Faz-me egüinhas!

E o velho ressequido, por um milagre, emitiu algumas gotas de uma foda clara na boca de Picaretada no momento em que Adônis, forçando todas as barricadas, apesar dos gritos da filha, lhe descarregava no fundo da coninha ensangüentada. O biltre ficou tão feliz que deixou mil escudos de renda à Picaretada e o mesmo à Picaretadinha, além da renda de que já dispunham. Seu momento mais delicioso, enquanto faz a boca da mãe servir de cona à sua vara que não descarrega mais é ver Picaretadinha ser picaretada, não apenas pelo vigoroso Adônis, picaretador que picareta ora na cona, ora no cu, mas fazer o pai que fode a filha ser enrabado pelo avô, enrabado por um lacaio, sobre o cu do qual está sentada Picaretada, fodida por um outro lacaio. Tem o cuidado de oferecer ao velho Picaretador uma dieta rica para que o monstro ora enfie em sua filha, ora enrabe seu filho. Em meio à cena, o patife impotente manipula as tetas e a coninha da caçula ou a enleva. Às vezes, é tomado pela obsessão de ver doze amigos seus numa só sessão enfiar na mãe e enrabar Adônis. A jovem então permanece nua à vista de todos e mostra o cu aos enrabadores e a cona aos enfiadores. É o velho Picaretador que insere as varas na cona ou no cu.

Por essa história podes ver o quanto poderemos aproveitar de tua mulher quando ela for desvirginada. Não serás privado de nada: colocarás as varas na cona e no cu de tua mulher, serás seu gigolô e, quando ela estiver com ambos os buracos bem largos, talvez te permitamos fodê-la no cu ou até na cona.

Delargador

P. S.: Soube na última visita a Picaretanocu que Picaretadinha teve de fato uma menininha linda. Mostraram-na, ela tem três anos. E vê o cúmulo da libertinagem: o velho Picaretanocu já fê-la chupar sua vara flácida enquanto a jovem mãe lhe acariciava os colhões. Perguntei-lhe o motivo daquilo.

– Aproveito a época – respondeu – em que a criança

ainda não tem discernimento e portanto não tem nojo de me chupar.

O que dizes do velho patife?

CAPÍTULO XXXIII

Da coninha saboreada

– Esse teria sido vosso destino, senhora – disse eu a Conchette –, se não tivésseis falecido e continuásseis a ser esposa de Varanegra.

Frase que deixou todos assombrados, exceto minha filha e os Bridaconinha.

A carta, que fora lida após o champanhe, fez com que os jovens entrassem no cio. Descemos ao armazém, enquanto os donos da casa guardavam os restos da ceia. Ali, Traçodeamor, semi-embriagado, disse-me, designando-me seus colegas:

– Como esses patifes podem ter uma idéia de nossa felicidade e do que é a coninha de vossa amante se não a tatearem? Não estou dizendo para descarregarem, mas apenas para mergulharem rapidamente suas varas para apalpar o acetinado. Assim que um dos metedores tirar, o que estiver em melhores condições, eu ou vós, terminará a senhora e fará com que descarregue.

– Estou de acordo – respondi.

Entesando com firmeza, Cordadetripa apresentou-se. Derrubamos minha filha no fodedor, arregaçamo-la e declaramos que estaríamos prontos a desenganchá-lo assim que tivesse sentido o veludo da coninha estreita de nossa foda e que o piscar de seus olhos anunciasse a erupção da foda.

– Nesse caso – exclamou o herege –, que uma dessas

três rameiras se deite ali, a cona lubrificada para que minha vara convulsiva nela se precipite e descarregue.

A lubrificada foi Rosamalva. Cordadetripa meteu lentamente em Conchette, cujo acetinado o fez gritar... mas ele mergulhou até o fundo. Ficamos observando-o. Seus olhos piscaram. Imediatamente Quebramoita e Traçodeamor ergueram-no como uma pena blasfemando:

– Patife miserável! Lá vai ele...

E colocaram-no sobre a morena Rosamalva, as coxas bem afastadas, Conetta dirigindo o pau. Essa mocinha, a mais quente das marafonas, se a senhora Varanegra não a superasse, engoliu a vara em três traseiradas sem intervalos. Cordadetripa descarregou aos urros de volúpia, Rosamalva abraçando-o num furor delicioso.

Entrementes, o que eu vira me enrijecera e enfiei na cona úmida de minha deusa que, desbastada o suficiente, descarregou duas vezes, antes que eu a umectasse com a foda paterna. Ela esperneava, dava gritinhos, suspirinhos.

– Ah! – exclamou Traçodeamor –, sois o deus de sua cona, caro amo! Ele se funde em suco de amor quando vós o perfurais! Vede como ela trabalha, que moça adorável! Vamos, patife celeste, chacoalha, chacoalha! Fode, rameira divina, descarrega...

Em seguida foi a vez de Quebramoita. Lubrificada, Conetta foi deitada no fodedor. Ele meteu em minha filha. O tamanho da vara e sua rigidez arrancavam-lhe gemidos surdos. Ela empenhava-se com todas as forças, mas ainda faltavam três polegadas para o terrível engenho alcançar o fundo. De repente, percebemos que o pérfido Quebramoita quis inundar a coninha que martirizava com uma torrente de esperma. Não conseguíamos tirá-lo nem arrancá-lo, sua vara colava como a de um grande mastim que fodesse a vulva inflamada de uma coelha. No perigo, imploramos, Traçodeamor e eu, o pudor de Conchette.

A adorável fodedora, fiel a nossas varas, deu uma traseirada para trás e desvencilhou-se. Traçodeamor mergulhou seu bacamarte em fúria na cona escancarada.

Alucinado, Quebramoita jogou-se sobre Rosamalva, que não esperava por aquilo, e fodeu-a por trás com tanta brutalidade que a fez gritar tanto de dor quanto de prazer. E, ao ver Conetta levantando-se:

– Fica aí, gança! – gritou-lhe. – Estou tão louco com a cona aveludada que Traçodeamor está fodendo que enfiaria em toda a rua Maubué e da Trannerie...

De fato, assim que tirou de Rosamalva, enfiou-se em Conetta, fê-la gritar, passou para Minone sem intervalo e retomou Rosamalva...

– Ah, como gostaria da puta da dona da casa! A rameira manca com graça, tem tetas bem brancas. Chamai-a!

Nós preparamo-lhe Rosamalva que ele enrabou.

Enquanto isso, Traçodeamor deleitava-se com a senhora Varanegra, que se queixava com ternura e descarregava sem parar porque seu metedor não tirava.

– Que a marafona desocupada – disse-nos – faça cócegas nos pezinhos de minha deusa, isso fará com que saracoteie.

– Vamos – exclamei. – Minone, acaricia o alto da moita, a mão suave de Conetta os colhões do cruel traspassador e eu farei cócegas nos pés delicados da bela enfiada!

O plano foi executado: sobressaltos, gritos, blasfêmias de volúpia. Deus fodido... Deus desgraçado... Deus cona... Deus vara... marcavam o desvario dos dois sócios de foda.

Entrementes, Cordadetripa cheirava o sapatinho de Conchette-Ingênua, onde pretendia colocar a vara.

– Deixa disso – disse Rosamalva, apesar de enrabada –, o sapatinho é insensível. Minha cona está desocupada, por que não a fodes? O safado colocou-a de barriga para cima e, enquanto Quebramoita a sacudia no cu, Cordadetripa a sacudiu na cona.

Estava tão entesado por ver e ouvir tudo aquilo que ia meter em Minone ou Conetta. Minha filha, que estava descarregando, disse-me com ternura:

– Outra cona... que não a minha... estaria vos tentando?

Essa ternura realmente filial tocou meu coração.

– Sai – disse a Traçodeamor –, já deves ter descarregado...

Ele saiu. E eu, impregnado de um amor paterno sem limites enfiei em minha filha sem lavar.

– Misturemos nossas três fodas – dizia-lhe penetrando –, que tua cona filial engula a vara paterna com todo o prazer! Mexe o traseiro, filha adorável! Devolve-me a foda que descarreguei na cona de tua mãe... para te fazer!... Ah, como a gança mexia o traseiro, oscilava a cona, no dia em que a engravidei de ti. Ela estava calçada, enfeitada, a cabeça um pouco coberta e tão quente que se colocou sobre mim e meteu-me nela com as próprias mãos. Para me excitar ainda mais, ela dizia: "Empurra... enfia, minha cona está aberta... Acabo de ser fodida pelo belo comissário de quem tens tanto ciúmes...". E ela refreava... Quanto a mim, fodi com a fúria que estou te fodendo agora... Fui eu que te gerei, te fodi em sua cona acetinada, embora pareças com Luís XV que, dizem, também a fodeu...

– Meu pai querido... Ó vara divina – respondeu Ingênua, oprimida de foda e ternura –... sinto... em minha coninha insaciável... que sou vossa filha... Sinto-o pelo prazer que tenho... com a celeste idéia que meu pai está me fodendo... Descar...reguemos juntos, querido papai! Tenho... mais foda contigo de que com os demais! Ah, ah, esborralha, esborralha, vara-papai... A foda... demora... para vir... Já fodi tanto!... Deus... Que delícia! Varanegra... Ó monstro que me dilacerava sem conseguir me enfiar... por que não estás sobre mim... com teu pau negro... rachando-me a cona... Fodeamorte... mergulhai em mim... Caro papai... Deus fodedor... Es...tou...des...carregando em homenagem a Fodeamorte.

E ela desvaneceu num desvario e num delírio inefáveis.

Entrementes ela cruzara as pernas em minha cintura e carregava-me com suas coxas e cona. Mandei que voltassem a calçá-la e que, a cada traseirada, ela estalasse um salto no outro como sua mãe fazia para me lembrar, enquanto fodia, a beleza de seu pé. Aparentemente o espetáculo foi tão delicioso para meus colegas que eles enfiaram em fúria, Traçodeamor em Rosamalva, Cordadetripa em Conetta e Quebramoita em Minone, a quem fizeram gritar como desvirginadas.

Assim que emiti, disse a meu secretário para desvencilhar-me da cona, tirar-me dali e levar-me para um poltrona. Ele obedeceu-me. Minha filha palpitava. Mostrei-a acariciando sozinha a cona. Traçodeamor voltou a entesar furiosamente, precipitou-se sobre ela.

– Enrabai-me, senhor – disse ela –, por favor, acho que me convém mais no momento...

– Descarregar – exclamou o herege. – Vossa cona está cansada demais. – E perfurou-lhe o cu sem maiores preparações.

– Vou descarregar... de novo – disse-lhe ela, continuando a se masturbar.

– Esperai! Esperai! – gritou-lhe o jovem e vigoroso perfurador –, vou masturbá-la enquanto a enrabo.

Enrabada e masturbada, Conchette arrulhava de prazer...

Naquele momento, Quebramoita, que terminava Minone, jogou-se sobre Rosamalva, abandonada por Traçodeamor, que correra para acudir minha filha. Ela fez com que ele a enrabasse e masturbasse. Cordadetripa virou Conetta e fez o mesmo. Minone, desocupada, foi enlevar minha filha, que seu irmão mantinha enrabada. E eu, eu masturbava Minone. As três desgraçadas gritavam que a enrabação masturbada era divina.

Quanto a mim, estava na minha poltrona, um dedo na cona de Minone, que mal conseguia masturbar, pois estava caindo de sono e ainda entesado pelas quatro: poderia meter em qualquer uma. Disse o que estava pensando. Quebramoita estendeu-me Rosamalva enrabada. Eu ia meter na morena viva. Minone virou-se, colocou suas nádegas de alabastro sobre aquela cona negra e apresentou-me a sua.

– De jeito nenhum! – exclamou Conchette, arrancando a vara de Traçodeamor de seu cu. – Se Cupidonet tem de morrer no cio, que seja em minha cona!

Ela colocou-se sobre Minone, abraçou-me e me engoliu.

– Ah! – exclamou Quebramoita que nos carregava aos quatro – por que minha vara não é longa o suficiente para enrabar todas as três?

Assim terminou a bela noitada. Um novo encontro foi marcado para o domingo seguinte. Conchette, após ter se lavado amplamente no bidê, deitou-se com modéstia. Eu não conseguia andar. Meus três rapagões acompanharam suas belas e voltaram para me pegar a fim de me levar à minha casa, onde me puseram na cama.

CAPÍTULO XXXIV

Da fodedora sensata. História

No dia seguinte, após meu trabalho, fui ver minha filha. Ela estava no armazém. Adiantou-se para me dar um beijo e disse-me:

– Pelo amor de Deus, papai, poupai-vos! Mais do que nunca preciso de vossa ternura paterna... O que seria de mim se vos perdesse? Sois o melhor pai do mundo: dais-me o necessário e a volúpia. Tenho uma jóia insaciável, mas vosso Traçodeamor preenche-a e satisfaz mais do que podeis acreditar. Sou sensível ao presente que me destes. Minha gratidão e ternura também são para vós. Eu só lhe dou...

– Foda, minha filha adorável... Continuas adorável.

– Sou também muito grata a Traçodeamor por ter ele trazido sua irmãzinha e sua linda amante, principalmente por tê-la dado a seus dois valentes companheiros para permanecer mais inteiro para mim e vos aliviar, dado meu extremo calor. As moças são criaturazinhas muito boas, melhores do que Rosamalva que, no entanto, não deixa de ter mérito... Poupai-vos, papai. Ficai apenas comigo, já é o suficiente. Um encontro a cada oito dias será suficiente para vossas forças. Traçodeamor deverá me proporcionar o excedente necessário. Usufruindo apenas aos domingos, os rapazes, as pequenas e nós, o apetite e o prazer serão maiores. Passaremos tardes deliciosas... Porém tenho ciúmes de vós e do belo Traçodeamor: só meta em mim. Comunicai a todos essa decisão. O ciúme faz parte de meu caráter. Além disso, onde podereis encontrar uma mulher ou moça comparável a mim? Sempre limpa, lavada depois de cada pipi, tanto por volúpia quanto por delicadeza: pois esse meu lugar, que tendes a bondade de achar encantador, está sempre tão quente que só o coloco na água com uma volúpia próxima do gozo. Não vos aproximeis portanto dele durante a semana para ter mais prazer sem vos matar no domingo. Não me toqueis na jóia, nem no seio.

– Está bem – respondi. – Durante a semana, só beijarei teu lindo pezinho. E quero sempre um sapatinho seu no tremó da lareira!

– Nada é tão lisonjeiro – respondeu ela – quanto ser adorada até pelos adornos. Meu pé é muito bem cuidado, como o adorais. Lavo-o com água de rosas duas vezes por dia, de manhã e à noite e após ter caminhado.

– Ah, fodedora celeste, deixa-me beijá-lo, deixa-me!

– Nada desses termos durante a semana: eles vos excitam... Beijai vosso ídolo, tenho nele tanta sensibilidade quanto em outras partes, mas permanecei nele... De resto, pertenço a vós: vendei-me, entregai-me quanto quiserdes. Vou dar-me com prazer por vós como uma nova Ocirroé.

(*Nota do Editor*: Aqui falta uma frase, omissão indicada na edição de 1798 pela menção *lacuna*.)

Privei-me então, contra minha vontade, mas por necessidade. Obriguei-me a isso.

(*Nota do Editor*: Aqui faltam cerca de doze linhas, omissão indicada na edição de 1798 pela menção *outra lacuna*.)

Porém, em minha lareira, eu tinha seu sapato cor-de-rosa de saltos verdes ao qual prestava homenagem todos os dias em honra da filha mais piedosa e dedicada que jamais existiu. Conchette-Ingênua, a quem contei isso, ficou louca de alegria. Dardejou-me com sua língua, fez-me sugar suas tetas, apalpar seu pêlo sedoso, colocou-se de joelhos e disse com fervor:

– Meu Deus, agradeço-vos por ter me feito nascer de um pai tão bom! Não vos ofendemos: devolvo a meu papai em prazeres deliciosos os cuidados que teve comigo em minha infância. Sou o bálsamo e o encanto de sua vida, ele é o bálsamo e o encanto da minha. Abençoai-nos.

Ela fez três sinais-da-cruz, beijou o chão e ergueu-se dizendo:

– Doce Jesus que metíeis em Madalena, ela também era vossa filha e, em amor, como sabeis por experiência, nada é mais voluptuoso do que o incesto.

Fiquei tão edificado com a prece que me propus a recitá-la sempre depois de nossos encontros.

Um instante depois, às oito e meia, todo o grupinho, Traçodeamor, Minone, sua irmã, Conetta, sua amante, Rosamalva, Cordadetripa e Quebramoita, vieram combinar a reunião do dia seguinte. Contei-lhes meus planos e retive-os para a ceia. Havia uma perna de carneiro excelente de dezoito libras e vinho da Borgonha com patê quente. Após a refeição, como quisesse animar a todos e a mim, fiz com que Rosamalva lesse, para os convivas, a seguinte história:

CAPÍTULO XXXV

Do homem de rabo

– Como gostais de histórias – disse eu, que não queria comer patê –, e como amanhã faremos algo bem diferente, vou contar-vos uma enquanto acabais de cear.

Um riso de satisfação precedeu o silêncio.

O HOMEM DE RABO

Havia em Sens uma viúva ainda bela, embora mãe de seis filhas, dentre as quais a mais velha, quase com vinte anos, se chamava Adelaide. A segunda, Sophie, ainda não completara dezenove, a terceira, Julie, tinha quase dezoito, Justine, dezessete, Aglaé, dezesseis e, finalmente, Emilie, a caçula, quinze anos. Quanto à mamãe, que se casara aos treze anos e parira a mais velha com quatorze, tinha trinta e quatro anos. A senhora Linars, é esse o seu nome, tinha, além disso, duas sobrinhas de quinze e vinte e dois anos, Lucie e Annette Bar, uma bonita criada de quarto de dezoito, afora uma cozinheira, moça alta e bela de vinte anos. O marido não se dera bem nos negócios antes de morrer. A viúva só sustentava sua grande família com a renda de seu dote, de cinco a seis mil libras. Ninguém vivia muito bem, pois as sobrinhas só dispunham, ambas, de mil e quinhentas libras de renda. Eram onze jovens para sustentar com sete mil e quinhentos francos.

Então apareceu em Sens um homem belo e alto cuja fisionomia anunciava os trinta anos, embora só tivesse vinte. Diziam que era muito rico, o que de fato era. Seus braços e seu peito eram cobertos de pêlo. Seu olhar era duro e quase feroz, mas seu sorriso suavizava-o, e ele sempre sorria ao ver mulheres bonitas. A primogênita das senhoritas Linars era encantadora. Physistère viu-a e apaixonou-se perdidamente por ela, embora tivesse em seu serralho uma mulher casada raptada em Paris, segundo confissão do marido da mesma, a irmã desta, vendida por seu pai, e uma magnífica carmelita, prima deles, que se entregara por conta própria, pois era histérica. Porém todas as amantes estavam grávidas naquele momento, e

Physistère só usufruía para ter filhos. Foi até a casa da senhora Linars para pedir Adelaide em casamento.

Ao ver onze mulheres numa só casa, o peludo estremeceu de satisfação... Exibiu sua fortuna e propôs casar-se com a mais velha. Trinta mil francos de renda comprovada (ele tinha muito mais) fê-las aceitarem de imediato. Em seguida, passou a visitá-las até o casamento e trazia presentes, tanto à sua prometida quanto à mãe, às cunhadas, a Lucie e Annette Bar, às duas sobrinhas, assim como à Geoline e Marette, à criada de quarto e à cozinheira. Com esses presentes, atacou sua virtude... Porém são necessárias preliminares para se apresentar melhor o personagem.

Physistère era um desses homens peludos que descendem de uma mistura de nossa espécie com a dos *homens de cauda* do istmo do Panamá e da ilha de Bornéu. Seu vigor correspondia ao de dez homens comuns, ou seja, acabaria com dez deles combatendo com as mesmas armas e precisava sozinho de tantas mulheres quanto as necessárias para dez homens.

Em Paris, comprara a mulher de um tal Guaé*, celerado que lhe vendera e entregara. Desde então mantinha-a trancafiada. Usufruía da infeliz, a mais provocante das mulheres e que tinha muito temperamento, de dez a doze vezes por dia, o que a cansava tanto que ela o aconselhara a comprar de seu pai sua irmã caçula, chamada Docete, com quem dividiria o trabalho. Foi o que ele fez. Contudo, em pouco tempo, ambas as mulheres estavam exaustas. Felizmente, um confessor de freiras descobriu então para o peludo a religiosa histérica, prima das vítimas. Ele tirou-a do convento com o pretexto de levá-la a uma estação de águas e entregou-a a Physistère a quem

---

* Guaé é o anagrama de Augé, genro de Restif. (N. do E.)

ela ocupou durante algumas semanas, o que proporcionou algum descanso às suas duas primas.

Foi por volta dessa época que o homem de rabo chegou a Sens e viu a família Linars. Antes de ter a senhora Guaé, traziam-lhe três costureirinhas toda manhã. Porém as precauções que era obrigado a tomar para preservar sua saúde com criaturas que deixava em liberdade fizeram com que se aborrecesse com esse tipo de gozo. Além disso, como concebera o projeto de multiplicar a espécie dos homens de cauda e povoar com ela a ilha inteira de Bornéu, seu país de origem, queria poder supervisionar todas as crianças que dele nascessem. Como suas três mulheres estivessem grávidas, não queria cansá-las mais. Quando conheceu a senhora Linars, bem que quis deflorar sua futura, ou tomar uma das sobrinhas, a cozinheira, ou a criada de quarto. Mas achou que tudo aquilo tinha inconvenientes. Reservou esse suplemento de recursos para depois do casamento. A primeira que atacou foi sua futura sogra. Um dia, deu-lhe dois mil escudos de presente e, vendo-a no êxtase da gratidão, colocou a mão sob sua saia dizendo:

– Poderei vos dar o mesmo a cada seis meses, se me deixardes meter em vós. Não temais estar roubando algo à sua filha, ela terá até demais depois do casamento!

Como ele era extremamente forte, enquanto falava derrubou-a e enfiou. A dama encontrou-se presa sem aviso prévio. Foi transportada por mais de dez vezes, pois ele a segurava com força... Finalmente livre, ela lhe disse:

– Oh, que homem!

– Tenho tal vigor – respondeu –, que vossa filha e vós, quando ambas me tiverdes, ireis vós mesmas dar-me amantes para poderdes descansar.

A dama, que gostava do jogo do amor, sorriu enrubescendo de esperança e prazer.

Foi explorada todos os dias, enquanto aguardava a data do casamento da filha. Quando o dia chegou, assustada pela jovem virgem, ela pediu ao inesgotável Physistère para poupá-la.

– Seis vezes – respondeu ele –, não mais, se prometerdes me receber em seguida ou dar-me Lucie, a mais velha de vossas sobrinhas.

– Não, mas irei vos dar Geoline ou Marette, a que conseguir mais facilmente.

Embora tendo polido todas as noites a senhora Linars, na noite de núpcias Physistère estava louco de impaciência para ter sua noivinha. Ele ergueu-a como a uma pluma assim que terminou a ceia, jogou-se sobre ela e fez com que desse gritos assustadores. Alarmada, a mãe chegou com Geoline no momento em que Physistère, pouco incomodado com os gemidos da jovem, voltava a atacá-la. A mãe deixou-o terminar. Depois, devido aos pedidos veementes de sua filha, ela retirou-a da cama para lavar o sangue e o suco de homem que enchiam sua concha martirizada. Physistère então pegou Geoline e violou-a apesar de seus clamores. Reteve-a sob si por quatro ou cinco vezes... Ela aproveitou um intervalo para escapar. Contudo Physistère ameaçou a senhora Linars: se ela não substituísse a filha, ele atormentaria a última até o raiar do dia... A dama estava cansada. Foi chamar Marette, a quem trancou no quarto nupcial. Physistère violou-a e manteve-a sob si quatro vezes, antes de permitir-lhe que dormisse.

Durante o dia, suavizou as queixas das duas criadinhas e até conquistou-as constituindo mil e duzentos francos de renda para cada uma. Mas elas pediram para descansar na noite seguinte...

À noite, Physistère purgou seis vezes a esposa, que começou a sentir um certo gosto pela coisa, depois a mãe, descansada, foi, por sua vez, esborralhada seis vezes. O que bastou para o homem de rabo.

Na noite do terceiro dia, só purgou a mulher uma vez, pois ela pediu misericórdia. Em seguida teve Geoline seis vezes, Marette, cinco, dose com a qual se contentou. Na quarta noite, teve sua mulher uma vez, sua sogra quatro, Geoline três, Marette, quatro, no total doze. Agiu assim durante dois meses.

– Mas – disse-lhe a senhora Linars –, vós vos esgotais. Para que meter tantas vezes?

– Meu objetivo é fazer crianças repovoar uma ilha das Índias da qual os homens de minha espécie são originários. Assim que engravidardes, não vos meterei mais: ireis dar-me outras mulheres, principalmente vossas filhas e sobrinhas, pois tendes todas um bom sangue. Cada uma de vós ganhará seis mil francos de renda, mas darei apenas mil e duzentos francos às estranhas que me arranjardes.

A senhora Linars ficou muito surpresa com a proposta. Porém os seis mil francos de renda para suas filhas e sobrinhas tentaram-na.

Ao final de dois meses e seis semanas de casamento, a senhora Linars, a esposa, Geoline e Marette estavam grávidas. Physistère declarou-lhes que só voltaria a vê-las depois do parto. E obrigou a senhora Linars a dar-lhe suas sobrinhas e duas de suas filhas. Ela foi forçada a aceitar a proposta. Ela própria as conduziu após ter-lhes ensinado os primeiros passos e assistiu à sua defloração acalmando seus gritos com frases carinhosas e carícias.

– Minha razoável filhinha – dizia ela a Lucie, derrubada de costas, e que estava sendo arregaçada –, é doce ter seis mil francos de renda... Quinhentos francos por mês – acrescentou lubrificando-a –... e imóveis, querida sobrinha – dirigindo o grande membro para a fenda.

Embora virgem, a bela Lucie não gritou.

Em seguida foi a vez de Annette, a segunda. Sua mãe exortou-a, lubrificou-a e inseriu o indicador untado o mais profundamente possível para abrir caminho. Introduziu o membro na fenda preparada dessa forma. Entretanto Annette, perfurada, deu gritos lancinantes. Que não detiveram Physistère, cujo rabo peludo que se agitava com vivacidade a senhora Linars acariciava.

– Ah, mamãe – disse-lhe ele –, coloca-te sobre mim e enfia-o em tua concha. Terás muito prazer!

Ela o fez e ficou tão deslumbrada que chamou a filha mais velha e as criadas para proporcionar-lhes as mesmas delícias.

Annette, purgada o suficiente e pedindo misericórdia, Geoline levou-a para lavar o sangue e o esperma que borravam sua jóia, e a senhora Linars foi buscar Sophie, sua segunda filha. Geoline e Marette trouxeram-na nua sentada em suas mãos unidas. A senhora Linars lubrificou-a e meteu a vara nela. Geoline divertiu-se com o rabo peludo após a recusa de Adelaide, a esposa. Sophie só deu alguns gemidos ao primeiro assalto. Reagiu aos dois outros. Entrementes ficou toda ensangüentada. Geoline esborralhou-se com a cauda peluda durante toda a sessão.

Physistère só gozara nove vezes: precisava de mais três. Apelaram para Julie, a terceira irmã, de dezessete anos. A mãe lubrificou-a, o que não evitou seus gritos, pois era muito estreita. Julie e sua prima Annette foram as duas que não emitiram no coito nos quinze primeiros dias. Lucie foi tomada de imediato, e Sophie três dias depois, mas elas nada disseram, pois gostaram do prazer. Quanto a Julie e Annette, transcorreram três meses antes que engravidassem... Marette revolvia-se com a cauda peluda durante os assaltos a Julie.

Quando o bojo das quatro belas se encheu, a senhora Linars teve de dar suas três últimas filhas e uma prima bastarda, filha de fora do casamento de seu marido, chamada Natural-Linars. Elas foram entregues, e Justine, Aglaé e a própria Emilie, que não tinha quatorze anos completos, viram-se enfiadas numa só noite, apesar de seus gritos e do rasgar de seus jovens encantos. Natural tinha vinte e um anos. O homem de rabo, cansado, reservara um gozo delicioso à última, que foi engravidada de imediato. As três outras, apesar de sua juventude, não lhe escaparam. Eram regularmente esborralhadas três vezes por noite. Contudo, quer porque tivessem menos temperamento, quer porque sendo estreitas continuassem sofrendo, ficaram encantadas quando declaradas grávidas. O homem de rabo fecundara até então quatorze fêmeas que lhe prometiam pelo menos quatorze filhos.

Naquela época, a senhora Linars deu à luz uma filha. Um mês e meio depois, Adelaide, ou senhora Àrrabo, colocou igualmente uma filha no mundo. Geoline e Marette tiveram cada qual um menino, Annette e Lucie duas filhas. As seis quiseram amamentar, o que foi executado numa terra distante, dos lados de Seignelay, afastada das estradas, assim como do Yonne, mas junto ao riozinho de Serein.

Entrementes, como umas estavam amamentando e as outras ainda estivessem grávidas, Physistère precisava de novas mulheres. Pediu permissão à senhora Linars para voltar a fecundar suas três primeiras concubinas, a senhora Guaé, sua irmã Docete e a carmelita, que, depois do parto, não se revelou mais histérica. A sogra consentiu na maior alegria, pois tinha dificuldades de encontrar moças fecundáveis para seu genro. Já separara as quatro donzelas menos feias da aldeia e até uma quinta, a mais bonita, mulher casada estéril com o marido. Quase as conquistara com mil e duzentos francos de renda por ano, mas ainda não estava certa de sua discrição... As três concubinas foram convocadas. Chegaram.

Naquela mesma noite, as três foram instaladas numa grande cama limpa para cinco pessoas. Physistère deitou-se no meio. Apalpou-as todas, depois pegou a senhora Guaé, a mais voluptuosa, que revolveu três vezes com fúria. Em seguida agarrou Docete, cujos gemidos ternos o fizeram purgar como louco. Ao abandoná-la, saltou sobre a carmelita, a quem explorou seis vezes sem desenganchar. Porém, ela garantiu-lhe que estava curada de sua doença e pediu-lhe que se dividisse igualmente entre as três. Com o que ele concordou.

No dia seguinte, a senhora Linars, que ouvira tudo durante a noite, perguntou às três parentes como vieram a pertencer a Physistère. A senhora Guaé respondeu:

– Vamos contar nossa história que vos parecerá singular, ao mesmo tempo que vos proporcionará uma idéia correta do marido de todas nós, que é um homem de natureza particular.

Era tudo o que a senhora Linars queria ouvir. Porém observou à senhora Guaé que a história não seria menos agradável às doze outras mulheres de Physistère. A senhora Guaé concordou, e Adelaide, Sophie, Julie, Justine, Aglaé, Emilie, Lucie, Annette, Geoline, Marette, Natural, chamadas pela senhora Linars, vieram assistir à narrativa da bela senhora Guaé diante de Docete, sua irmã, e de Victoire, a carmelita, prima delas.

CAPÍTULO XXXVI

Da gança insaciável
(história da senhora Guaé)

Estais me vendo: sempre fui desejada pelos homens. Aos oito anos, um carpinteiro que trabalhava em minha casa pegou-me a jóia e, como eu não gritasse, colocou seu membro entre as minhas coxas, fez com que eu as apertasse e inundou-as com a descarga. Contei-o à minha mãe, que lavou meu traseiro, foi ameaçar o carpinteiro e afugentou-o... Esse início revela que a história será um tanto livre, mas tenho de ser sincera.

Aos dez anos, meu pai sem calças sentava-me nua sobre suas coxas, metia seu membro entre as minhas como o badalo de um sino e, bem aquecido, ia enfiar em minha mãe, numa jovem tia, irmã da última, ou em minha governanta.

Aos treze anos, minha jóia era puro algodão e tão bonita que meu pai vinha me lamber à noite enquanto eu dormia. Finalmente, sentiu que eu reagia à sua língua e compreendeu que eu tinha prazer. Dardejava com mais força, e eu subia às nuvens. Logo meu pai punha-se sobre mim, sugava-me as tetinhas florescentes, punha seu membro no orifício de minha conchinha e borrava-me toda a moita de esperma... Lavava-me com água de rosas.

Aos quinze anos, um rapaz, irmão de minha professora de moda, agarrou-me a cona quando eu estava olhando pela janela e quis me acariciar o clitóris com o dedo. Mas ele me machucou, e eu dei-lhe um tapa.

Nessa época, meu pai não mais ousava sentar-me com o traseiro nu em seus joelhos, nem me fazer descarregar lambendo-me a cona. Retirava-se ao primeiro sinal de meu despertar. Mas, como eu tinha um pé bonito e como o senhor Varadardo, assim como todos os homens delicados, fosse infinitamente sensível a essa atração, mandava um hábil sapateiro, o de minha mãe e da marquesa de Marigny, fazer meus sapatos. O voluptuoso só nos entregava novos se eu fosse ao seu quarto. Ele fazia com que eu os colocasse, após um pedilúvio, com meias de algodão, fazia-me andar calçada e colocar-me à janela para que ele pudesse ver melhor minha perna e meu pé, que beijava. Em seguida, fazia-me sentar, tirava-me um sapato, metia-o em sua vara, fazia-me manipular-lhe os colhões com meu pé calçado, dava suspiros profundos e batia no assoalho, o que fazia a senhora Mézières, vizinha de baixo, subir. Ela arrancava-lhe meu sapato ou chinelo, deitava-se de costas, ele a arregaçava e esborralhava-a enquanto mandava que eu erguesse minha saia diante do espelho até os joelhos.

– Vosso pai faz em mim o que não pode fazer em vós – dizia-me a Mézières –, porque és sua filha. Mas é tu que o fazes entesar... Ah, se lhe mostrasses tua linda coninha, como me transportaria e me daria varadas na cona! – Comovida com a frase, muitas vezes eu arregaçava-me e mostrava uma moita de pêlo fátuo e sedoso, que meu pai adorava. O que eu percebia pelas fortes estocadas que proporcionava à dama. Quando a deixava, voltava a me calçar. Porém, algumas vezes, a Mézières impedia-o e, furiosa de luxúria, derrubava-me, lambia-me a coninha e metia na sua a ponta de meu sapato ou de meu chinelo como uma vara falsa. Enquanto isso, meu pai apalpava-me suavemente as nádegas ou as tetas.

– Tu vais fodê-la, patife! Vais desvirginá-la, e logo! E ela engravidará de ti se não a casares!

Ela tanto repetiu aquilo que lhe pedi com insistência para me casar.

Eu tinha um tio, marido de minha tia. A escada para seu apartamento era escura. Um dia em que eu subia, meu tio seguiu-me. Bem no meio da escada, esgueirou a mão sob minha saia e agarrou o que chamava de meu *conote*. Gritei.

– Cala-te! – disse-me ele. – Queres perturbar meu casamento?

Calei-me, e ele manipulou meu conote e o traseiro com uma mão, as tetas com a outra, pôs-me o membro na mão, fez com que eu o apertasse blasfemando e, enquanto sugava minhas tetas, descarregou-me nos dedos.

Entrei rubra na casa de minha tia, mas nada disse. Quando fui embora, meu tio me espreitava. Acompanhou-me e disse:

– Queres te casar? Tenho um pretendente para ti, e só eu posso convencer teu pai. Eu o convencerei se te meter três vezes antes do casamento e quando ele estiver bem combinado.

– O que quereis me meter?

Eu fingia ignorância, já que vira meu pai e a Mézières. Estávamos no corredor. Ele tirou sua vara e agarrou-me a cona:

– Isso naquilo que estou segurando.

Livrei-me dele e nada respondi. Estava à porta da casa de meu pai. Entrei. Ele não estava. Esperei.

Sozinha, resolvi sondar meu pai quando chegasse a respeito de meu casamento. Ele chegou. Fui menos severa com ele do que normalmente e, quando o beijei, em vez de beijar-lhe os olhos, beijei seus lábios. Ele ficou encantado. Dardejei-lhe com minha língua como vira a Mézières fazer. Ele pôs sua mão entre as minhas coxas, mas sobre as saias. Entreguei-me dizendo:

– Eu gostaria de me casar. E contai que sereis bem acariciado se consentirdes.

– Com essas condições, de todo meu coração... Já tens um pretendente?

– Meu tio tem um que jamais vi.

– Bem, não é mesmo um capricho... Mas primeiro tenho de te enlevar hoje.

– O que é isso?

– Lamber ali!

Pegou-me a jóia. Fiz uma careta.

– Vamos! Pega essa esponja macia e lava-a bem por causa do lindo pelinho que começa a sombreá-la. O prazer que terás te compensará daquilo a que te obrigas.

Sugou-me levemente as ponta dos seios enquanto minhas nádegas, meu cu e minha coninha nadavam num banho tépido.

Meu pai amoroso não me deu tempo para refletir: assim que uma toalha fina enxugou a água, ele derrubou-me ao pé de sua cama arregaçada até a cintura, aplicou sua boca na fenda de meu conote e lambeu-o com vivacidade dardejando com a língua até que eu tivesse sintomas de descarga, o que ocorreu ao cabo de quinze minutos. Sentindo-me prestes a emitir, meu pai me deixou, colocou uma bolota de manteiga fresca do tamanho de uma noz na entrada de meu conote e ali inseriu sua vara com muita dificuldade. Agitou-se. Descarreguei e senti tanto prazer que o auxiliei apesar das dores. Felizmente a vara de meu pai não era grossa, mas era longa. Deu-me um prazer completo, pois penetrou tanto que me acariciou o fundo e, como minha cona era muito estreita, ele enchia-ma como se eu tivesse em mim uma vara de asno... Eis como fui desvirginada.

Enquanto meu pai me lavava a cona, pedi-lhe para não adiar seu consentimento que não queria ficar devendo a meu tio, e expus-lhe meus motivos.

– Ele não pode te meter! – respondeu-me com vivacidade –, o herege tem o pau grande demais: ele iria te alargar! Ao contrário, depois de mim, teu futuro esposo ou qualquer outro fodedor irá te encontrar como uma virgem.

Prometi-lhe que ele nada obteria.

– Talvez ninharias – retomou meu pai. – Sacuda-o quando ele pegar tua cona. Poderias até deixá-lo te enrabar, se ele fosse razoável o suficiente para parar por aí.

– Como se faz isso?

– Vou te mostrar.

E enrabou-me. Tive prazer, pois descarreguei. Meu pai me disse depois:

– Quanto a meu consentimento, envia-me teu pretendente: se for o velhaco de que suspeito, não te agradará muito e... Basta.

Voltei contente à casa de meu tio, onde ele e sua mulher me apresentaram seu protegido, uma espécie de mulato a quem chamaram de senhor Guaé.

Naquela mesma noite, após uma conversa muito animada com o tal senhor Guaé durante a qual o vi prestes a agarrar-me a cona, sua feiúra e idiotice não me desagradaram. Meu tio e minha tia haviam-me avisado que ele era terrível com as mulheres, o que justamente me tentara! Disse-lhe que eu obtivera o consentimento do meu pai e que ele deveria se apresentar. Ele pediu-me para levá-lo, pois não conhecia meu pai. Combinamos para o dia seguinte, ao meio-dia.

Chegamos no instante em que meu pai ia sair. Guaé pegara meu traseiro na escada e fizera-me empunhar sua vara, o que me proporcionava uma aparência brilhante: eu estava deslumbrante! Apresentei Guaé como meu futuro esposo. Seu aspecto medonho e seu tamanho fizeram meu pai sorrir, acalmando seu ciúme. Ele nos disse:

– Crianças, tenho de sair para um negócio urgente, mas não demorarei. Aguardai até que eu volte.

Depois que ele saiu, Guaé disse-me:

– Pelo seu tom, parece que manterá sua palavra.

– Acho que sim, pois ele não se obriga a fazer algo que não lhe agrada.

– Minha bela – acrescentou Guaé, cujos olhos negros faiscavam de luxúria –, permiti que eu vos meta aqui, ao pé da cama de vosso pai... Por favor...

Era tudo o que eu queria em virtude de meu desvirginamento e porque sentia comichões na jóia desde que meu pai me perfurara. Mas respondi:

– Oh, não! Meu pai vai voltar logo...

– E daí? Se voltar! Ver-vos enfiada só o fará apressar nosso casamento.

Ele derrubou-me ao pé da cama. Defendi-me sem grande habilidade. Ele pôs entre os beicinhos da cona e empurrou com toda a força. Mas não conseguiu penetrar, mesmo depois de molhar o membro. Empenhou-se ainda mais, o que o levou a descarregar um quartilho de esperma na moita, no ventre e nas coxas.

Soltei-me para me lavar.

– Oh, realmente sois virgem! – dizia-me Guaé, colocando as calças.

Enquanto me enxugava, vi meu pai escondido. Fingi nada perceber. Um instante depois de eu voltar até Guaé, o pai malicioso entrou. Guaé pediu-me em casamento. Meu pai disse que deixava a decisão em minhas mãos. E assinou os proclamas. A seguir disse a Guaé que tinha de falar comigo e que pedia que voltasse à sua casa sozinho, que me levaria mais tarde à casa de minha tia, com a qual também queria falar.

Guaé foi embora.

Assim que ele saiu, meu pai perguntou-me:

– Foste fodida?

E agarrou-me a cona.

– Bem sabeis que não.

– Onde então ele descarregou?

– No pêlo.

– Um pouco entre os lábios?

– Sim.

– É o que basta: é possível engravidar apenas com isso, e não tens mais nada a temer. Mas vai à casa dele e proporciona-lhe todas as facilidades. Enquanto isso, vou abrir melhor o caminho.

Ele me derrubou e, com o auxílio de um pouco de manteiga fresca, enfiou-me... com certa facilidade, o que repetiu três vezes, excitado pelo que acabara de ver e porque eu estava extremamente bem calçada com sapatos de seda novos. A cada enfiada, descarreguei três vezes, de acordo com meu pai. O que perfez nove vezes. Meu pai disse-me que eu tinha muito vigor e que seria uma boa fodedora. Lavei-me com cuidado e ele levou-me embora.

Encontramos Guaé na casa de minha tia. Estava mais faminta do que saciada pelo triplo esborralhamento de meu pai. Disse baixinho a meu pretendente:

– Ide à vossa casa, irei encontrar-vos lá.

Ele saiu correndo. Meu pai falava com minha tia, tomando medidas para acelerar o casamento, pois temia, pela maneira como eu descarregara, que eu engravidasse dele, o que ao mesmo tempo desejava. Porém, era preciso que eu estivesse casada. Minha tia saiu com ele.

Eu ia sair para deixar Guaé tentar uma enfiada completa quando meu tio entrou. Estava tão *envoluptuosa* que não fiquei aborrecida, embora ele me desagradasse. Trancou a porta e veio até mim:

– Então vais te casar? – perguntou-me. – Muito bem,

seremos dois a te descosturar! Afinal, Guaé tem o membro tão grande que te fará sofrer um martírio.

Isso acabou de me decidir. Ele me agarrou.

– Soltai-me! Soltai-me – disse baixinho.

Meu tio não ouviu e, vendo que eu não gritava, nem arranhava, derrubou-me na cama, arregaçou-me e dirigiu sua vara para a vagina de minha cona. Fui hábil a ponto de parecer me defender auxiliando-o. Ele machucou-me, eu gritei e, percebendo que os gritos facilitavam a coisa para ele, pus-me a gritar a plenos pulmões, o que lhe fez enfiar até o fundo com tanto prazer de minha parte que meus gemidos eram de volúpia. Eu debatia-me, mas minha cona sugava o pau grosso dando traseiradas tão eficazes que descarreguei com terríveis convulsões e contrações de trompas que beliscaram a glande de meu tio. Ele gritou... e desfaleceu de prazer...

– Ah, como fodes bem para uma virgem! – disse-me ele –, imagino mais tarde... De novo.

Ele desbastou-me mais três vezes, apesar de minhas lágrimas. Pois senti que era preciso chorar.

Quando se satisfez, tirou a vara.

– Que foda celeste! – disse-me ele. – Se o mérito de tua cona fosse reconhecido, faria tua fortuna!

– Sim, vós a arrumastes muito bem! – respondi soluçando num bidê preparado pelo meu tio. Ele tirou os ferrolhos, jogou fora a água com sangue e foda e, temendo a volta de sua esposa, saiu dizendo:

– Agradecei a mim! Não fosse essa preparação, Guaé vos teria estropiado. E voltai a mim, se necessário!

Não fiquei nada assustada com tais palavras. Assim que ele saiu, enxuguei depressa as lágrimas e pus um sorriso no rosto. Minha tia voltou. Contei-lhe sobre o ataque de seu marido, mas não sobre o êxito, para fazê-la apressar meu casamento, pedindo-lhe para nada lhe dizer, pois temi que ele lhe revelasse tudo. Prometi sempre me defender como acabara de fazer e, como, com a conversa, minha cona começasse novamente a sentir comichões, corri à casa de Guaé, esperando que, finalmente, preparada como estava, ele conseguisse meter em mim. Ele esperava-me.

– Tenho muito a vos dizer...

Foi assim que comecei a conversa. Ele não me deixou continuar: pegou minha moita.

– Antes, fodamos – disse, derrubando-me.

Não fiquei aborrecida, pois não sabia muito bem o que lhe dizer. Defendi-me sem grande esforço, como fizera com meu tio e meu pai. Porém, embora eu tivesse sido alargada, suas novas tentativas também foram vãs. Não ousava dizer-lhe para pegar manteiga por medo de parecer bem-informada demais: achava que ele teria essa idéia. O que nem lhe passou pela cabeça.

– És loucamente virgem! – disse-me, tratando-me por tu.

Virou-me de barriga, cuspiu-me no buraco de trás e lá enfiou seu engenho com enormes esforços. Eu dava gritos horríveis, mas ele me segurava tão firme enquanto me empalava que eu não conseguia me mexer. Eu auxiliava-o para sentir menos dor, e minhas reações fizeram-me descarregar. Achei que havia um timão de carruagem no cu... Quando ele retirou a vara, não deixei de sentir prazer.

– Vales teu peso em ouro! – disse-me Guaé –, mesmo no cu! Chega!

Depois desculpou-se:

– Vossa bela cona, vosso belo cu, vossas tetinhas brancas me deixaram louco. Como não consegui meter na cona, enrabei-vos. Perdão, bela amante! Tenho mais de um projeto para compensar vossas dores.

Meu cu estava doendo. Guaé colocou-o na água morna, depois beijou-o, lambeu-o, chegando algumas vezes até a cona. Ele reentesou, e eu quis ir embora. Ele foi obrigado a me acompanhar de fiacre: sentia dores ao andar. O que não impediu que ele me fizesse masturbá-lo no veículo, ele com o nariz metido num borzeguim pequenino que me arrancara do pé e no qual descarregou. No delírio do prazer, ele disse-me:

– Minha rainha, minha vara é grande demais para ti. Escolhe um bonito jovem para te desvirginar e encontrarei um meio para ele fazer isso sem te comprometer.

Fiquei bem contente... Guaé carregou-me no colo até em casa. Deitei-me. O sono acalmou meu cu.

No dia seguinte, fui à casa de meu pai contar-lhe tudo o que Guaé fizera e dissera.

– Muito bem! – respondeu-me. – Tens vigor. Serás fodida na cona, no cu e na boca e serás feliz... Em uma semana estarás casada, e terás um fodedor maior do que eu... Enquanto isso, vou te meter: nunca tua cona pequenina será larga demais.

Meu pai enfiou-me três vezes.

– Continuas virgem – disse-me.

– Mas – exclamei – ontem meu terrível tio, com seu membro grosso, violou-me três vezes!

– Três vezes? – assombrou-se meu pai. – Que coninha tão pequena! Seria possível vender tua virgindade mil vezes! Tenho de refoder-te.

E me refodeu.

Enquanto eu enxaguava minha cona com água morna, meu pai pusera-se à janela e conversava com um jovem procurador, seu vizinho, belo rapagão de trinta anos. A cona limpa, fui olhar erguendo a cortina. Porém, quando o jovem procurador me viu, retirei-me.

– Quem é a celeste criatura? – perguntou.

Meu pai só respondeu por um gesto que, acho, significava que eu era sua amante. Ainda gesticularam, depois o procurador desapareceu. Meu pai logo me disse:

– Queres que esse belo senhor te meta pagando?

– Oh, oh, meu pai!

– Chama-me de senhor diante dele.

Bateram à porta. Meu pai abriu, e ouvi que dizia baixinho ao jovem:

– Trouxestes os cinqüenta luíses?

– Aqui estão.

– Senhorita – disse então meu pai –, sabeis que vos amo pelo que sois: aqui está um belo homem que quer vos dar um presente. Vou sair: mostrai-lhe vossa gratidão. – Meu pai escondeu-se, e o procurador achou que ele tinha saído.

– Foste fodida hoje? – perguntou-me caminhando em minha direção.

Presenteei-o com um tapa.

– Sabei que estou na casa de meu pai.

– Sois a senhorita...

– Sim, senhor, daqui a oito dias estarei casada. É um casamento arranjado, ou de interesse. Mas como meu pai soube que meu futuro marido é... monstruoso, esse bom pai... adiantou-se... para me preparar. Achei que éreis seu amigo, aceitei-vos depois de vos ver.

O procurador estava de joelhos, pediu-me perdão.

– Tratai de ser honesto! – continuei.

Então ele acariciou-me. Finalmente dei-lhe um beijo. Ele derrubou-me. Sua vara era do tamanho da de meu tio, mas ele era menos hábil.

– Pomada! – gritei-lhe. – Meu pretendente levou-me à sua casa sem eu saber, fechou as portas e quis me violar... Como não conseguisse, lubrificou-me e assim mesmo não conseguiu. Lubrificai-me...

Enquanto eu falava, suas tentativas faziam-no descarregar. Eu suspirava de volúpia. Meu pai achou que era de dor. Ele veio, lubrificou-me, dirigiu a vara de meu fodedor para minha cona e disse-lhe:

– Empurrai.

E a mim:

– Ergue o traseiro, aperta-o em teus braços, auxilia teu desvirginador a cada golpe dando uma traseirada para frente, passa tuas pernas na cintura dele e aperta mexendo o rabo.. Muito bem! Refreai, vós! Muito bem!

– Ah, meu Deus, que prazer! – exclamava o fodedor –, como a cona dela é estreita!... que... movimento... delicioso!

Dardejei-o com minha língua enquanto murmurava:

– Meu coração! Meu rei! Eu te adoro...

– Ah, amiguinha querida! Como é terna!... vou descarregar... estou fodendo-a... ah!

– Ele está me fodendo, pai!... Todos os homens fodem?... Ah, papai, que prazer! Minha alma... vai sair... pelo buraco que ele está fazendo...

Eu descarregava, enrijecendo.

– Oh, a rainhazinha – exclamou o procurador. – Ela está descarregando! Meu pai... dai-ma por mulher: eu a desvirginei, eu caso com ela.

Meu pai, que tinha outros planos para mim, recusou. O resultado foi que o procurador, com raiva, obstinou-se sobre mim e fodeu-me dezoito vezes... Meu pai foi obrigado a arrancá-lo dali e levá-lo à sua casa: ele não conseguia andar... Quanto a mim, mal estava cansada. Minha cona lavada, refrescada, estava nova. Quando meu pai voltou, como o visse comovido à visão de minhas tetas, disse-lhe:

– Se estais teso, satisfazei-vos fodendo-me mais duas ou três vezes.

– Que maravilha! – exclamou. – Tens uma cona e um temperamento impagáveis que farão nossa fortuna. Vejamos se descarregas de novo: fodamos!

Enquanto metia em minha cona, elogiou muito eu ter confessado ser sua filha e o tapa:

– Os fodedores desprezam as fodidas, mas contigo será o contrário: quero te erguer acima desses patifes!

– Estou descarregando! – exclamei.

– Eu também – retrucou ele, refreando.

Meteu em mim mais três vezes e eu sempre descarregava. Lavava-me dizendo-lhe:

– Seria capaz de esgotar dez homens.

Recomendei-lhe que ensinasse a meu futuro o que era preciso fazer para me meter. Dardejei-lhe com minha língua e fui embora.

Eu fora fodida vinte e cinco vezes naquele dia, sete por meu pai. Voltava à casa de minha tia. Mas todos os homens que eu via tentavam-me.

– Como as putas são felizes! – pensava. – Elas atacam todos os que quiserem.

De repente tive uma idéia:

– Vou à casa de Guaé: vou dizer-lhe para me lubrificar. Que me estropie, contanto que me foda!

Voei para lá.

Ele estava com um belo rapaz que escondeu ao ouvir-me chegar. Porém entrevi a cena pelo buraco da fechadura. Guaé recebeu-me misteriosamente e levou-me para um quarto escuro, onde eu vira ele esconder o moço.

– Minha rainha! Minha bela futura! – disse-me –, acho que conseguirei vos enfiar hoje. É preciso apenas que tenhais complacência.

– Claro! Mas lubrificai... Minha tia...

– Está bem, está bem...

Senti que me entregavam a uma mão mais suave.

Pegaram minhas tetas, a cona, dardejaram-me com uma língua. Eu acariciava, arregaçaram-me. Ofereci a cona no melhor estado possível, alguém montou em mim. Senti que me inseriam um pedaço de manteiga fresca à entrada da vulva, ou buraco da cona. Alguém empurrou, reagi um pouco. Alguém entrou, eu ajudei, surpresa por não sentir dor. Finalmente a vara chegou ao fundo sem me ferir e descarregou. A abundância e o doce calor da foda transportaram-me também com um prazer, com um impulso e um arrebatamento incríveis. Exclamei:

– Amante querido! Amante divino... estou expirando... de felicidade e de volúpia! Eu te adoro!

O rapaz tirou. Sugou-me as tetas, os lábios, fez-me dardejá-lo com a língua, o que executei com ternura. Imediatamente ele voltou a me meter com fúria. Tive tanto prazer quanto da primeira vez. Em suma, ele tornou a meter sem trégua até Guaé mandá-lo embora. Pois, quanto a mim, já fodida vinte e cinco vezes naquele dia, teria deixado os dois homens chegarem a cinquenta se ambos pudessem me perfurar. Como visse que eu tinha uma certa dificuldade para caminhar, Guaé mandou buscar um fiacre enquanto eu lavava a cona.

– Então, minha rainha encantadora, fodestes bem? – perguntou-me.

Enrubesci.

– Eu deveria estar cansado, mas, pelo contrário, morro de vontade de te enrabar.

– Oh, não, não! – exclamei com medo.

– Está bem, então sacuda-me com as duas mãos assim como estás, o cu dentro da água.

Sacudi sua vara que mal conseguia segurar. Quando a foda estava prestes a chegar, ele urrou de prazer.

– Tua boca! – dizia-me –, tua boca! Senão te enrabo! – Desbarretei o membro, apertei-o entre os lábios. A foda chegou e, com medo que ela caísse sobre meus seios, abri a boca, e ele lançou-me-a no fundo da goela. Engoli-a. Havia cerca de um quartilho.

– Foder! Foder! – exclamava Guaé –, estou gozando... Ah, gança celeste... Vales mais do que a terra toda... É gostoso? O que traz tanto prazer embaixo deve fazer bem em cima! Ah, puta divina! Vou te alimentar com isso!

O fiacre chegou. Guaé me levou até ele.

Haviam me metido trinta e sete vezes. O irmão de minha comerciante estava sozinho em casa quando cheguei.

– Senhorita Conaveludada – disse-me –, como sois cruel comigo! Dizem que ides casar! Deveríeis favorecer um jovem que vos adora às custas do futuro! Ele é um viúvo, um feio! Sois virgem e tão bonita! Além disso, como diz vosso tio, o dele é muito grande, ele vai vos machucar! E se um menorzinho vos preparasse? Estais vendo? (Tirou uma vara encantadora.) É um verdadeiro aperitivo de desvirginamento, não machuca. Eu sei como agir. O marido de minha irmã é um verdadeiro crápula e, de vez em quando, pede-me para lhe tirar as teias de aranha da jóia.

O modo de falar agradou-me, e sua vara me tentava. Respondi-lhe rindo:

– Não tenho teias para tirar...

Pelo meu tom, ele percebeu que eu não ficara de mau humor. Pegou minhas tetas.

– Vai de uma vez, libertino! – disse-lhe com suavidade e quase sem afastá-lo.

Ele pegou minha moita.

– É demais isso aqui... Quereis que eu vá de uma vez! – Ele estava sem calças, firmemente entesado. Derrubou-me na cama de sua irmã, arregaçou-me e colocou-se sobre mim, enquanto eu dizia com displicência:

– Ei, é uma violência!

E enquanto isso eu me defendia de uma forma que me entregava. Ele disse-me:

– Ah, celeste inocente! Vou vos meter!

Ele me enfiou, eu reagi erguendo o traseiro como para rejeitá-lo. Isso só fez com que ele dardejasse sua vara com mais força.

– Não – exclamou, descarregando –, nada é melhor do que meter numa inocente!...

Entrementes, com medo de que eu fugisse, fodeu-me três vezes sem tirar (o que perfez quarenta naquele dia), e só me deixou quando ouviu alguém chegar. Corri para me lavar.

Era a comerciante. Ela disse ao irmão:

– Felizmente foi com Conaveludada. Qualquer outra teria morrido, moleque! Tu a atacaste?

– Sim.

– Nesse caso, não deves estar agüentando... Vem, vou te aliviar.

Ainda havia óleo na lamparina. O jovem aferrolhou a porta, trancando-nos assim aos três, e ele jogou-se sobre a irmã na qual enfiou de uma só vez. Ah, que traseiradas ela dava!

– Desbasta! – dizia ela. – Vou des...car... regar... Sai um pouco... e... volta com força... Fode-me vinte vezes... numa.

Eu observava-os. Reanimado, meu insaciável conote desejava uma vara, quando alguém bateu suavemente à porta. Abri puxando o ferrolho quase sem fazer barulho. Esperava que fosse o marido da comerciante que há muito ardia de desejo de me meter. Pensava em arrastá-lo para um outro cômodo. Qual o quê! Era um belo rapagão muito parecido com o que me fodera a pedido de Guaé.

– A senhorita – disse-me ele – é Agnes Conaveludada?

– Sim, senhor.
– A senhorita é noiva do senhor Guaé?
– Sim, senhor.
– Amais muito o senhor Guaé?
– Senhor, meu casamento é mais de razão do que de paixão.
– Nesse caso, senhorita, eu não vos magoaria se vos revelasse um segredo?
– Que segredo, senhor?
– É que há pouco, achaste que fostes possuída por vosso futuro...
– Que história é essa, senhor?
– Eu estava junto convosco escondido, senhorita. Como seu timão de carruagem não conseguisse perfurar-vos, ele vendeu-me vossa virgindade por cem luíses; fui eu quem a deflorei... Será que não me preferiríeis?
– O que estais me dizendo é impossível, senhor!
– É a mais pura verdade: o dele é grande demais. Acabam de vos meter, e fui eu.

Eu sabia muito bem de tudo aquilo.

– Só posso vos dizer o seguinte, senhor: podeis desposar-me?
– Senhorita, sou casado com uma velha de sessenta e oito anos que fez minha fortuna, e sou obrigado a esperar que ela faleça.
– E se eu engravidasse, senhor? Desposaria o senhor Guaé.
– Quereis ser minha amante?
– Não seria conveniente.
– Com seu consentimento?
– Como já me possuístes uma vez, com o consentimento dele, aceito, contanto que ele ignore o que sei.
– Dou-lhe minha palavra de honra! Isso demonstra vossa honestidade... Estais sozinha?

— Não. A comerciante está em casa.

— Poderíeis vir dormir comigo?

— Oh, céus, só poderia dormir fora sob o pretexto de ir cuidar de meu pai, supondo que ele esteja indisposto. Sendo assim, hoje é impossível.

— Se me permitis, irei falar com vosso pai. Sou rico: poderei pagar melhor vossos favores do que um vil infeliz como Guaé.

— Muito bem, falai com meu pai.

— Voltarei para vos buscar se ele aceitar meu pedido?

— Mas não volteis sozinho: quero que venhais acompanhado de alguém que eu conheça.

— Podeis ficar tranqüila.

Ele foi à casa de meu pai. Contou-lhe como Guaé, por não conseguir me desvirginar, tinha lhe vendido minha virgindade por cem luíses por quatro sessões, vinte e cinco luíses por cada, sendo que a primeira já fora paga, que ele me metera depois de me lubrificar e que achara minha jóia tão deliciosa, tão acetinada, que não queria mais saber de outra, que pedira para dormir comigo e que fora a meu pedido que se dirigia a ele. A seguir ofereceu os setenta e cinco luíses restantes para as três próximas noites. Meu pai respondeu:

— Se Guaé quer ser cornudo, que assim seja. Consinto que durmais aqui com minha filha já que colhestes sua rosa, o que ela deverá me confirmar. Ide buscá-la com esse bilhete...

E escreveu. Depois acompanhou o galante até a porta de minha comerciante, que o irmão continuava a foder.

Entrementes divertia-me vendo o irmão e a irmã trocando foda. Estava em fogo quando o rapaz reapareceu com o bilhete de meu pai. Vi pela janela que o último esperava no veículo de meu pretenso desvirginador. Fui embora avisando que ia cuidar de meu pai doente.

Quando chegamos, o galante pagou uma bela ceia e entregou vinte e cinco escudos de ouro a meu pai. Comemos, bebemos, em seguida mandaram-me para a cama. O rapaz exigiu que meu pai me despisse e lavasse minha moita. Despindo-se em um instante, ele entrou numa camisa bem larga que ele trouxera a fim de me apalpar melhor. Chamou meu pai para pôr sua vara no buraco de minha cona e depois empurrou. Teve tanta dificuldade quanto na casa de Guaé, o que espantou até a mim. Disse:

– A coninha dela é realmente estreita. Ela se revirginaria em oito dias se a deixássemos em paz.

Ele fodeu-me seis vezes. Meu pai, deitado a nosso lado, sempre metia sua vara em minha cona. Depois ele adormeceu e eu também.

No dia seguinte pela manhã, mandou fazer um chocolate excelente que me recuperou. Recusei o veículo para voltar à minha comerciante. Ninguém desconfiaria por quê! Havia ouvido alguém dizer que a foda engolida quente era excelente para o peito, fortalecia e embranquecia a pele: queria ir tomar meu quartilho depois de sugar a vara de Guaé. Corri para lá, assim que me vi livre. Ele ia sair.

– Vim vos dar prazer – disse-lhe –, mas sem tê-lo, cansastes-me demais ontem.

– Claro, minha bela, o que quereis que eu faça? Que vos enrabe, que vos meta nas coxas, nas costas, no nariz, na orelha, no colo, nas tetas, no umbigo, entre vossas duas barrigas da perna, ou que faça de cona vosso sapato ou vosso chinelinho? Tudo, farei tudo que não seja vos meter na cona: eu não conseguiria, porque somos, vós, bela demais e eu, belo demais.

Em vez de responder àquele discurso que era grego para mim, desabotoara suas calças e o sacudia com uma mão, acariciando por instinto os colhões com a outra. Ele gritava de prazer:

– Deusa!... gança desgraçada!... Puta divina!... Sacode!... Sacode!... Mexe nos colhões... mexe... oh... oh... que delícia! Rameira... marafona... puta... Divindade!... a foda... vem... vindo...

Quando ele disse isso, meti a grande vara na boca, sugando com a minha língua e meu palato. Então, Guaé em delírio, blasfemou:

– Deus fodido! Herege de Deus! Sagrada cona da Virgem Maria! Cona de Madalena fodida por Jesus! Cona de São Thècle, de Santa Teodora, de Santa Catarina, de Santa Cecília, de Agnes sorel, de Marion Delorme, de Ninon, da d'Aubigné, da La Vallière, da Pompadour, da Duté, da Lange, da bela Mars, da adorável e provocante Mézeray, da jovem e ingênua Hopkins, da bela Henry... não podeis vos comparar... a essa boca! Estou... fo...dendo... vou... descarregar... En...gole! Engasga de foda, minha rainha.

Ele tirou depressa, embora eu ainda estivesse lhe sugando o pau.

– É prazer demais – disse. – Eu morreria.

Fez-me tomar algumas colheres de café para enxaguar a boca.

Depois voltei a sacudir sua vara. Ele sugou-me as tetas, fez-me dardejar-lhe com a língua e quis me enlevar. Eu recusei, pois seria fodida à tarde... Ele voltou a ficar teso. Eu agitava, acariciava: a foda voltou e eu tomei mais uma dose. O que aconteceu três vezes seguidas. A falta de tempo obrigou-nos a nos separarmos.

À noite, às nove horas, um veículo veio me pegar e conduziu-me à casa de meu pai. Ceamos, deitamos e fodemos como na véspera. No dia seguinte, após o chocolate, fui tomar meu desjejum de foda na casa de Guaé. Tomei quatro doses... De volta à casa de minha comerciante, seu marido, sem dúvida informado pelo irmão de sua mulher, quis me meter. Recusei-me a ceder. Ele queixou-se à sua mulher que me repreendeu. Porém, como lhe contei que meu pretendente me metera seis vezes, ao lado de meu pai, ela se desculpou por mim diante do marido e pediu-lhe para aguardar a sua vez.

De noite, vieram me buscar. Minha comerciante disse-me no ouvido:

– Trata de não ser fodida a fim de que meu marido possa te meter amanhã: está morrendo de vontade!

Encontrei meu amante na casa de meu pai. Enquanto ceávamos, falamos de Guaé. Meu amante disse que eu não deveria temer engravidar, pois ele me enfiara diante de meu futuro.

– É porque – acrescentou – enforno em plena cona e descarrego no fundo.

– Coloco a vara na coninha de minha filha com prazer – disse meu pai –, a fim de chifrar o joão-foda do Guaé que vos vendeu sua virgindade.

– É o que me provoca furor erótico quando fodo sua futura – retomou meu galante. – Fico pensando: mais um corno no herege do Guaé... e torno-me insaciável. Até me passou uma idéia na cabeça: dar-vos a cada um cinqüenta luíses para que fodais juntos, para que o mastim tenha cada vez mais chifres.

– Combinado! – exclamou meu pai – Depois de resolvido vosso caso, vós me metereis a vara na cona de minha filha...

– Não, não! – exclamei.

– Vós deveis segurá-la se ela se negar.

– Isso nem me passa pela cabeça – disse-lhes –, e se mexo o traseiro como faço quando meu amante está me fodendo é porque gosto dele. Quanto ao senhor Guaé, devo-lhe muita gratidão: é minha ama-de-leite, ele me amamenta.

Nenhum dos dois compreendeu o sentido da última frase. Deitaram-me.

Na cama, meu amante me fodeu seis vezes. Na sexta, meu fodedor disse a meu pai:

– Sobe em tua filha e fode-a, vou introduzir a vara.

Meu pai me escalou, o rapaz pôs sua vara em minha cona e ele empurrou. Como eu estava mais apaixonada por ele do que por qualquer outro homem, saracoteava como uma princesa fodendo com um pajem. O jovem, reanimado, entrou em tal erotismo vendo-nos descarregar que nos fez deitarmos de lado e enrabou-me, apesar de eu estar metida pela frente... Fui me lavar e adormecemos.

Pela manhã, na hora do desjejum, o jovem parecia bêbado de alegria:

– Ah, como o herege é cornudo! – exclamava. – O que não fazem cem luíses! Deves fodê-la depois do casamento, e terás vinte e cinco luíses a cada vez.

Ele foi embora, e eu corri para a casa de Guaé, que eu começava a amar quase tanto quanto a meu pai.

Ele recebeu-me com arrebatamento, chamou-me de gança divina, de puta celeste... Amamentou-me de foda seis vezes, o que me colocou num tal estado de erotismo que voltei à casa de meu pai.

– Teu procurador – disse-lhe, quase sem fôlego – já deve ter se recuperado desde aquele dia, não é... Estou em chamas... busca-o depressa se me amas...

Ele voou até lá chamando Cleópatra! Cleópatra!... Encontrou o jovem procurador à janela, sua vara tesa na mão:

– Acabo de ver vossa filha entrar e ia me masturbar em sua homenagem...

– Nem penseis nisso! Pegai um presentinho e vinde enfiá-la.

– Vinte e cinco luíses?

– É demais: um luís por vez.

– Está bem. Mas não voltarei a meter: talvez ela ganhe a soma.

Ele me acompanhou. Ao entrar, jogou a carteira ao pé da cama.

– Vamos, filha – disse-me meu pai –, agora é contigo! Tantas fodas, tantos luíses. Mas não deves matar um amigo! Ele ia se masturbar em tua homenagem quando entrei.

A essas palavras, lancei-me no seu pescoço e dardejei-lhe com a língua enquanto lhe dizia:

– Querido amigo, meu querido!

– Ah, eu te adoro! – respondeu ele.

E pegou-me as tetas, a cona. Caí. Ele colocou-se sobre mim. Enfiei sua vara na minha cona e em quatro traseiradas levei-o até o fundo. Ele descarregou sentindo-me emitir... Fodeu-me dez vezes.

– Ainda tendes direito a quinze luíses – disse meu pai, vendo-o lavar-se e pôr as calças –, podereis voltar quando quiserdes.

Estávamos na antevéspera de meu casamento. Todas as manhãs, Guaé me amamentava, ou melhor, me afodava, o que tornara minha pele mais branca, mais brilhante, minha cona mais acetinada e me proporcionava tanto vigor que só me sentia bem com uma vara na cona. O jovem disse, enquanto almoçávamos:

– Guaé deve estar surpreso por eu não ter mais aparecido por lá! Deve estar achando que isso está prejudicando a cona de minha bela fodedora. Assim, quero comprar-lhe a primeira noite de sua esposa, já que a impagável Agnes insiste em casar com ele.

Eu lhe dissera isso enquanto fodia. Meu pai aplaudiu, mas ao me levar à casa de Guaé, onde eu ia sugar, o bom pai acrescentou:

– Não és uma noiva comum: o que bastaria para saciar a sede de qualquer outra não passa de uma gota de foda para ti. Tenho uma idéia: dar um jeito de te deleitar depois de amanhã, fazendo com que todos os que te foderam até hoje te metam até acabarem com tuas forças. Primeiro eu, teu tio, teu procurador, o irmão da comerciante e talvez seu marido. Se aparecerem outros devassos, poderão te enrabar sob o pretexto de que estás reservando a virgindade para teu esposo. É uma delícia enrabar a noiva no dia de suas núpcias, e eles pagarão caro. Conversarei com Guaé a respeito desse assunto.

Chegamos. Dei um beijo em meu pai, arrebatada de gratidão, e pedi-lhe para me seguir sem ser visto para me ver chupar. Entrei, depois o fiz entrar.

Guaé correu em minha direção tirando as calças. Primeiro beijou-me o pé, a perna, o traseiro, a cona e as tetas. Depois fez com que eu lhe dardejasse com minha língua, só mais tarde pegou sua vara na mão. Eu a sacudia com força, quando ele me disse:

– Gança, eu sou razoável: não te meto na cona. Teu pai e teu tio devem te foder no dia do casamento. Em seguida, para o resto da noite, terei para ti três varas frescas, entre as quais a daquele que te desvirginou... Ah! A idéia de teu pai meter-te na cona vai me fazer descarregar uma pinta de foda e encher tua goela!... Anda, gança! Estou sentindo vir... Meta a vara na boca... Ah, ah, ah, des... graçado... fode sua filha... Teu pai te fode, rameira, te fode, puta... Ah, vou descarregar com essa idéia divina... Hohn...

Ele quase desmaiou... Durante a interrupção forçada, fui pegar meu pai no esconderijo:

– Fode-me – disse-lhe –, já que é para a felicidade de meu querido pretendente!

– Ah, deusa – exclamou Guaé caindo de joelhos –,

vais praticar o incesto por mim! Podeis contar com minha adoração pelo resto da vida.

Ele enfiou a vara paterna.

– Mexe o traseiro – gritava –, revolve!

– Estou... des... carregando – disse-lhe. – Vem, amigo querido, quero te sacudir.

Guaé blasfemava de prazer ao sentir a foda chegando... Meteu a boca em minha cona sem que meu pai me abandonasse e, ao mesmo tempo, eu engolia sua foda, recebia uma vara na cona e oferecia a minha. Meu pai fodera-me quatro vezes, Guaé chupara-me outras quatro, quando bateram à porta. Guaé correu para abrir enquanto eu lavava boca e cona. Era meu tio.

– Chegastes no momento certo – disse-lhe ele. – Estamos testando minha futura, também podereis testá-la.

Meu pai explicou seu plano. Guaé me derrubou no fodedor, e meu tio meteu-me a vara. Fodeu seis vezes, eu chupei seis vezes a vara de Guaé. Depois do que me deixaram respirar. Em seguida, ficou combinado que, no dia de meu casamento, doze fodedores passariam sobre mim, na cona ou no cu, a escolha seria minha, e que Guaé, que seria o único a possuir a boca, faria com que, à noite, eu fosse fodida por três varas novas que ele escolheria. Maravilhado, meu tio exclamou:

– Mas ela vai ser puta? Basta isso para eu adorá-la... E não vos priveis dela, nem seu pai, nem vós, pois sereis os únicos a não pagar.

Quando terminou a frase, prosternou-se diante de mim chamando-me de deusa.

Eu voltei para a casa de minha comerciante. Seu marido e ela própria me atormentavam para que o primeiro me tivesse uma única vez antes do casamento. Insistiram mais do que nunca, e eu cedi. A mulher colocou a vara do marido na minha cona. Fui fodida apenas uma vez, pois o homem era fraco e porque a mulher o queria depois de mim. Foi de minha mão que ela recebeu em sua cona ardente a vara marital...

Feita e repetida a operação, eu os deixei com um adeus. Eles choraram.

– A única coisa que me consola – dizia-me a comerciante –, é o fato de meu marido ter te fodido... Tua voluptuosa imagem fará com que ele me meta com maior freqüência.

Estava indo embora quando o irmão chegou. Sua irmã contou-lhe o que acabara de acontecer. Ele nada me respondeu, mas levou-me para o lado da cama, derrubou-me e fodeu-me diante deles sem nada dizer. Queria repetir a dose, mas eu recusei, enquanto o convidava, assim como a seu cunhado, para me meter dali a dois dias, dia de meu casamento. Ambos agradeceram.

CAPÍTULO XXXVII

O homem peludo, a Conaveludada, Linars etc.
(Continuação da história da senhora Guaé)

Quando cheguei à casa de meu pai, contei-lhe tudo o que acabara de fazer.

– Quando se tem tanto trabalho pago – disse ele –, não se faz o que nada rende. Acaba de chegar um homem de boa aparência, muito vigoroso, pois é moreno e todo peludo, que oferece uma soma bem grande para te ter hoje à noite.

– Que nada vos impeça de aceitá-lo – respondi sorrindo. – Não fico cansada por tão pouco.

Meu pai, mais calmo, fez com que eu me despisse, tomasse um banho morno, depois um frio, me pusesse na cama com uma camisa ampla e engolisse um excelente consomê. Deixou-me dormir. Eram cinco horas da tarde. À meia-noite, acordei sentindo que lambiam minha cona. Pedi para ver o homem. Ele ergueu a cabeça e vi um trigueiro de rosto bem bonito. Sorri, ele sugou-me as tetas enquanto me dizia coisas agradáveis:

– Tendes uma bela cona, uma moita magnífica... um ventre de donzela... um traseiro de alabastro... tetas brancas como a neve... um lindo colo... lábios voluptuosos... belos dentes... olhos maravilhosos... cílios, sobrancelhas e cabelos como os da deusa da beleza... pernas perfeitas... pés da melhor qualidade... Depois de vos ter fodido, falarei do resto...

Meu pai pediu-me que me levantasse para a ceia. O trigueiro carregou-me nua em seus braços até perto da lareira. Ali estava Guaé, para minha grande surpresa! Coloquei meu corpete leve. Physistère, o trigueiro, ajudou-me a amarrá-lo e pediu-me para deixar as tetas bem à mostra. Meu pai calçou-me uma perna e um pé, Guaé, a outra perna e o outro pé, com meias e sapatos de seda de deslumbrante brancura. Sentamo-nos à mesa. Meu fodedor queria que eu permanecesse com os seios descobertos. Ceamos. Eu estava faminta. O trigueiro bebeu e comeu como um Hércules. Ao abandonar a mesa, disse a meu pai e a meu futuro:

– Não me enganastes: ela está acima de vossos elogios. Se o interior da cona for parecido com o exterior, ela será minha, custe o que custar...

– Vejamos essa vara – respondeu Guaé. – Ela é perfeita! Vide a minha, como sabeis, não consegui meter nela, o que vos levou a falar com o senhor Conaveludada, meu sogro.

– Verei se ela merece esse belo nome... Mas que vara assustadora, senhor Guaé!... Agarrai-a, bela, para que eu veja como ela está tesa...

Eu peguei a vara de Guaé, que gritou de prazer.

– Estou teso – continuou Physistère –, mas fazei vosso pai entesar para compararmos.

Entrementes, peguei seu membro que aumentou em minha mão, que o apertava. Comparamos. O de Guaé era três vezes mais grosso do que o do homem peludo que, por sua vez, era o dobro do de meu pai.

– Gostaria de lhe dizer uma coisa – pediu Guaé, furioso de luxúria.

Ele empurrou-me até uma janela, escondeu-me atrás da cortina e descarregou em minha boca. Só meu pai adivinhou o que Guaé acabara de fazer. Quanto a mim, senti-me fortalecida com essa *bavaroise*. Estava ardendo... Por isso, fiquei encantada quando Physistère disse:

– Da primeira vez, quero fodê-la vestida.

Ele levou-me para junto da cama, tirou as calças e exibiu-nos um corpo peludo como o de um macaco. Fez com que eu pegasse seu bacamarte e disse-me:

– Põe isso no buraco de tua cona e ergue o traseiro como se deve toda vez que eu empurrar.

Eu meti o membro em mim. Ele empurrou de imediato. Dei um gritinho porque ele estava me dilacerando, já que era mais grosso que o de meu tio e do que todas as outras varas que já me haviam fodido.

– Não é nada – dizia –, estou te deflorando... te desvirginando... Mexe o traseiro...

Mexia da melhor forma possível enquanto suspirava e lhe devolvia em traseiradas todas suas varadas. Ele chegou ao fundo. Minhas trompas beliscaram a cabeça de sua glande. Ele urrou de volúpia:

– Rameira adorável – exclamava –, tua cona acetinada está beliscando a vara! Tua fortuna está feita, assim como a de teu pai e do teu futuro que te venderam a mim... Vamos, fode direito!

Eu remexia-me, encaracolava-me, saracoteava, seguindo as instruções de meu pai e do próprio Guaé.

– Estou encantado – exclamava o trigueiro –, ela está descarregando! Ah, ela vai me fazer um heregezinho de cauda!

Disse a meu futuro:

– Vem cá, joão-foda, passa uma mão no meu rabo e acaricia o que encontrares e, com a outra, mexe em meus colhões!

Guaé obedeceu. Soube depois que, no rabo, o trigueiro tinha uma cauda semelhante a uma vara, mas peluda como seu corpo, e que foi essa cauda que meu futuro deleitou.

– Não deixo essa cona celeste – dizia o homem de rabo refreando-me –, afaga, afaga, herege! os colhões e minha cauda!

Ele descarregou seis vezes sem tirar... Pedi então para me lavar. Meu futuro esfregou-me a cona e beijou-a chamando-a de *cona de ouro*. Meu pai sugou-me as tetas. Guaé disse ao trigueiro:

– Ela é vossa. Mas estou teso como um carmelita. Permiti que eu a enrabe...

– Enrabar? De jeito nenhum! É foda perdida. E menos ainda na cona: quero que ela me faça um menininho de rabo. Mas, se ela engolir foda, como vi algumas mulheres de temperamento fazerem, consinto que vós lhe metais na boca.

Diante daquela permissão, agarrei a vara de meu futuro e poderia tê-la engolido se não fosse tão grossa. Ele descarregou no fundo de minha goela enrubescendo, e a foda desceu fervente a meu estômago.

– Ah, ela gosta de foda! – exclamou o trigueiro. – Tem todas as qualidades!... Será bela e fértil por muito tempo! Vamos, papai, meta-lhe na boca também: de todas as fodas, a paterna é a melhor.

Precipitei-me sobre meu pai, joguei-o na cama, peguei sua vara entesada que fiz entrar e sair da minha boca até ele descarregar. Suguei sua foda com deleite.

– Muito bem! – exclamou o peludo. – Segue os melhores princípios, é impagável.

O trigueiro despia-me, descalçava-me. Meu pai e Guaé ajudaram-lhe. Fiquei nua, fui manipulada e beijada de cima a baixo enquanto lavava a boca. Enfiaram-me numa camisa ampla, onde o homem de cauda peludo e nu entrou; ele sugou-me as tetas, dardejou-me com sua língua e depois disse a meu futuro para introduzir sua vara em minha cona.

O trigueiro fodeu-me mais seis vezes sem tirar. Senti-me cansada. Quis me lavar. Fiquei uma hora no bidê, a cona na água. O trigueiro que, enquanto isso, se divertia entesando Guaé e fazendo-o descarregar três vezes em minha boca, chamou-me dizendo:

– Já te refrescaste demais. Volta para o fodedor para eu te fazer a festa!

Fez com que meu pai introduzisse sua vara, e ele me disse:

– Coragem, minha filha, esse é um fodedor que vale por dez. Tratarei, contudo, de te aliviar se isso for longe demais.

Fui fodida mais seis vezes, com tanta veemência que não agüentava mais. Quando me queixei, o trigueiro disse que dessa vez foderia em dobro.

– Ei, quantas vezes afinal ireis foder? – perguntou-lhe meu pai.

– Minha dose é vinte e quatro.

— É demais, ela não formará uma criança. Ela tem uma irmã mais nova tão bonita quanto ela é bela. Eu vo-la darei para aliviar a irmã.

— Aceito-a! — exclamou Physistère. — Precisarei de muitas outras, pois deixo de fodê-las assim que engravidam e enquanto amamentam. A gancinha está ai?

Enquanto isso, continuava me fodendo.

— Não. Só podereis tê-la amanhã à noite.

— Nesse caso, acabarei de foder com essa minhas vinte e quatro vezes. Vou tirar: que ela se lave. Só faltam cinco. Se seu futuro estiver em condições, que lhe dê foda para sugar, isso a fortalecerá!

De imediato Guaé exibiu-me seus colhões para que eu os deleitasse e sua vara para sacudir. Saí-me tão bem que, ao final de alguns minutos e mal emborquei sua vara, ele descarregou em meio a blasfêmias.

— Ela tem todas as qualidades! É perfeita! — exclamava o peludo, voltando a me meter. — Se sua irmãzinha for comparável a ela, serão duas coninhas impagáveis!

Ele acabou de me foder as cinco vezes sem tirar. Posso dizer que descarregava duas ou três vezes a cada assalto. Physistère estava maravilhado e chamava-me *a única fodedora digna dele*. Então meu pai lhe disse:

— Acho que minha caçula não vos bastará. Mas vosso caso está resolvido: resta-me uma sobrinha freira que é histérica. Eu vo-la darei para que minhas filhas repousem.

— Darei às três doze mil francos de renda — respondeu o trigueiro. — Trazei-mas todas as noites, exceto amanhã, quando terei de revolver uma loura alta que ouviu falar de mim e quer experimentar.

Ele foi embora.

Essa cena mudou todos nossos planos. Dormi até meio-dia, quando me vestiram. À uma hora estava casada. A festa de núpcias foi animada. Minha irmã compareceu, assim como minha prima, a carmelita histérica, isso depois de meu pai conseguir tirá-la do convento com uma autorização para uma estação de águas que solicitava há muito. Tive realmente pena da coninha de minha irmã Docete e resolvi ir vê-la no mesmo dia. Meu pai mostrou-ma e enlevou-a diante de mim alegando querer evitar alguma doença. Ah, como era bonitinha!... Eu bem que também gostaria de enlevá-la, mas meu toucado nupcial mo impediu, sua linda fodinha virginal me tentava... Nosso pai avisou-lhe que ela teria de me aliviar na noite de núpcias, e a amável criança concordou com ingenuidade. Também examinei a cona de minha prima, a carmelita, ou a bela Victoire-Londo. Não era tão graciosa, mas tinha uma maravilhosa peruca negra. Ela entrou em furor erótico assim que lhe tocamos com a ponta do dedo, e meu pobre pai foi obrigado a meter nela diante de minha irmã e de mim, o que só a acalmou por alguns instantes. Chamamos meu tio, que a fodeu três vezes. Depois apareceram o rapaz, o procurador, enfim todos os que deveriam me meter naquele dia. Os enrabadores vieram em seguida. Foi fodida, refodida, enrabada, reenrabada, acabou se acalmando. Mas não se chamou o senhor Guaé: eu tinha ciúmes dele... Enquanto isso, meu pai masturbava minha irmã. A enrabação da religiosa fez com que tivesse tal ereção que ele a empurrou para um quartinho, para onde os segui, derrubou-a e desvirginou. Inseri a vara paterna na linda coninha de Docete, dizendo-lhe que era uma injeção necessária.

Estavam lavando a religiosa. Como percebi que Guaé a cobiçava, testemunhei-lhe um ciúme que o lisonjeou. Ele prometeu-me reservar sua foda azulada e seu pau grosso para minha boca, enquanto esperava que os filhos me alargassem a cona.

– Mas vendestes-me – disse-lhe eu –, antes de me

entregar ao homem peludo, para ser fodida e enrabada em minha noite de núpcias. Quantos fodedores eu teria?

– Seis, a dois mil escudos cada.

– Vedes que só preciso descansar. Mas não deveis perder uma soma tão grande. Pedistes o silêncio e a escuridão?

– Sim, rainha adorada. Eu só me comprometi a te mostrar toda nua, sem camisa, eu brincando contigo, também nu, no quarto. De resto, o silêncio e a escuridão seriam essenciais para que eles passassem por mim. Os seis devassos, colocados num quarto separado, deveriam deleitar-se olhando teus encantos e cada qual te esperar como possuidor único a um determinado sinal.

– Tudo isso será feito. Serei substituída por três pessoas: daremos a vara mais delicada e menor à minha irmã, a mais vigorosa e brutal à carmelita, e vos conseguirei minha comerciante que não desejará nada além de ser fodida sem maiores compromissos. Dareis um jeito para que cada uma delas receba dois homens, o que será ainda mais fácil porque só tereis de enganar os homens. – Guaé ficou admirado com meu plano e meu dom para a economia. Prometeu submeter-se inteiramente às minhas ordens e pediu-me permissão para chamar minha irmã ou a religiosa para sacudi-lo. Chamei a ambas. Descobri as tetas da carmelita e pedi-lhe para pegar a vara e os colhões de meu marido. Em seguida, coloquei minha irmã em posição, arregaçada até a cintura e, como ela tivesse o traseiro mais bonito do mundo, mostrou as nádegas. Deitei-me ao lado dela, também arregaçada, e exibi a frente. Deleitado por uma mão suave e usufruindo de uma tripla perspectiva tão bela, que compreendia o colo magnífico da religiosa, não tardou a relinchar de prazer. Logo, entrou em fúria e teria metido na religiosa se eu não lhe saltasse sobre a vara, que emborquei. Ele descarregou-me na goela enrubescendo. Saímos os quatro para dançar, e minha irmã, minha prima e eu fomos recebidas com satisfação.

Meus seis fodedores da noite participaram da festa de núpcias. Guaé, que teria evitado nos mostrar se eu tivesse que tê-los, ficou eufórico com a idéia de que iríamos entregar-lhes outras mulheres. Ele mos designou: eram seis monstros de feiúra. Guaé encontrou um meio de colocá-los nus sucessivamente num quarto isolado com o pretexto de lhes passar um bálsamo fortificante.

O primeiro era um esqueleto sem carne, a vara parecida com a de meu pai. Tinha um nariz comprido que chegava até o queixo, o rosto encovado, olhos vivos e verrugas negras no corpo. Reservei-o para minha irmã pela sua vara, pois não podia desejar nada melhor. Seu nome era Waradewara.

O segundo era um gordo baixinho, muito barrigudo, a vara do tamanho da de meu tio, a pele de lagosta cozida, o nariz parecido com uma grande beterraba, densas sobrancelhas grisalhas, uma boca grande e os lábios queimados e gretados dos grandes comilões. Seria o segundo de Docete se eu não encontrasse nada melhor para ela. Chamava-se, em russo, Wawarakoff de la Cowillardière.

O terceiro era uma mistura de garça-real e dromedário: estava empoleirado em suas longas pernas sem barriga da perna, sobre os ombros carregava uma colina que formava um ângulo agudo, seu rosto era escuro e seco, suas coxas frágeis só se distinguiam da parte de baixo da perna por joelhos enormes. Tudo o que faltava nessas partes acumulara-se em sua vara, maior do que a do homem de rabo e menor que a vara dupla de Guaé. Destinei Todovara à minha comerciante, que era quente, larga e estéril.

O quarto era um comerciante de trigo gordo, tão largo quanto alto, todo escuro, todo coberto de borbulhas, algumas libras de colhões e uma vara muito comprida, grossa como a de meu tio. Destinei Waramergulhadow à minha prima em virtude de seus colhões.

O quinto tinha a pele do rosto da cor de uma barriga de sapo, a cabeça monstruosa, a barriga de Desessarts, a vara como a de Guaé (segundo o combinado, ele deveria me enrabar). Seu olhar era pavoroso, sua boca dava nojo, seu nariz ainda mais. Varacruel caberia à grande cona de minha comerciante.

O sexto e último era alto, encurvado, escuro, manco, ruivo, remelento. Tinha uma vara com calço acolchoado de tanto que era comprida. Ele de fato trouxera um que deveria afastar para me enrabar. Furaenfrente foi o segundo de minha ardente prima.

Chegada a noite, deitaram-me na cama, e cada um dos seis monstros achou que ia ter o prazer de ser meu carrasco. Guaé me levou para a câmara nupcial e fingiu me pôr na cama. Mas distribuiu-nos por quatro quartos e apagou as luzes. Quanto a mim, fiquei de pé, descrevendo e elogiando a cada uma das lugares-tenentes de minha cona o belo jovem que iam ter em seus braços. Acreditava-me na obrigação de lhes dar prazeres imaginários, na falta de reais.

– Minha lindíssima – disse à minha irmã –, com que prazer sacrificarias teu repouso por mim se visses o jovem encantador que vai roçar teus encantos. É um silfo, um amor!

Em seguida, voltava-me para a religiosa:

– Vais sentir a diferença do catre de tua célula na cama de uma recém-casada, minha prima quente: um belo homem, uma vara grossa... Grita, mas não fala, pois tens de passar por mim.

Alguns instantes depois, estava junto à minha comerciante:

– Sereis saciada com aquilo de que tanto gostais, minha doce patroa: um homem magnífico e... talvez dois..., que me desejam com arrebatamento, vão meter em vossa cona ardente até acabarem suas forças. As varas são grandes! Lubrificai-vos como uma donzela e mexei o rabo para engolir mais depressa os pedaços...

Minha comerciante agradeceu-me e pediu-me para ser metida em primeiro lugar. Corri para buscar Todovara..., o terceiro. Porém, devo organizar minha história.

Guaé estava me esperando. Assim que apareci, fez com que eu falasse e conduziu Waradewara, o primeiro monstro, para junto de minha irmã.

– Querido marido – disse eu com doçura, a cabeça apoiada no travesseiro desta –, poupai-me.

– Claro, claro. Mas não faleis: descobri que todos na festa prestavam atenção em nós em virtude de minha vara enorme.

Durante o curto diálogo, Waradewara, já despido, devastava minha irmã. Seguindo as minhas ordens, Guaé pegou em seguida Waramergulhadow, o quarto, e levou-o com as mesmas precauções para junto da religiosa. Falei em seu travesseiro. Todavara, o terceiro, foi o rei de minha comerciante. Os três outros tiveram sua quota algumas horas depois.

Agora devo descrever cada cena em seis quadros da *Noite da Recém-Casada*.

CAPÍTULO XXXVIII

Dos seis fodedores para três fodidas
(Continuação da história da senhora Guaé)

Abocanhada pelo monstro que acreditava ser um

anjo, minha irmã suspirava. Eu ouvia que a enlevavam e que ela descarregava.

– Estou morrendo! – murmurava.

– Como tua voz é suave, bela noivinha – disse Waradewara baixinho.

E logo escalou-a e meteu-lhe. Embora já desvirginada, a pobre menina deu um grito. Eu falava para disfarçar. O velho monstro poupava-a e acariciava-a, ela o auxiliava como podia e voltou a descarregar. Graças a mim, sentia o mesmo prazer que sentiria se estivesse sendo fodida por um belo moço... Vendo-a enfiada, fui até a religiosa.

Waramergulhadow lembrou-se de não pôr o seu calço: eu o desconfiava pelos gemidos de sua pobre mártir. Disse-o a Guaé, que o desenganchou e deu-lhe alguns tapas. Ouvi que lhe dizia baixinho:

– Patife! Queres estropiar minha mulher? Teu calço! – O fodedor pegou-o, e a fodida passou a ter apenas prazer.

Corri para minha comerciante que Todovara não conseguia enfiar por falta de habilidade. Pus a cabeça no travesseiro e disse suspirando:

– Pedi a meu pai para metê-lo para vós.

Guaé, que me acompanhava em silêncio, realizou a introdução, e tudo correu bem.

Cada uma das três belas foi fodida duas vezes na cona. Depois, como se tivessem combinado, os três devassos viraram a medalha. As três eram virgens de cu. Minha comerciante achou que iam lhe pôr por trás, mas as duas outras não estavam preparadas para nada. O cu das três foi traspassado no mesmo instante, e elas exclamaram, embora se defendessem, ao mesmo tempo:

Docete:

– Oh, no reto!

A religiosa:
– Oh, no ânus!
A comerciante:
– Oh, no buraco do cu!

Ninguém prestou atenção. Felizmente minha irmã tinha o cu largo: sofreu menos. Quanto à religiosa, que Waramergulhadow enrabava sem calço, tinha uma alna de vara em suas entranhas, e sentia a de seu enrabador fazer-lhe cócegas no umbigo. Sofria muito com aquele remexer, pois ele tirava e voltava a enfiar com brutalidade. Só sentiu prazer com a descarga, pelo doce calor da foda que lhe untou as tripas. Minha comerciante era mais maltratada por Todovara: o buraco de seu cu era tão estreito quanto sua cona era larga. A vara enorme a dilacerava, ela blasfemava entre dentes. Finalmente a descarga a refrescou, e ela sentiu-se aliviada.

Os três velhotes haviam usufruído o necessário. Guaé veio retirá-los de maneira a que não se encontrassem. Cuidou-se das três conas e dos três cus, fizeram-se as camas, trocaram-se os lençóis, a tripla noiva voltou a se deitar, e Guaé introduziu os novos atores.

Ele foi buscar Wawarakoff, que pus nos braços e no ventre de minha irmã. Mais aguerrida, ela acariciou com ternura o monstro que lhe meteu, a vara introduzida por Guaé, que aproveitou a oportunidade para manipular e deleitar minha irmã, o que fez a pobre saracotear de tal forma que o fodedor exclamou, achando que estava falando comigo:

– Ah!, como és puta!

Vendo Guaé obstinado em minha irmã, introduzi os outros dois. Dei Furaenfrente à religiosa e prestei atenção para que não esquecesse seu calço.

– Que mãozinha macia! – disse ele querendo pegar a minha.

Consegui escapar.

– Mexe o rabo, rameira – dizia à sua montaria –, te agarrei, estou em tua cona, não conseguirás escapar. Não sou teu marido! Paguei para deitar contigo e te desvirginar! És minha puta. Fode, gança, e mexe o traseiro! Paguei por isso!

Guaé o ouviu. Foi até ele, pegou-o pelo pescoço e quase o estrangulou.

– Não estás seguindo as regras – disse-lhe –, eu também não as seguirei! Sai daqui, homem desonesto!

– Está bem, mas depois de enrabá-la...

E enrabou a carmelita apesar da chuva de socos de Guaé. A religiosa dava gritos horríveis...

Eu estava ao lado de minha comerciante que acoplei a Varacruel. Ele só deveria enrabá-la, mas a espertalhona quente dirigiu, ela própria, a vara para a cona.

– Então não és donzela, gança – achou que estava me dizendo –, já conheces o caminho das varas?... Vamos, fode, puta! E como se deve! Paguei o gigolô do teu marido!

Como ela reagisse bem, ele dizia:

– Oh, ela é puta, ela é puta! Peguei o resto dos outros!

E, enquanto ela descarregava, ele beliscou-a, deu-lhe tapas. Ela gritou.

– Na boca! Puta desgraçada – disse tirando –, e engolirás minha foda, se não te arrebento!

Guaé, que acabara de deixar a carmelita ser enrabada e de afugentar seu brutal fodedor, ouviu a algazarra. Acorreu, repreendeu o devasso sujo com um soco violento, enquanto lhe dizia:

– Ao menos lava-te, mastim desgraçado, antes de emborcá-la! Jamais emborco sem lavar minha vara na água de rosas e depois mergulhá-la no leite. Devasso execrável! Verdadeiro Sade, queres lhe fazer passar mal? Além disso, não seguiste as regras, não mereces tê-la.

– Aqui estão cem luíses.

– Serão para ela. Lava-te... Aqui está a água de rosas... Aqui está o leite... Vamos... agüenta, amiga, esses cem luíses são para ti.

A raposa velha, que passava por um belo rapaz, emborcou, enrabou e enfiou nas tetas à vontade.

– Ah, como és puta! Cadela desgraçada! – repetia.

Guaé estava morrendo de vontade de lhe mostrar que ele não me tivera. Enquanto o mandava embora, fez com que me encontrasse no caminho, toda vestida. Foi como uma visão, pois eu fugi.

– Ah, esta é demais! – exclamou o monstro. – O celerado me deu uma puta em vez de sua mulher!

E blasfemou, xingou.

Quanto a mim, durante essas cenas, assistia à foda de minha irmãzinha. A pobrezinha foi enfiada, emborcada, enrabada como as outras por seu adorado Wawarakoff da Cowillardière que fodeu até suas forças acabarem. Estava me adorando. O que o matou foi o fato de, já esgotado, fazer sua bonita montaria lhe sugar a vara bem limpa com água quente e lhe beijar os colhões. Ainda lhe pôs colhões e vara sobre o cu e as tetas, depois mandou ela dar uma sugadela no membro. Então entesou e enrabou. Na última enrabada, teve uma ereção e achou que estava apenas entesado. Esborralhou o cu de minha irmã até desmaiar. Chamei Guaé, que a desenrabou tirando seu enrabador. Levaram-no desmaiado para seu veículo. Em sua casa, o velho libertino foi reanimado por cordiais que Guaé pediu:

– Ah! – exclamou –, ainda estou vivo! Queria morrer em seu cu... ainda estou teso... por favor, devolvam-na... quero enfiar... estou... expi... rando...

E expirou.

– Ah, que morte bonita! – exclamou Traçodeamor.

O resto do grupo concordou... A senhora Guaé concluiu:

Assim se passou minha noite de núpcias. Quando voltou, Guaé estava furioso de luxúria: queria nos enrabar a todas e depois nos emborcar. Demos um jeito: emborcou-me, enrabou minha irmã e minha prima, meteu na cona de minha comerciante, que ficou estropiada por um mês e engravidou, dois fatos que impediram que Physistère a comprasse. Continuo sendo amante de Guaé, e sua vara grande fortalece-me com sua foda, que me alimenta. Combinou com Physistère que meterá na minha cona depois de meu décimo-segundo filho.

CAPÍTULO XXXIX

Da conclusão da história
das três ganças
(Fim da história da senhora Guaé)

Ninguém sabe como o homem de rabo descobriu que Guaé vendera a primeira noite de suas núpcias. Ele chegou furioso. Chamou-me. Eu estava na cama, foi a resposta de Guaé.

– Acredito – respondeu Physistère –, e um homem morreu de esgotamento em seus braços.

– Ela trabalhou a noite inteira, mas não nisso. Sua prima, a religiosa, depois de ter sido cortejada durante o dia, foi possuída de novo à noite por seus vapores histéricos, em meio a um sonho em que achava estar sendo fodida. Fui chamado. Como não consegui meter-lhe na cona, enrabei-a.

– Pouco me importa seu cu. Mas, se tivesses metido na cona...

– Quanto à minha mulher, está dormindo. E podeis ver pelo frescor de sua cona e de seu cu que não toquei nela.

– Vejamos antes a carmelita.

– Também está dormindo.

Foram até ela. Guaé descobriu-a sem acordá-la. Ela estava deitada de lado, pois não conseguia se manter de costas devido a seu cu que doía. Ele estava arrebentado.

– Que estrago!... E a cona?... Não está tão maltratada...

– Fatiguei-a um tanto com meus esforços inúteis, depois ela se masturbou.

– Vejamos a recém-casada.

Vieram me ver. Sabeis que eu voltava a ser virgem com o banho e um pouco de repouso. Physistère achou minha cona e meu cu tão apetitosos, tão bonitos, que os beijou a ambos. Depois deu a entender ao cúpido Guaé que tinha um alojamento fechado para nos manter presas pelo tempo que lhe fizéssemos filhos, eu, minha irmã e minha prima. Ele viu Docete vestida, e ela encantou-o. Levou-nos as três dizendo que até engravidarmos de fato só poderíamos ser vistas num parlatório.

Physistère é extremamente rico. Dá vinte mil francos por ano a Guaé para mim, e quarenta mil a meu pai, para minha prima e minha irmã. À noite, após uma ceia excelente, deitou-nos as três juntas numa cama enorme, onde também se acomodou. Fodeu-me primeiro, depois à minha irmã e em seguida à carmelita, esta duas vezes sem tirar. Em suma, fomos fodidas dessa maneira oito vezes cada uma durante a noite, o que completava as vinte e quatro de Physistère. Enquanto ele fodia uma, as duas outras o deleitavam, uma a cauda do cu, a outra, os colhões.

Engravidamos juntas. Então ele declarou-nos que não nos enfiaria até depois do parto e da amamentação. Veio para cá. Viu-vos, senhora, e fodeu-vos. Casou-se com vossa primogênita, meteu na cona das cinco outras, poliu vossas duas sobrinhas, purgou a bastarda de vosso marido, violou vossas duas criadas e engravidou-vos a todas. Entrementes parimos, amamentamos, libertamo-nos e agora ele volta a nos foder. Tentai libertar-vos também quando estivermos *ocupadas*, a fim de que ele nos foda alternadamente.

Essa é nossa história, eis o que sabemos do homem de rabo. Acrescentarei apenas que, como na época em que o senhor Physistère não nos meteu sentíssemos desejo, recorremos a meu pai, a meu tio, a Guaé, ao procurador, ao meu primeiro galanteador, que nos poliram, Guaé na boca, os outros na cona. Entrementes, todas quisemos ter Guaé às primeiras dores do parto: sua vara, do tamanho de uma criança, abria o caminho, e sua foda untava-o.

Depois do parto, pedimos que meu pai escolhesse para nós belos menininhos não-púberes, mas que entesassem firme, para nos purgar a cona: essas crianças, cujas varazinhas azeitadas entravam barretadas, não descarregavam, embora revolvessem agradavelmente nossos conotes.

Fim da história da senhora Guaé

As doze belas ficaram tão excitadas com a história que algumas foram imediata e sucessivamente ser purgadas por Physistère, que ficou muito surpreso com a investida. Usou seus dois rabos, dando conta de duas por vez, uma embaixo e uma em cima.

Passada a borrasca, Physistère voltou a seus usos e costumes. Porém logo suas três fodidas engravidaram. Ele pediu-lhes, assim como à senhora Linars, para lhe arranjarem três ou quatro outras para fazer-lhe filhos, enquanto esperava a libertação de suas mulheres. Só a senhora Guaé conseguiu três: Tetonnette, filha de uma amiga, Bemaberta, loura alta, e a sua irmã Dardejanaboca, moreninha gentil e viva, muito terna, que descarregava como quatro. Tetonnette era uma dessas morenas de pele branca que sempre têm um colo bonito. Physistère garantiu os mil e duzentos francos de renda às três moças, encarregou-se de mantê-las durante toda a época de sua fecundidade, deitou-as na cama grande e desvirginou-as oito vezes cada uma na primeira noite. Começou por Dardejanaboca, a mais jovem. Embora donzela, era tão amorosa que reagiu desde a primeira varada. Sofreu os oito assaltos seguidos com uma coragem heróica... Depois Physistère pegou Bemaberta... Esta foi mais moderada. Ela gritou, embora pouco estreita, pois, como não descarregasse a princípio, sua coninha umedecia muito pouco. De qualquer modo, era virgem. Apesar de sua languidez, foi fodida oito vezes como Dardejanaboca, Physistère teria tido medo de mortificar apenas uma... Em seguida pegou Tetonnette. Ele lhe enfiou com mais dificuldade do que em Bemaberta, mas ela remexeu o traseiro tão deliciosamente, suas tetas eram tão apetitosas, sua coninha tão estreita, que deu tanto prazer quanto Dardejanaboca...

Após seus vinte e quatro assaltos, Physistère deixou-as dormir. No dia seguinte pela manhã, três criados entraram para receber suas ordens. Ele despertou, mas fingiu estar dormindo, a boca no colo de Tetonnette e uma mão nas tetas de cada uma das outras.

– Que patife bem-aventurado! – disse um dos criados.

– Se é! – respondeu um outro.

E os três começaram a se masturbar. Então Physistère, fingindo acordar, disse-lhes:

– Eu os ouvi, joão-fodas: não ireis meter nas conas das moças, quero que engravidem de mim. Mas podeis virá-las de barriga e cada um de vós enrabar uma.

Nem acabara de falar, e as três belas já gritavam simultaneamente por sentirem as três varas lhes entrando no cu. Physistère exortou-as à paciência, dizendo-lhes que estavam fazendo uma boa ação: garantiu-lhes que os três homens iam descarregar no chão. Elas convenceram-se com o argumento e remexeram o rabo da melhor forma possível.

Explicit O HOMEM DE RABO

Ao final da longa história, todos e todas exclamaram:

– Não passamos de santos perto desses fodedores e dessas fodedoras! Por que ainda não é amanhã?

– Não ides vos sacudir, patifes – disse-lhes eu.

– De jeito nenhum! Nossa foda não nos pertence, pertence às nossas belas...

Quem ficou surpreso ao nos ver falar daquela maneira diante de minha filha? Bridaconinha e sua mulher.

Mas eles verão muitas outras coisas...

EPÍLOGO DA PRIMEIRA PARTE

Por muito tempo hesitei em publicar essa obra póstuma do famosíssimo advogado Linguet. Afinal, como já começara a composição, decidi tirar apenas alguns exemplares para dar a oportunidade a dois ou três amigos esclarecidos de julgar saudavelmente seu efeito e para saber se não faria tanto mal quanto a obra infernal da qual pretende ser antídoto. Não sou tão insensato a ponto de não sentir que a *Anti-Justine* é um veneno, mas esse não é o ponto principal: será o antídoto da fatal *Justine*? É por isso que quero consultar homens e mulheres imparciais que possam julgar o efeito que o livro impresso produzirá neles e nelas. O autor quis afastar da crueldade, da sede de sangue e da morte a mulher possuída. Será que conseguiu? Quis reanimar os maridos displicentes para fazê-los usufruir de suas mulheres com gosto graças à leitura de meio capítulo de sua obra. Será que alcançou seu objetivo? O futuro decidirá.

Já vimos, apenas pelo índice, que essa obra é lúbrica! Mas era preciso que fosse para produzir o efeito esperado. Julgai-a, amigos, e temei induzir-me em erro.

A *Anti-Justine* terá sete ou oito partes como esta.

FIM DA PRIMEIRA PARTE

SEGUNDA PARTE

Cheguei ao segundo volume dessa obra destinada a reanimar os maridos displicentes aos quais suas mulheres mais nada inspiram. Esse é o objetivo das partes dessa produção excelente, que o nome de Linguet tornará imortal.

CAPÍTULO XL

Da poltrona

No domingo, houve um belo jantar que foi servido em meu armazém. Nele eu mandara colocar, além da cama e do velho sofá, um terceiro fodedor cômodo que eu encontrara por acaso no estabelecimento de um serralheiro da rua da Parcheminerie, que o comprara, apenas pelo ferro e pelo aço, do inventário de um certo duque. Contei a sua história a meu grupo de amigos:

Essa poltrona ou fodedor foi montada. O serralheiro montou-a, um dia, para ver seu mecanismo. Ia ser o primeiro a nela sentar. A jovem esposa muito rechonchuda de seu velho vizinho Aopequeno, o cabeleireiro, chegou. A bela vizinha, sem fôlego, jogou-se sobre o diabo da poltrona. Imediatamente foi presa por braços, um mecanismo arregaçou-a, e outro afastou-lhe as coxas. Outro ainda revelou sua bela cona, um terceiro fê-la oscilar.

– Ei, o que é essa máquina? – exclamou.

– E eu é que sei? – respondeu o serralheiro. – Montei a máquina para conhecê-la, mas vejo que é a máquina com a qual o duque de Fronsac experimentava as moças recalcitrantes que barões inábeis lhe haviam vendido. Se quiserdes, vizinha, posso experimentá-la.

– Ora, que idéia! É impossível violar uma mulher contra a sua vontade! Eu morderia.

O homem da forja tira as calças, coloca-se sobre ela. A acossada tenta mordê-lo: um mecanismo bastante suave faz com que ela abra a boca, e, angustiando-a um pouco, a obriga a dardejar o homem com a língua. O cúmplice de Vulcano aproveita tudo aquilo e enfia na cabeleireira, que não consegue evitá-lo nem gritar... Feita a operação, a máquina já esgotou todos os seus recursos, e a senhora

Aopequeno é solta. Então começa a choramingar e dar gritinhos como se estivesse desesperada.

– Que tola! – diz-lhe o ciclope –, operei-vos bem demais para que não engravideis: tereis um filho que vosso velho joão-foda jamais conseguiria fazer em vós. Porém, é preciso usar de malícia: contai-lhe que hoje terminastes uma novena em Saint-Julien, pedi-lhe para ele vos trabalhar hoje à noite e dizei que o santo deverá abençoar seu trabalho. Mexei o traseiro quando ele vos meter, dizei-lhe bobagens e, se ele descarregar um pouquinho, desfalecei dizendo que ele está vos inundando.

A senhora Aopequeno foi embora munida dessas instruções, que pôs em prática. No dia seguinte, emprestaram-me a poltrona.

Ao me ver passar, o ciclope me chamou, mostrou-me a máquina, elogiou-a para mim e ensinou-me como usá-la. Foi-me cedida para experiência, e eu destinei-a às beatas que comparecessem porventura às nossas orgias. Montei a máquina para uma ocasião adequada sem revelar seu segredo.

Sentamos em três na poltrona para jantarmos: a senhora Pelosedoso, uma bonita chapeleira da rua Bordet, ou Bordelle, trazida por Traçodeamor e que se chamava Ternolírio, eu estava no meio. *In petto*, reservara a poltrona montada à bonita Ternolírio, ainda virgem, embora Traçodeamor já houvesse várias vezes descarregado entre as coxas, ou, se a chapeleira fosse dócil, a Rosamalva, ou à sua irmã Rosalba, a loura, ou ainda à dona da casa, a senhora Bridaconinha, em quem eu queria meter durante nossas festas, para colocar chifres em seu marido diante do mesmo. Jantamos bem, mas sem comer ou beber demais. Tivemos aves e várias coisas de fácil digestão.

Não se tardará a ver como executarei todos os meus planos.

CAPÍTULO XLI

Das conas barbeadas

Terminado o jantar, Traçodeamor disse-nos:

– Durante toda a semana, fiquei pensando em tornar a coninha da senhora Conchette-Ingênua Pelosedoso no que deve ser, ou seja, *donzela*. Pois tenho certeza que, depois de oito dias sem foder, ela encolheu feito o diabo! Quebramoita, Cordadetripa, varas implacáveis! Arregaçai para mim Minone e Conetta! Não seria conveniente elas se arregaçarem sozinhas. – As últimas foram arregaçadas até acima do umbigo: nem um pêlo!

– Barbeei-as hoje de manhã – disse Traçodeamor – para ver o efeito, antes de vos propor a mesma coisa para nossa deusa. Estais vendo como elas estão limpas? Todo o seu corpo está: elas tomaram banho todos os dias desde que ficaram sabendo que a bela fodedora coloca sua cona todos os dias na onda límpida e lá mergulha todo o seu corpo apetitoso. Elas me garantiram que, quando estavam no cio, a água fresca na qual molhavam suas conas ardentes lhes dava um prazer quase fodedor... Mas observai essas conas! Não se parecem com coninhas de meninas de doze ou treze anos?

Concordamos.

Como conseqüência, pedi que a minha filha deixasse que sua moita fosse barbeada. Ela escondeu o rosto em meu peito. Traçodeamor derrubou-a de imediato num fodedor, a cona totalmente descoberta.

– Acho que afinal é uma pena – disse ele manipulando-a –, a peruca é magnífica! Primeiro vou cortar com tesoura: colocaremos esse pêlo sedoso sob um vidro numa moldura dourada, será uma relíquia preciosa.

Ele cortou. Em seguida, tirou de uma bela caixinha

um sabonete perfumado com o qual ensaboou a coninha por muito tempo. Como a operação excitasse Conchette, ela pediu-me para colocar meus lábios sobre sua boca. Dardejou-me com a língua durante todo o tempo em que a operação durou e, quando acabou de ser barbeada, foi lavada com água de rosas. Secaram-lhe as coxas com toalhas macias, e Ternolírio colocou o belo pêlo dos despojos sob o vidro emoldurado. Depois, a coninha sem barba foi exibida para ser admirada. Todos, sobretudo as moças, até a modesta Ternolírio que, segundo ela, só viera para ver e enrubescia com tudo, acharam-na tão apetitosa que pediram para beijá-la, e as moças precipitaram-se sobre ela. A bonita chapeleira colocou seus lábios vermelhos na cona barbeada, e sua língua entrou na fenda para excitar a volúpia. Rosamalva, que acabara de chegar, partiu para cima dela como uma endemoniada, afugentou a outra e enlevou com tanto ânimo a deusa que ambas emitiram. Chegou a vez dos homens: sugaram o conote descarregante e fizeram-no descarregar ainda mais... Quanto a mim, admirava a cena, as mão mergulhadas nas tetinhas de Ternolírio, encantadoras, que a proprietária não ousava defender.

– Ah, que beleza! – disse-me ela.

– Ainda não viste nada! – respondeu-lhe Minone.

De fato, Traçodeamor, que mandara os enlevadores saírem da cona de Conchette-Ingênua, a qual não queriam abandonar, disse a seus colegas:

– Imitai-me!

De imediato, todas as varas em ereção estavam a postos.

– Vamos! Vamos! À cona! À cona!

Ternolírio baixou os belos olhos, mas Conchette, deitada no fodedor, a moita levemente masturbada por Rosamalva, ergueu a cabeça para ver as varas.

– Em quem ides meter? – perguntou-me meu vigoroso secretário. – Em Conchette, em mim ou na donzela Ternolírio?

Eu hesitava, quando, de repente, ouvi minha filha exclamando baixinho:

– Uma vara! Uma Vara!

Traçodeamor precipitou-se sobre ela, ergueu-a e apresentou-ma oscilante:

– Metei nela – disse-me ele –, a fodedora está com a cona pronta. – Enfiei. Estava tão firmemente teso que a fiz gritar quando a perfurei. Mas ela logo sorriu dizendo:

– Ai, que bom...

Erguendo o traseiro:

– Ai, que bom! Ah, como entesas gostoso! Fode... Revolve... Remexe, papai querido... vou... des...carre...gar... – Traçodeamor a sacudia.

–... ca...r...re..go...

Eu também descarreguei. Sua coninha deliciosa beliscava-me. A deusa embriagava-me. Traçodeamor fazia-a oscilar, como o Corax de Petrônio fazia com seu amo Eumolpo...

Entrementes Quebramoita colocara em suas costas Rosamalva nua, fodida por Cordadetripa sem camisa. As duas pequenas endemoniadas, Minone e Conetta, nuas como vieram ao mundo, haviam acabado de colocar Ternolírio nua como elas entre ambas e esfregavam suas conas nas coxas de alabastro da donzela deleitando-a, uma a moita, a outra o buraco do cu. As três descarregaram com as duas fodidas.

– Oh, Deus – exclamou a bonita chapeleira –, como sabeis ser felizes!

CAPÍTULO XLII

Vara inesperada

Naquele momento, ouvimos baterem palmas junto à porta (era a senha que eu combinara). Eu acabara de tirar da cona, fui abrir: era o ciclope. Ele não entraria, mas empurrou um homem com os olhos vendados e as mãos amarradas nas costas. Estava coberto por um grande sobretudo de lã branca sob o qual estava nu sem camisa. Peguei-o pelo corpo e empurrei-o rumo ao fodedor tipo Fronsac sobre o qual Traçodeamor jogou sua irmã. O fodedor foi montado e, assim que a menina foi pega, deixamos cair sobre ela, depois de arrancar o sobretudo, o desconhecido que eu acabara de fazer entrar.

Quando ele ficou nu, sua vara enorme assombrou a todos e houve um *Ah* universal! Conchette reconheceu-a e empalideceu (observai que todos conseguiam falar, exceto Conchette e eu). Minone, a aprisionada, foi a única que não se assustou com a vara, que só era menor do que a de Fodeamorte. Ela pegou-a com coragem e colocou sua cabeça entre os lábios de sua cona dizendo:

– Empurra, herege!

Ele estocou como um aríete de sítio, mas a vara não penetrava.

– Ergue o traseiro, puta! – disse-lhe o bruto. – Sou alto demais.

Minone ergueu-o. A vara encontrou a abertura e, embora esta não passasse da metade do que era necessário, ela forçou-a. Minone sofria um martírio, o suor e as lágrimas sulcavam suas faces. Finalmente, a vara enorme, tendo chegado ao fundo, injetou seu bálsamo de vida e aliviou, untando-as, as paredes dilatadas. Minone, que acabara de urrar de dor, exclamou de prazer:

— Ah, ah, ele está me inundando... estou fodendo... des... car... regando... Vou desmaiar...

E a bela mocinha remexia o traseiro como uma rameira fodida por um monge no bordel.

A princípio, ficamos estupefatos de admiração. Depois entesamos como demônios. Quebramoita enfiou por trás em Rosamalva, Cordadetripa em Conetta pela frente. Traçodeamor consultou-me com os olhos designando-me Conchette ou Ternolírio. Concedi-lhe a primeira, acrescentando baixinho:

— Ele está fodendo tua irmã, fode-me sua mulher.

— É Varanegra!

E ele jogou-se como um furioso sobre a esposa do joão-foda, que foi tão brutalmente enfiada que gritou... Mas ela descarregou quase que imediatamente, o que transformou sua dor em prazer.

— Toda mulher que descarrega assim — balbuciava Traçodeamor revolvendo-a — é boa, as únicas ruins são as que jamais descarregam.

Entrementes Varanegra refodia sem tirar, e Minone voltava a descarregar. Rosamalva relinchava sob Quebramoita, Conetta sob Cordadetripa. Comovida, Ternolírio apoiada em meu ombro, apresentava sua linda boca, e Conchette, martirizada por Traçodeamor, choramingava, traseirava, emitia, dava gritinhos de dor e volúpia e ainda invejava os tormentos de Minone. Seu fodedor gritou-me:

— Meu Deus! Lubrificai... e desvirginai... para mim... essa putinha Ternolírio!

A amável criança ficou me olhando e colocou a mão diante da cona, como para protegê-la. Tínhamos manteiga fresca: untei a coninha, derrubei a virgem num fodedor apesar de seus pedidos ternos, e minha vara entrou.

— Pelo menos — dizia ela, sentindo-a entrar —, não me entregareis ao carrasco de Minone, nem àqueles... ali?

— Mexe o traseiro, desgraçada — gritou-lhe o impiedoso Traçodeamor. — É assim que se fode? Olha minha bela e essas... três... outras... marafonas!... Vê... puta... donzela... estamos... descarregando!

A pobre menina, a essa exortação, saracoteou sob mim como pôde. Eu penetrava suavemente, acariciava, dando linguadinhas, cochichando coisas ternas.

— Estais tratando dela bem demais — exclamou Traçodeamor —, purga como eu ou como o chifrudo na poltrona!... Vede! Ele está mordendo as tetas que não saberia manipular! Não a machuques demais, herege! Ela é minha irmã... e eu acabo com você! Vou... des...carre...gar!

— Estou fodendo! Estou des...carr...egando! — exclamou Rosamalva.

— Estou descarregando! — gritou Conetta.

— Ahahahaha! — disse Conchette.

Quanto a Ternolírio, cujo fundo da coninha eu atingira, disse:

— Fui desvirginada! Estou descarregando? O que mamãe vai dizer?

— Ela não perceberá, linda fodedora: a vara de meu amo conserva as virgindades — gritou Traçodeamor.

Naquele momento, Varanegra tirou de Minone, cansada demais. Lubrificaram Rosamalva, recém-desvencilhada de Quebramoita, para ele, pois os tormentos da corajosa Minone amedrontaram todas as outras belas. A vara de mula perfurou-a depressa, mas nem por isso ela deixou de sofrer. Chorou, soluçou e finalmente... descarregou. Foi esborralhada três vezes sem tréqua. Minone fora quatro.

Era a vez de Conetta. Ela foi lubrificada com mais cuidado que Rosamalva e, no entanto, berrou a plenos pulmões. Se ela não estivesse no Fransac, teria desenganchado seu carrasco... Finalmente descarregou, e os prazeres sucederam-se. Mas ninguém esperava pelo efeito que produziram!

Foi a senhora Pelosedoso que teve vontade da vara do marido! Ela pediu baixinho para ser colocada no Fronsac no momento em que Varanegra tirava de Conetta, embora a cona desta estivesse toda borrada de sangue e foda. Porém, Traçodeamor, abocanhando-a, derrubando-a e metendo nela, disse-lhe baixinho:

— Marafona! Fico com ciúmes de ti por meu amo e por mim: prefiro estrangular-te a deixar-te ser fodida pelo chifrudo do teu marido em minha presença!

— Perdão, vara divina! As dores delas tentaram-me! Desbasta-me até me tirar a vontade. Pois só conto contigo: o senhor Linguet está... dando... sua fo...da... estou descarregando... à des...graçada... cadela... Ternolírio...

— Ah, rainha das putas! Estás com ciúmes! Toma, toma varadas em tua coninha-deusa!...

— Ah...ah... vou... des...car...regar... de novo!

Enquanto isso, o que Varanegra fazia? Descansava e tomava alguns aguardentes fortes, enquanto manipulava as tetas de suas três fodidas, que o masturbavam para se divertirem. De repente, a senhorita Linguet disse a seu fodedor:

— Mas esse herege é um outro Guaé! Ele tem de me recuperar! Lavai bem a vara dele com água de rosas: quero chupá-lo como a senhora Guaé fazia com a vara grade de seu marido.

Não podíamos nos recusar a uma proposta tão razoável. Lavamos a vara monstruosa. Duas das três ganças sustentaram Varanegra entregando-lhe suas tetas. Rosamalva deleitou-lhe os colhões e o buraco do cu. Traçodeamor deitou-se no chão de costas sob minha filha de joelhos, na qual meteu. A senhorita Linguet beijou a grande vara cinco ou seis vezes, enquanto reagia aos ataques de seu fodedor. Prestes a descarregar, emborcou, fazendo a vara enorme ir e vir da borda de seus lábios de coral ao fundo de sua goela acetinada. Ao descarregar, ela mordeu... tal qual a voluptuosa fêmea da serpente gigante esmaga em sua goela a cabeça de seu macho apaixonado demais... Mordido, Varanegra gritou de volúpia. Emitiu uma torrente, embora já tivesse fodido nove vezes, e a senhorita Linguet foi inundada de foda ao mesmo tempo na boca e na cona... Quis sugar Varanegra três vezes; este era tão sacudido pelas três rameiras que voltou a entesar de imediato. Além disso, ele exclamava todo o tempo:

– Minha mulher não morreu! É ela que estou emborcando, sinto-o pelo aveludado de seu palato!

E a idéia fazia-o descarregar em torrentes... A senhorita Linguet foi obrigada a terminar a brincadeira com a qual Varanegra estava quase morrendo. Mas a senhorita Conchette Linguet havia sugado a vara dupla com tanta fúria que sua boca estava em chamas. Obrigamos Varanegra a enrabar suas três fodedoras, o que lhe completou quinze descargas copiosas, porque as belas, que substituíam umas às outras, manipulavam-lhe os colhões sem piedade. As dores excessivas da enrabação não amedrontaram nenhuma delas. Ao contrário: os tormentos da paciente excitavam sua paixão, e elas beliscavam-na para forçá-la a se agitar e a facilitar a introdução da grande vara em seu cu.

Varanegra não estava mais agüentando. Foi precisamente isso que excitou a senhorita Linguet: ela exigiu de nós que ele descarregasse pela décima-sexta vez, e em seu cu. Traçodeamor foi obrigado a ceder. Manipularam Varanegra, deleitaram seus colhões, garantiram-lhe que ia enrabar a senhorita Linguet, sua esposa. Ao ouvir esse nome, teve outra ereção. Fizeram-lhe sugar as tetas de Rosamalva e de Conchette. Ele entesou firme.

Imediatamente, deitaram a futura enrabada de barriga, passaram-lhe manteiga na roseta e depois no resto com uma cânula grande. Ternolírio pegou delicadamente a grande vara com seus dedos de rosa para dirigi-la para o ânus, enquanto Minone e Conetta afastavam as nádegas. Pronta para manipular os colhões, Rosamalva abria com seu dedo cheio de manteiga caminho para a vara monstruosa no cu da paciente. Finalmente, ele penetrou dilacerando... A senhora Varanegra dava gritinhos surdos que seu marido acreditou estar reconhecendo, o que fez com que redobrasse as estocadas. Então, a enrabada deu um grito... que alojou o monstro inteiro em suas tripas... Sem maiores cuidados, Varanegra esborralhou com raiva. Não desenrabou após descarregar. Rosamalva deleitava-lhe os colhões, o ânus e, colocando a cona em seu cu, fodia com ele saracoteando... Varanegra descarregou três torrentes de foda nas tripas de sua mulher, o que completava dezoito vezes durante a sessão. Caiu de fraqueza com a última...

Tiraram-lhe do cu da senhorita Linguet, que foi colocá-lo na água fresca para restabelecê-lo. Jogaram em Varanegra uma tina de água do poço que estava no pátio para fazê-lo voltar a si. O ciclope voltou. Levou Varanegra para seu fiacre.

– Sabes quem fodi – dizia-lhe no caminho de casa – em teu sagrado Fronsac?... Ah, como fode! Aprendeu bastante desde que me abandonou. Fodi-a dezesseis vezes, na cona, na boca, no cu...

Após ter entregue Varanegra à sua afilhada, o serralheiro foi embora.

Varanegra encontrou-o alguns meses depois.

– Por favor, leva-me de novo até lá!

– Impossível – respondeu-lhe o ciclope –, todos desapareceram.

– Ah, a desgraçada! Se eu a pegasse, passaria o resto de minha vida em seu cu e em sua cona.

Foi assim que terminou a aventura.

CAPÍTULO XLIII

O ciúme das duas coninhas

Estávamos os sete maravilhados com as dezesseis enfiadas, emborcadas e enrabadas de Varanegra, quando Traçodeamor, olhando para a bonita chapeleira, nua como as outras, disse-lhe:

– Aí estás desvirginada, pequenina, e meu amo divino colheu tua rosa. É uma grande honra e felicidade para ti e para mim! Agora vejo-te como os devotos vêem sua Virgem Maria que, fodida pelo arcanjo Gabriel e depois pelo Espírito Santo, do qual foi puta, se tornou ainda mais virgem. Eis-te consagrada à vara de meu amo: conserva-lhe religiosamente tua coninha, só a dês com a sua permissão... Agora, pequenina celeste, vossa linda moita vai ser ensaboada e barbeada.

Ternolírio protestou dizendo que sua mãe examinava a cona todas as noites para ver se não haviam tocado em sua virgindade, já vendida e que logo seria entregue.

– Pouco me importa, deusa – respondeu Traçodeamor, vendo-me montar o Fronsac –, vamos lhe contar tudo.

E ele a empurrou para a poltrona que a agarrou. Ele ensaboou-a e preparou a lâmina.

Naquele momento chegou a senhorita Conchette-Ingênua Linguet que acabara de lavar o cu com água de poço para restabelecê-lo.

– Então também vão barbear a cona da senhorita? – disse ela, um pouco agressiva.

– Ah, minha bela deusa, impedi-o, por causa de

mamãe, que não saberá o que isso quer dizer! – exclamou Ternolírio suplicante, beijando-lhe uma mão que conseguira agarrar.

– Não, senhorita, não farei isso! Vossa cona barbeada fará com que sua mãe perceba melhor que meu infiel vos deflorou... Também veremos, depois de tirada essa peruca encantadora, se vossa jóia, senhorita, é melhor do que a minha, cansada como está.

– Ah, adorável amiga! Isso não é necessário! Ninguém chega a vossos pés...

– Vamos, senhor, barbeai, e acho que depois, amante infiel, que desvirginou essa linda concha, podereis vos alojar nela!

Enquanto cortava o belo tosão de ouro, Traçodeamor explicava a Conchette-Ingênua que todas as virgindades me cabiam e que, para ter a consciência limpa, eu era obrigado a assumi-las, sob a pena de mortificar a neófita. Conchette não sabia o que dizer, mas ficou amuada. Aproximei-me dela e, como ela estava nua, beijei-lhe as tetas e pus-lhe minha vara nas mãos.

– Preferiríeis que ela estivesse entre os lindos dedos de Ternolírio?

– Não, ninguém me deixa teso como vós, mas depois de vós, é Ternolírio. Estão lhe barbeando a moita. É preciso comparar vossas conas celestes, abstraindo-se o cansaço da vossa. Primeiro, vamos enlevá-las. Depois verei a quem caberá minha vara-sultana: a que melhor voltou a se tornar virgem irá obtê-la.

A senhorita Conchette fez uma careta de mulher bonita segura de si e calou-se. O barbeiamoita acabou. A coninha de Ternolírio foi lavada com água de rosas, a senhorita Linguet refrescou a sua, e as duas conas foram comparadas... Na maior imparcialidade, foram consideradas iguais. O que era considerar a coninha da bela

Conchette, já tão fodida, superior... Foi a opinião de todos. Rosamalva e Minone vieram comparar-se, mas suas conas nem de longe tinham a fisionomia virginal da de minha filha e da de Ternolírio.

– Vossas conas são simpáticas – disse-lhes Traçodeamor –, cem vezes melhores que as cononas das putas, mas não podem se comparar às duas coninhas de huris.

Conchette pavoneou-se, mas, generosa como era, logo decidiu:

– Já que nossas conas são iguais – disse-me ela, beijando Ternolírio na boca, manipulando-lhe a cona –, voltai a desvirginá-la e que vosso lugar-tenente torne a me foder, se tiver forças.

Mal acabara a última sílaba, e já estava enfiada.

– Fode – gritou ela para mim –, fode a marafona!

Enfiei na formosa ninfa... Porém, prestes a descarregar, a senhorita entrou em furor erótico (e compreendi então por que os heróis de Dsds, quando estão prestes a emitir, se tornam cruéis). A enfiada exclamava:

– Fodei todos a puta Ternolírio!... Quebramoita... transformai seu cu e sua cona num só buraco!

Ela descarregou e, um pouco mais calma, disse:

– Perdão! perdão, irmãzinha... É a foda... que me subiu à cabeça e me tornou tão cruel! Que sua cona se conserve... sempre donzela... para os prazeres de meu... papai fodedor... Já basta... a minha... tão martirizada... Vamos, empurra, fode... não me poupes mais! – disse a seu carrasco.

E ela começou a traseirar com mais vigor do que nunca, o que fez com que Rosamalva e Conetta, cujos cus estavam em melhor estado que o de Minone, voltassem a ser utilizados. A boa irmã de Traçodeamor veio deleitar-me os colhões, e eu emiti.

CAPÍTULO XLIV

Minone e Conetta outrora desvirginadas. A vigília

Terminada aquela cena, fomos descansar. Almoçáramos leve de propósito para fazer um lanche. Comemos uvas banhadas em vinho doce com pães sovados do Pont-Michel, depois tomamos um café excelente feito por Traçodeamor e saboreamos licores. A seguir, ficamos todos deitados...

– Meu amigo – disse-me Conchette-Ingênua mostrando-me Conetta e Minone –, tivestes essas duas bonitas companheiras, assim como Rosamalva, e acabais de desvirginar Ternolírio diante de nossos olhos. Contai-nos sobre vossa primeira vez e dizei-nos como as seduzistes.

– Ah, sim, sim! – exclamaram Ternolírio, Rosamalva e todos.

– Contarei de muito bom grado essa história contanto que alguém vá buscar a senhora Bridaconinha, a dona da casa, para que ela a ouça também: é por aí que começaremos a domesticá-la.

Meus três sacripantas, para quem ela era carne nova, não se fizeram de rogados. Arrancaram-na do marido que, naquele momento, lhe segurava as tetas, e, sem nem ao menos darem uma explicação ao futuro chifrudo, sentaram-na sobre as mãos unidas de dois, enquanto o terceiro a segurava por trás, e trouxeram-na assim, meio arregaçada e com as tetas de fora. Colocaram-na no Fronsac e, se eu não impedisse, teriam lhe construído uma história, em vez de escutar a minha. Quando todos se acalmaram, comecei:

Eu alugara um quarto na casa da madrasta de Traçodeamor, lavadeira da rua d'Ablon, enquanto a minha mulher percorria o interior com um galante, o mesmo que a fodia com tanta paixão que se metia em sua camisa para melhor apalpá-la e nela enfiar. Traçodeamor trazia-me o jantar nos dias úteis, mas eu ia jantar na casa da boa senhora Wallon nos domingos e feriados.

Um dia em que estávamos juntos, ele pediu-me que ensinasse sua irmãzinha a escrever. Aceitei. Quando vi Minone, não pude tirar os olhos de suas tetinhas nascentes, brancas como um lírio.

– Deixai meu marido entrar, gostaria muito que ele ouvisse essa história! – interrompeu a senhora Bridaconinha.

Imediatamente, Traçodeamor, a meu assentimento, foi buscá-lo, enquanto, a um outro sinal meu, Quebramoita e Cordadetripa agarraram, um a moita, o outro, as tetas da dama. Ela estava deslumbrante entre os dois machos quando o marido chegou. A princípio, Bridaconinha ficou espantado, mas depressa se adaptou: foi apoderar-se da cona de Rosamalva e das tetas de Conetta. Traçodeamor pegou a cona e as tetas da irmã. Quanto a mim, sentei Conchette e Ternolírio em meu colo e deixava, de vez em quando, minhas mãos caírem nas tetas de minha filha e de sua bonita rival.

Continuei:

Disse em particular a Traçodeamor:

– Eu não conseguirei ensinar nada à menina: ela me deixa teso demais, eu a foderia no primeiro dia.

– Ah! Meu caro amo! Que felicidade para ela e para mim se a desvirginásseis! A pobre órfã não tem qualquer prazer na vida.

A mãe deles havia morrido, e o pai, casado em segundas núpcias com uma boa amiga de sua falecida esposa por insistência da última, tinha, depois de morrer ele próprio, deixado por madrasta aos dois órfãozinhos a boa amiga de sua terna mãe.

Respondi que isso seria muito difícil, que a irmãzinha contaria a todos.

– Não, assumo a responsabilidade. Minone já sente desejo por vós: disse-me que ela gosta muito quando lhe tocais a coisa por cima da saia.

O discurso estimulou-me.

Num domingo em que estava sozinho com Minone ensinando-lhe a escrever, não consegui resistir à vontade de beijar-lhe a linda boca, depois uma tetinha e, dali, minha mão desceu depressa à sua conazinha sem pêlo. Senti uma terrível ereção! Minha vara me incomodava. Desabotoei a braguilha: ela precipitou-se para fora.

– O que é isso? – perguntou-me a menina.
– Uma vara, filhinha.
– Para que serve?
– Para pôr numa cona.
– Meu irmão disse que eu tenho uma coninha, e minha madrasta uma conona. Desde que cresceu e que tem o que chama de *foda*, ele mete seu engenho na conona de minha madrasta que geme e saracoteia... Ele quis pô-la em mim, mas minha coninha é estreita demais, ou seu engenho é grande demais: nunca conseguiu... Minha madrasta surpreendeu-o e ralhou muito com ele. Ele lhe disse: "Ora deixai-nos em paz, vinde, vou vos meter, bandida velha, pois não poderia dispensar isso nesse momento!". E ela jogou-se de imediato na cama arregaçando-se. E ele fez o que chama de *foder*... Oh, como ela saracoteava, como blasfemava *bordel* e *foda*. Como ficou contente! E ele dizia-me: "Vê, Minone, como é gostoso! Como a marafona velha se debate engolindo o bastão de açúcar... Mostra-me tua coninhazinha, vou descarregar em tua homenagem...".

A história de Minone acabou de me entesar além de qualquer medida. Perguntei à menina se havia manteiga na casa. Ela deu-ma. Ia passar-lhe manteiga, quando a madrasta, uma mulher boníssima, entrou, pois esquecera seu leque. Viu-me perturbado e a pequena, rubra. Disse-me:

– Aposto que íeis atormentá-la!... Ela não está madura. Vinde.

A velha arrastou-me para o pé de sua cama, arregaçou-se, puxou-me para ela e engoliu-me, embora eu me defendesse... Para salvar a virgindade de sua enteada, ela me reteve por uma hora. Contudo, só descarreguei uma vez contra dez da velha; percebi que ela gostava de mim. Depois ela foi embora, sem se lavar, dizendo-me:

– Ando com maior facilidade com a coisa engraxada.

Assim que ela foi embora, fiz Minone se pôr à janela. Arregacei-a até a cintura, passei-lhe manteiga na coninha e voltei a entesar firme. Disse à menina, enquanto começava, para arquear bem a cintura a fim de colocar seu buraquinho bem ao alcance da vara que ia perfurá-la. Ela apresentou-o da melhor maneira possível. Com imensas dificuldades, com o auxílio das dolorosas oscilações de seu lindo traseiro e porque a descarga era retardada pelo nojo que me causara a cona grisalha da velha, cheguei por trás até o fundo, pois senti sua celeste madrezinha beliscar-me... A criança agitava-se às minhas ordens, mas sem descarregar.

O irmão chegou naquele momento. Ficou louco de alegria.

– Ah, estás desvirginando-a! Que honra e que felicidade para ela e para mim! Ela está descarregando? Minha irmãzinha está sentindo prazer?

– Ela não descarrega – respondi –, a pequenina, sente dores, mas tem uma coragem! Observa como saracoteia o rabinho...

Traçodeamor, comovido, esgueirou uma mão sob o

ventre da menina e deleitou-lhe o alto da fenda e a coisinha imberbe. Os olhos da criança ficaram vidrados, ela se enrijeceu, e voltando a linda boca para mim, dardejou-me com a lingüinha, descarregou pela primeira vez e murchou... Descarreguei como ela: nunca eu tivera tanto prazer.

Quando tirei a vara, seu irmão perguntou-me se eu tinha ciúmes dela.

– Sim, de todos os outros, menos de ti.

– Muito bem, vossa foda servirá de lubrificante em sua linda coninha.

Entrementes Minone quis urinar. Seu irmão derrubou-a de costas ao pé da cama e enfiou nela com vigor, apesar do tamanho de seu membro. A pequena gritou.

– Mexe o traseiro e descarrega com prazer, pobre órfãzinha – dizia-lhe refreando –, estás sendo enfiada com amor. – A pequena descarregou três vezes, mas não agüentava mais... Ele lavou-me e eu voltei a meter nela... Tive ainda mais prazer porque a menina já se acostumara à coisa e porque a vara de seu irmão abrira o caminho para mim. A partir daquele dia, fodemos Minone todos os domingos e feriados. A madrasta percebeu, mas nada disse.

Finalmente, um dia, Traçodeamor perguntou-me se eu não queria ensinar a escrita também a Conetta, sua amante, com quem iria se casar, desde que a mãe de Ternolírio, que temia um desvirginamento, acabara com todas as suas esperanças.

– Está bem – respondi.

Passei a dar aulas a Conetta. Ao final de dois meses, a mocinha estando um dia à janela, muito debruçada e exibindo pernas lindas que meus olhos devoravam, Minone, que seguia seu exemplo em escrita, notou-o. Eu segurava-lhe as tetinhas e pedia-lhe para pegar meus colhões. Ela me deixou, foi até Conetta e disse-lhe baixinho:

– Deixa que ele te faça aquilo.

Arregaçou-a, trouxe-a para mim, passou-lhe manteiga na cona e na minha vara, disse-lhe:

– Arqueia, minha filha.

E a mim:

– Enfia nela direto e, pronto, estareis lá dentro.

Conetta arqueou o corpo e seguiu todas as indicações de sua amiga de maneira que, embora a donzela fosse muito estreita, eu a penetrei. Traçodeamor chegou. Tirou-nos da janela, deitou-se de barriga ao pé da cama, fez com que sua amante se deitasse em suas costas, traseiro com traseiro. Disse-me para meter, a vara dirigida pela mão de sua irmã e, a cada refreada que eu dava, ele me empurrava com uma traseirada para a cona de sua amante, de forma a que eu avançasse uma polegada. Conetta sentia dores espantosas... Porém, quando cheguei ao fundo através de uma violenta traseirada de Traçodeamor que então passou a dar o ritmo de trote de cavalo com o traseiro, Conetta virou os olhos e logo emitiu com inefável delícia.

Achei que Traçodeamor ia se jogar sobre ela e meter-lhe ainda quente.

– Não – disse-me ele –, é minha futura esposa. Se, por uma grande felicidade, ela engravidar de vós, minha raça se formará mais nobre. – E fodeu sua irmã, enquanto eu voltava a foder sua amante. Também, desde então, compartilhei com ele o que eu tinha de mais precioso.

CAPÍTULO XLV

Do remate de foda

Ele merece! Ele merece!, exclamaram todos os homens e principalmente Bridaconinha que manipulava com as duas mãos a cona de Rosamalva, enquanto Cordadetripa e Quebramoita manejavam, um a cona, o outro as tetas de sua mulher. Minha história fazia os patifes entesarem como carmelitas, apesar das fadigas daquele dia. As belas, mesmo as metidas por Varanegra, entraram no cio.

— Como soubestes torná-las amáveis! — disse-me Conchette, dardejando-me com a língua.

— Oh, e como! — acrescentou Ternolírio, fazendo o mesmo.

Naquele momento, a senhora Bridaconinha era esquartejada por Quebramoita e Cordadetripa que, ambos, queriam lhe enfiar ao mesmo tempo.

— Só tenho uma coisa, caros amigos! Se tivesse duas, seriam todas suas... Mas um e depois o outro. — Foi empalada pelos dois, Cordadetripa na cona, Quebramoita no cu. Bridaconinha exclama:

— Estão enfiando na cona e no rabo de minha mulher! Já eu vou foder essa daqui.

E derrubou Rosamalva, que empalou. Traçodeamor, o mais furioso dos devassos, pegou Conchette. Achei que ia meter-lhe na cona. Qual o quê! Ele deitou-se de costas e puxou-a para cima de sua vara sustentada por debaixo dos braços por Conetta e Minone. Ela abaixou-se com lentidão sobre a vara tesa dirigida pela mão de Ternolírio, Conchette enrabando-se assim sozinha pelo próprio peso de seu belo corpo. Quando a grande vara chegou ao fim do túnel, Traçodeamor disse-me:

— Vamos, a mais bela das conas está vos chamando...

Precipitei-me para a jóia de minha filha, a vara dirigida pela bonita Ternolírio. A senhora Bridaconinha, puta como ninguém, pois naquele momento lhe tapavam os dois buracos, fez três sinais da cruz. Perguntaram-lhe qual era o problema:

— Estão me fodendo diante de meu marido, mas eu estou numa poltrona com mecanismos que me impedem de me defender. Vendo que eu o estou chifrando, meu marido me chifra. Isso está na ordem das coisas. Mas nosso amo está fodendo, metendo na cona de sua filha enrabada!

– Sua filha?... sua filha? – exclamou-se cinco vezes.
– Sim, sua filha – balbuciou Rosalmalva, que descarregava sob Bridaconinha. – E daí?
– Ah – disseram os quatro fodedores e as quatro fodedoras – isso faz nossas varas... e nossas conas... ficarem furiosas... e foderemos até nossas forças acabarem.

E os metedores na cona, as metidas na cona, os enrabadores, as enrabadas agitavam-se como loucos, por cima, por baixo, como diabos e diabas numa pia de água benta. Ternolírio deleitava-me os colhões e os de Traçodeamor, Minone os de Quebramoita e Cordadetripa, Conetta, os de Bridaconinha, e ela enfiava seu indicador no buraco do cu de Rosalmalva. O fodedor, que não estava acostumado a tal refinamento, gritava de volúpia:

– Ah, como fodeis bem aqui! – dizia descarregando. – Todo o resto são fodas de segunda!
– Oh, tendes razão, meu marido – respondeu-lhe sua mulher, também descarregando –, nunca fui purgada como agora pelas duas varas que plantam em vós cada uma um chifre, uma na cona, outra no cu.

Conchette, notando que meu desempenho era melhor quando Ternolírio me deleitava os colhões, agradeceu-lhe com ternura:

– Amiga querida... minha mão fará o mesmo quando ele te... meter... E vós, cara senhora Bridaconinha, então estais sendo bem fodida!...

Esse belo termo *fodida* tinha tanta graça na bela boca de Conchette que eu ia voltar a revolvê-la se Traçodeamor, que a desenrabara e ia se lavar, não tivesse me pedido com insistência para deixar com que ele lhe metesse na cona...

Mas eu estava comovido demais para ficar apenas como espectador: ordenei que Ternolírio colocasse sua cona em perfeitas condições. Minone e Conetta derrubaram-na de costas e afastaram suas coxas. Antes de seu fodedor meter-lhe na cona, minha filha quis inserir minha vara. Beijou a paciente na boca, enquanto lhe dizia:

– Ternolírio! Mexe o traseiro e dá muito prazer a meu pai!

E como ela notara que a palavra *fodida* impressionara-me muito em sua boca, ela exclamou, enquanto auxiliava seu fodedor:

– Fo...d....da... Vara desgraçada!... Traspassa-me... dilacera-me o conote! Meu pai... apunhala... estropia tua Ternolírio... vou des...carr...regar...

– Ah, como essa mulher tão modesta fode! – exclamou Bridaconinha!

Foi o auge. Fomos cear.

CAPÍTULO XLVI

Ceia de despedida
Ação de graças da senhora Varanegra

Ceamos. As tetas foram cobertas, as conversas foram decentes.

– Mas – disse-me Minone – dizem que tivestes oito formosas mulheres conhecidas, quem são?

– Oh – interrompeu Conchette –, nada dessas histórias: acabou-se a jornada de volúpia, agora somos pessoas comuns.

– Que têm de se recuperar – respondeu Traçodeamor para terminar a reunião.

Como nos dispuséssemos a ir embora e não houvesse

mais perigo de ficarmos tesos, pediram-me para exigir que nossas seis conas e nossas doze tetas fossem descobertas e beijadas à vontade como despedida. Concordei com a proposta. Imediatamente Conchette, Ternolírio, Rosamalva, Minone, Conetta e a Bridaconinha tiveram as tetas descobertas, foram arregaçadas e derrubadas nos fodedores pelas quatro últimas, que elas próprias tiraram as rendinhas dos seios, arregaçaram-se e derrubaram-se sozinhas. Suas conas foram lambidas, os cinco homens chuparam as doze tetas, as belas pegaram, desbarretaram e beijaram as cinco varas, emborcaram apenas a minha dizendo:

– Vara incomparável... adeus... por oito dias...

Íamos sair quando vimos a bela esposa de Varanegra prosternar-se, as tetas de fora, exclamando:

– Santa e formosa Virgem Maria, que Pantera masturbava, enlevava, enrabava, metia nas tetas, emborcava e na qual finalmente meteu uma noite ao lado do cornudo adormecido, o bom São José, de cujo corno proveio o doce Jesus, esse bom fodedor da puta pública, a bela Madalena, marquesa da Betânia, sustentada, além disso, pelo vagabundo Jesus, aí também rufião, o qual, apesar da Santa Rameira lamentar muito, enrabava ainda São João, seu macho novo. Santa e formosa Maria, virgem como eu, nós agradecemos por essa deliciosa jornada de fodas. Concedei-nos a graça, pelos méritos de vosso filho, de ter uma igual no domingo que vem! E vós, Santa Madalena que fodia o abade Jesus, assim como João, o enrabado, obtém para mim a graça de foder tanto quanto vós, na cona ou no cu, quinze ou vinte vezes por dia sem me cansar, sempre descarregando... Fodíeis com os fariseus, com Herodes e até com Pôncio Pilatos para ter com o que alimentar o rameiro Jesus, vosso rufião, e os vagabundos que o serviam. Obtende para mim de vosso alcoviteiro Jesus que, por ser Deus, provavelmente tem um certo poder, muito em breve aquele rico senhor que um dia desceu da carruagem entesando em minha homenagem, quando eu voltava da casa de minha amiga, senhora Conagretada, para que, com o dinheiro que eu conseguir ganhar imitando-vos, com minha cona, meu cu, minhas tetas e minha língua dardejante, eu possa consolar meu digno pai em sua velhice, não apenas fodendo com ele para lhe dar prazer, mas deixando-me vender como a devota filha de Eresicton, o famélico, ou a piedosa Ocirroé, filha do centauro Quíron, que ambas se tornaram éguas, ou seja, montarias de homens ou putas santas... Modelo dos alcoviteiros, doce Jesus, fodedor obstinado, rufião complacente da ardente e exemplar puta Madalena que era tão apaixonada por vossa vara e por vossos colhões sagrados, conservai, por vossa onipotência, minha coninha sempre estreita e acetinada, minhas tetas sempre firmes, minha pele, meu cu, meu traseiro, meus braços, meu pescoço, meus ombros, minhas costas ou minhas tetas de trás sempre brancos, minha cintura sempre elástica, as varas dos meus amantes, inclusive a de meu pai, sempre rijas, seus colhões sempre cheios, pois nisso vos pareceis com o santo rei Davi, tão forte para seguir o coração de Deus, por que era o primeiro fodedor de seu tempo... Fazei, ó Jesus, com que meus saltos altos, que me proporcionam tanta graça e que fazem tanta gente entesar, jamais me provoquem calos nos pés, mas que esses pés tentadores continuem sempre fodativos como são... Amém!

– Amém! – exclamou o grupo inteiro, conas e varas.

Todos saíram edificados com a devoção esclarecida de minha filha e, na rua, dizia-se:

– Isso sim é conhecer a verdadeira religião e orar a Deus como convém, pedindo-lhe coisas razoáveis. Oh, é uma moça exemplar!

CAPÍTULO XLVII

Primeira negociação da cona de minha filha

Dois dias depois, quando voltei a ver Conchette, que eu evitara na segunda-feira, encontrei-a com um toucado de abas que a tornava encantadora devido a seus olhos grandes de cílios compridos. Estava experimentando sapatos de seda novos. Caí a seus pés dizendo-lhe:

– Conchette, teus pés são dos mais bonitos, mas são um pouco grandes, e esses sapatos bem pontudos, esses saltos altos, muito finos, fazem com que eles pareçam ter a metade do seu tamanho: é divino!... e estou entesando, como podes ver!

– Meu querido papai, como sei a que ponto me adorais, quis consagrar esses sapatos antes de vo-los dar de presente para ornar vossa lareira... Eis os brancos de ontem, com os quais fui tão... já sabes o quê... Vede a bela forma que meu pé lhes proporcionou! Estão mais voluptuosos do que quando novos...

Cheirei avidamente a parte de dentro dos sapatos divinos.

– Ah, estou entesando! – exclamei. – Esses desgraçados estão perfumados... estou perdido... terei cólicas se não te meter pelo menos uma vez... Deixarias a vara paterna descarregar no chão.

– Meu querido papai, ponde vosso traseiro e vossos colhões nessa grande terrina preparada para minha cona e meu traseiro. A água fria vos acalmará. Uso sempre esse remédio quando minha cona está em chamas.

O que ela me disse pareceu razoável e segui seu conselho. Ela escondeu os pés como uma dama espanhola e acalmei-me.

– Fiz o mesmo há pouco. Indecis esteve aqui. Eu

ainda estava na cama. Pegou minhas tetas e minha cona. A visão de sua vara, que estava firmemente tesa, impressionou-me. Mas meu coração nada sentia. Ele queria, no entanto, enlevar-me e pediu-me que eu o sacudisse. "Não sou puta". "Estás muito fria." É porque realmente não o amo mais. Sois meu amante, querido papai, e Traçodeamor é vosso lugar-tenente em minha cona, é vossa vara dupla, e é mais uma vez vós quem me fodeis quando ele me mete... Contudo, senti remorsos por ter sido tão dura: peguei sua vara e, metendo-a na boca bem desbarretada, deixei-o descarregar e engoli sua foda com deleite, o que me fortaleceu. O chocolate enxaguou minha boca. Mas voltemos a nosso assunto. Se desejais que vossa filha tenha um prazer inefável, acariciai-a quando alguém a estiver fodendo. Língua na boca, a sua na vossa... pegando vossos culhõezinhos, apertando vossa vara, ela descarregará em dobro!

– Oh, como és adorável! Fodamos uma vezinha...

– Eu havia refrescado a cona, mas tu voltas a incendiá-la, querido papai, e só a foda poderá apagar as chamas... Fodamos... Mete em tua filha... Mas devagar, pois descarregarei várias vezes contando-te uma coisa.

Ela caiu, colocou minha vara em sua cona, fez com que eu entrasse devagar por traseiradinhas insensíveis. O frescor da água me fizera enrijecer e retardava a emissão. Finalmente, ela não conseguiu mais se conter: dando traseiradas, ela refreou, exclamando:

– Estou descarregando!...

Depois ficou imóvel enquanto me dizia:

– Esqueci de vos entregar o endereço do homem que queria me manter, que mo passou para que eu fosse visitá-lo e... foder com ele... Ah, revolve! Vou descarregar de novo... Agora és tu... Ah, pai divino!

Ela começou a saracotear, remexendo como jamais remexeu fodendo. Após copiosa descarga, ela continuou:

– Aqui está. Diz-lhe ou escreve-lhe que jamais vou na casa dos outros. E deixai vosso endereço.

– Sim, deusa Fodetrix – respondi-lhe.

A Bridaconinha trouxe-nos um chocolate excelente, e eu fui embora.

Ao final de meu dia de trabalho, fui à casa do futuro fodedor de minha filha. Encontrei-o. Entreguei-lhe um bilhete de Conchette-Ingênua no qual ela lhe assinalava que, se tivesse algo a responder, poderia dizê-lo a seu pai. Fui bem recebido. O ricaço disse-me que queria uma amante amável e que soubesse dar, fodendo, muito prazer.

– Senhor – respondi-lhe –, minha filha casou-se mal, ela pode vos pertencer contanto que conserve sua moradia do lado da minha. Ali podereis comer e dormir com ela sem que eu interfira. Quanto à volúpia e aos movimentos de traseiro e ancas, um marido libertino deu-lhe aulas bem dolorosas sobre o assunto... Porém, entregando-a a vós, quero que ela tenha um futuro garantido, que ele até melhore um pouco todo ano... Então assumo a responsabilidade de ser o guardião de sua fidelidade. De qualquer modo, ela é bem-comportada: só a garantia de um futuro independente de seu marido monstruoso já é capaz de convencê-la.

O homem achou tudo aquilo bem conveniente, e a decisão definitiva foi adiada para após uma viagem de negócios e de dinheiro da qual ele voltaria dali a oito ou dez dias.

Voltei para levar as notícias a minha Conchette-Ingênua.

– Meu papai – respondeu ela –, por menos que ele me foda, vós me bastareis, vós e ele. Sereis meus dois pais. Renunciarei até a vosso belo secretário se prometerdes só meter em mim! Onde poderíeis encontrar uma cona como a minha?... Guarda para mim toda a tua foda, assim como teu coração, ó mais devasso dos papais!

Percebi que ela sentia ciúmes de mim e amei-a ainda mais por isso. Porém eu ainda era libertino demais para me limitar a foder unicamente aquela a quem eu mais amava.

A senhora Bridaconinha trouxe-nos limonada. Ela era manca de nascença, mas mancava de forma voluptuosa. Não usava toucado, e, embora bexigosa, ela era muito provocante. Disse-o à minha filha. Conchette-Ingênua respondeu-me:

– Desde antes de nossas reuniões, seu marido queria me meter, mas não gosto dele. Depois que viram aquilo tudo, a mulher pediu-me para me enlevar. Ambos me adoram. Até a algazarra de ontem, só lhes havia deixado beijarem meu pé. O marido mete na sua mulher toda vez que eu quero. É uma diversão para os dias da semana: era só eu me sentar diante de Bridaconinha, as saias arregaçadas até a barriga da perna. Ele fica tão excitado por minha meia perna e meu pé que se joga sobre a puta e a fode tanto quanto eu quiser, basta eu erguer um pouco mais a saia. Finalmente, se entrevê o comecinho da coxa, ele urra de luxúria. Um dia, aquecida demais por aquilo que via, ventilei minha cona descobrindo-a. O fodedor começou a zurrar esborralhando com fúria. Ele descarregava, voltava a esborralhar e ia se matar quando sua mulher me olhou... Ela apressou-se em descarregar e veio abaixar minhas saias. Bridaconinha, esgotado, passou mal.

Com a história de Conchette, voltei a entesar. Mas pus a vara e os colhões na água e, mal e porcamente restabelecido, fui-me embora.

Fomos todos bem-comportados pelo resto da semana.

CAPÍTULO XLVIII

Repetições que fazem entesar

Chegado o domingo, todo nosso grupo compareceu à reunião, com exceção de Rosamalva que disse estar se sentindo mal. Ternolírio veio sozinha e por conta própria: Traçodeamor não a encontrara em sua casa e já ficara zangado, mas ficou encantado, ao entrar com a irmã e a amante, por vê-la junto a Ingênua que lhe sugava o seio descoberto... Agradeceu-lhe beijando-lhe o cu e a cona. Cordadetripa e Quebramoita foram os últimos a chegar. Sentamos à mesa assim que Cordadetripa, enviado até a casa de Rosamalva, anunciou que ela não viria. Ao mesmo tempo, entregou um bilhete da doente para minha filha. Ingênua leu-o para ela própria, depois passou-nos. Traçodeamor leu-o a meu pedido. Ei-lo:

"Divina amiga! Aceita as ações de graças de minha parte à tua coninha e a teus sapatos... Ontem, quinta-feira, dia de Corpus Christi (*a carta era de sexta-feira*), coloquei o sapato que me emprestaste para fazer um funcionário de notário, amante de minha irmã Rosalba, da qual eu queria roubá-lo, entesar... Usava também teu toucado de grandes abas, que me cai tão bem em virtude de meus grandes olhos negros, o vestido, a saia branca com fundo rosa, como tu... Fiz questão também de andar rebolando como tu. Na rua dos Cinq-Diamants, ouvi atrás de mim: 'É ela!... Sim, é ela! é minha deusa!'... Abordaram-me: 'Ah, minha bela! Ei-vos tão perto de minha casa que ireis subir, já que vosso pai veio até aqui'... Pegou-me pelo braço, deixei-me levar, achando que, ao me reconhecer, ele me deixaria ir embora, principalmente depois de me ter fodido. Qual o quê! Ele não se desiludiu!... É verdade que me levou a um apartamento no primeiro andar, muito mal-iluminado. Ele caiu a meus pés, ou melhor, aos vossos: 'Vossos traços, bela Saxancour, parecem-me diferentes, mas nem por isso deixais de ser uma morena adorável. É porque sempre observei mais vossos pés, que me deixam louco, do que vosso rosto, apesar de ele ser muito encantador. Mas reconheço-o perfeitamente, assim como todo o resto da vossa toalete... Seríes capaz de me amar?' Achei que deveria responder sim. 'Ah, fico tão feliz com isso!'. Deu-me mil beijos, fazendo com que eu o dardejasse com a língua, manipulou-me as tetas, pegou-me a moita, derrubou-me num amplo sofá, arregaçada, e fodeu-me... Como mexi o traseiro!... Dei-lhe bastante prazer... Ah, vós me conheceis!... Feito isso, deu-me água para eu me lavar, fez com que eu jogasse um pouco dela em sua vara, enxugou-me cona e cu, beijou-me a moita e as nádegas, depois disse à criada: 'O almoço está pronto?'. 'Daqui a meia hora.' 'Após um pouco de Alicante, desçamos, minha bela.' Descemos ao estabelecimento do notário próximo: seis mil francos por ano, quinhentos francos por mês, adiantados... Assinei a minuta e voltei a subir dotada, como descera fodida. Almoçamos só os dois. Assim que os criados saíram, ele fez-me descobrir as tetas e depois embebedou-me com champanhe. Lavou a vara com vinho verde. Imediatamente engoli-o... Encantado com essa característica, logo pôs sua vara em minha boca. Emborquei-o, suguei-o! Ele urrava de prazer dizendo-me: 'És minha deusa, a puta feita para mim. Não quero descarregar em tua boca. Quero conservar minha foda para tua cona. Mostra-me para eu beijá-la e adeus até amanhã... *Minha carruagem!*', gritou à criada que me lavava o cu e a cona. Levou-me até em casa.

"Hoje à tarde irei à casa dele. Fiquei até tarde na cama, bem perfumada e envolvida por duas peles de bezerro, que me foram trazidas ontem à tarde ainda quentes, a fim de

215

tornar a pele das minhas coxas e de minhas nádegas tão acetinada quanto a vossa. Assim, bela Conchette, eu vos devo minha fortuna. Agradeço a vossa adorável cona e principalmente a vossos calçados voluptuosos. No caminho, meu generoso fodedor prometeu-me que, muito em breve, faria com que eu fosse enrabada em sua presença por um lindo jockey, o mesmo que já o havia enrabado duas vezes, em duas ocasiões em que sentira um violento prurido no buraco do cu. Repito exatamente o que ele me disse. Adeus... ou à vara, ó divina fodedora."

Ficamos estupefados. Ternolírio abraçou Conchette-Ingênua exclamando:

– Ah, se ele vos conhecesse!

Eu quis ir desfazer o engano junto a meu genro roubado. Minha filha impediu-me:

– Ele não passava de um amante de meus sapatos. Não está sendo infiel a eles, ele tem todo o necessário.

Ternolírio aplaudiu a resposta.

– Não digo nada, mas nem por isso deixo de pensar – acrescentou.

Para melhor se integrar em nossas reuniões que lhe proporcionavam prazeres desconhecidos, a Bridaconinha convidara naquele dia uma irmã de seu marido, muito bexigosa, mas a peituda de dezoito anos mais provocante que eu já vira. A rameira achava que a feiona não seria tentadora, pois todas nossas damas eram bonitas, e duas eram perfeitamente belas. Foi essa peituda bem-feita, de cintura delgada como as Comtoises, que nos serviu. Mas, assim que ela provocou entesamentos, para lhe evitar trabalho, os homens foram buscar os pratos... À sobremesa, pediram-me que eu contasse a história das conas desvirginadas mencionadas por Minone e que a senhora Ingênua-Conchette me impedira de narrar na ceia, temendo que ela fosse saborosa demais. Comecei:

HISTÓRIA DAS FÊNIX DESALOJADAS

Vou – disse limpando a boca e beijando as tetas de minha ativa fodedora – contar-vos como desvirginei Victoire Belosaltos, Virginie Moitaloura, Rosalie Canarrosa, assim como Suzonette, sua irmã caçula, Manon-Aurore sorrizinho, Leonor Descascada, mulher de Margane, o perfumista, a segunda e a terceira Conagulosas, Refreadina e Vozdeflauta.

A primeira vez que vi a voluptuosa Belosaltos, ela estava com roupa de baixo marrom, meias finas de algodão, sapatos de couro negro, com os saltos mais altos que os de Conchette. Provocou em mim desejos violentos. Segui-a. Era noite. Ela entrou na galeria ao lado da lojinha de sua mãe. A escada estava mal iluminada, eu a seguia bem de perto. Ela abriu a porta do apartamento do primeiro andar, cujos postigos estavam fechados. Tudo escuro. Entrei com ela.

– Ah, sois vós, senhor Paudeóleo! – disse-me ao ouvir minha respiração.

Meti minha mão sob sua saia.

– Oh, sempre fazeis a mesma coisa... Deixemos então os postigos fechados.

Eu procurava uma cama, ela recuou até uma. Derrubei-a.

– Meu Deus! Como sois terrível!

Mesmo assim, ela tratou de acomodar-nos a ambos.

Inseri, ela reagiu dizendo:

– Convosco é sempre preciso fazer isso, senão dizeis que não gostamos de vós.

O prazer foi divino, embora simples e sem maiores acessórios. Victoire era tão bela, e eu a desejara tanto!... Quis sair sem ser reconhecido. Bateram à porta. Segui minha montaria assustada, que corria para abrir, embora eu a retivesse; ela disse:

– É minha mãe ou minha irmã. Ficai ou saí, como for melhor para vós.

Saí. Ela

Nota do Editor: Tal como foi publicado na edição de 1798, o texto da *Anti-Justine*, inacabado, termina com essas palavras.

Nota do Editor Francês: O texto da *Anti-Justine* foi revisado, corrigido e atualizado em sua ortografia, além de repaginado, por Charles Hirsch a partir da edição original de 1798, classificada Enfer 493, edição comparada à edição classificada 492. Às vezes Restif substitui "o homem de rabo" por "homem-cauda". Mantivemos apenas a primeira expressão. Outro exemplo: "Port-au-bled", que encontramos nas edições do século XIX é, de fato, "Port-au-blé". A edição original é tão cheia de gralhas, e sua tipografia tão fantasiosa, que sua leitura depende da interpretação e do bom senso do leitor. Para a clareza da leitura, as últimas três linhas do capítulo X foram colocadas no início do capítulo XI, e as treze últimas do capítulo XI, no início do capítulo XII. Além disso, os capítulos XXVIII e XXIX formam um único capítulo na edição original. Dois subtítulos foram acrescentados nos capítulos XXXVI a XXXIX: História da senhora Guaé, Continuação da história, Fim da história. Lembramos que Guaé é o anagrama de Augé, o genro de Restif.

GLOSSÁRIO

Quer porque tenham desaparecido da linguagem comum, quer porque sua acepção corrente tenha sofrido modificações, alguns termos ou expressões da *Anti-Justine* podem hoje prestar-se a confusões e até a contra-sensos. Por isso, achamos útil agrupar nesse glossário alguns termos ou expressões entre as mais próprias para semear no espírito do leitor moderno tais confusões ou contra-sensos.

BAVAROISE: Infusão de chá e de capilé, açucarado e misturado com leite (*Littré*, Hachette, 1875).

CINICAMENTE: A acepção moderna da palavra deve ser aqui excluída em favor de seu sentido etimológico: *à maneira dos cães*. Do grego *Kuôn*, cão.

DESESSARTS: No capítulo XXXVII, na descrição dos seis monstros, cita-se a barriga de Desessarts. Uma nota manuscrita na margem da edição francesa indica: "Ator do Teatro Francês".

MANÁ: Trata-se aqui de um purgante composto com suco de freixo importado da Calábria ou da Sicília.

PHYSISTÉRE: Nome do homem de rabo (capítulos XXXV a XXXIX), ortografado Fysitère na edição de 1798. A etimologia manifestamente grega do nome (*phusis*: natureza e *ther*: animal selvagem) correspondem à descrição do personagem e incitaram-nos a adotar a ortografia Physistère, mais conforme à etimologia.

PEDILÚVIO: Banho dos pés.

Charles Hirsch.

POSFÁCIO

DO MARQUÊS DE SADE A RESTIF DE LA BRETONNE.

Silvestre Bonnard
(Tradução: Márcio Dornelles)

Gostamos de dizer e repetir que Restif de la Bretonne era o *Rousseau de sarjeta*[1]. Na verdade, ele parece ter sido também o *Sade*, e, ainda que Restif não tivesse escrito o *Anti-Justine*, essa aproximação se imporia aos menos clarividentes.

Ambos podem ser considerados degenerados, um de berço aristocrático, o outro de origem camponesa, mas igualmente atingidos pela mesma mancha: a obsessão carnal os persegue. Sem dúvida ela foi menor em Restif e deixou-lhe a liberdade de pensar em outras coisas, de escrever, como observador paciente e preciosista, mais de duzentos volumes, sem que a cada página o quadro dos costumes da época tomasse a forma da fornicação.

Sempre presente, entretanto, essa obsessão carnal pode parecer a "intrusa" que, desde sua mais tenra idade, obstruiu suas meninges e dirigiu seus pensamentos e ações. Mais tarde, quando chegar o inverno da vida, quando só se peca ainda com a memória e na escrivaninha, esta obsessão permanecerá, e, num deleite moroso prolongado, o fará evocar os antigos estupros com uma riqueza de detalhes que jamais atingiram Rousseau ou o parisiense Bouchard, esse outro Jean-Jacques, cujas confissões sobre os jogos da primavera da vida ultrapassam em cinismo as do genebrino.

---

1. Trocadilho do autor: sarjeta, em francês, é *ruisseau*. (N. do T.)

Ninguém, talvez, se narrou tanto em seus livros quanto Restif de la Bretonne. A "hipertrofia do eu", que estraga as mais belas qualidades de Hugo, o enche de orgulho e infla. Seu orgulho é imenso, e, além da parte autobiográfica que seus romances e novelas contêm, ele consagrará dezesseis volumes para contar (1794-1797), sob o título de *Monsieur Nicolas, ou o coração humano desvelado*, as aventuras de sua vida, selando o término de suas memórias com este epitáfio gravado numa pedra na ilha de Saint Louis: "Posso morrer, acabei minha grande obra". Senil criancice que fornecerá o tema de uma gravura. São pouco edificantes essas aventuras. Os austeros e os hipócritas as julgarão com severidade, enquanto outros, de espírito mais aberto, por conseguinte mais tolerantes, e considerando inútil a comédia da virtude, julgarão com razão que, malgrado a extensão, a lentidão e as cruezas – inevitáveis num homem que, sabendo ver e contar o que vira, era totalmente desprovido de bom gosto –, essa obra compacta e indigesta merece ser lida e estudada, pois pode-se juntar ao interesse geral que todos os escritos de Restif oferecem o dos detalhes que a obra fornece sobre a história íntima do escritor e dos seus.

Ele pode, na *Vida de meu pai*, uma espécie de prólogo a *Monsieur Nicolas*, idealizar a memória de seu pai, Edme Restif. Aqui, pelo contrário, ele não idealiza nada, senão os cios abolidos. Sustentado pelo orgulho desenvolvido por um rápido sucesso – e que foi, na época, tão efêmero como certos jornais sensacionalistas –, ele "conta tudo".

Ele não é daqueles que são cegados pelo respeito à família. Não lhe basta contar sua vida, na qual dominaram as aventuras menos elevadas, enxertando nessa narrativa, em forma de calendário, a lista singularmente indiscreta das mulheres que possuiu; por suas preocupações, o leitor penetra igualmente no casamento deplorável de sua filha.

Em vez de calar-se sobre a infâmia de seu genro, que tantos outros teriam tentado esconder, ele a conta e reconta nas margens do retrato que traçou, em *Anti-Justine*, do execrável personagem, sob os dois tipos Varanegra e Guaé.

Porém, por mais inverossímil que a coisa possa parecer, em *Monsieur Nicolas* ele conservara alguma reserva, atenuando certas passagens ao aplicar, quando seus contornos eram demasiado salientes, a gaze de uma folha de videira. Isso já era demais, em sua opinião. Mais tarde, quando imprimir, sem cópia, os quatro volumes das *Póstumas*[2], ele, homem velho que rememora, achará melhor preceder "As revivescências, ou histórias refeitas segundo uma outra hipótese" (*sic*) dos detalhes que havia suprimido ou atenuado, a respeito de suas primeiras experiências amorosas.

Esses detalhes são preciosos. Além de completarem singularmente o texto do *Coração humano desvelado* e de entrarem melhor na intimidade do narrador, eles não deixam de elucidar um ponto, nada duvidoso para muitos, mas que, entretanto, provocou uma tese de medicina à qual o senhor John Grand-Carteret emprestou o apoio de seu nome, e seu conhecimento dos costumes e das imagens galantes[3].

Será que Restif de la Bretonne pertencia à grande família dos degenerados e exibia uma dessas taras, o

---

2. Essas *Póstumas* foram, juntamente com o *Anti-Justine*, a única obra de Restif de la Bretonne que foi apreendida. Talvez mesmo antes que Carnot o tenha ligado à polícia geral, os agentes do tenente geral de polícia teriam suas razões para mostrarem-se indulgentes com seus desvios de conduta e de linguagem. Algumas das *Noites* assemelham-se terrivelmente a relatórios; as *moscas* zumbem, e Restif zumbiu muito.

3. Doutor Louis Barras, *O Fetichismo. Restif de la Bretonne era fetichista?* Prefácio de John Grand-Carteret, Paris, Maloine, 1913, in-8.

fetichismo, por exemplo, através das quais os seus semelhantes costumam trair-se?

Para quem leu sua obra com um mínimo de atenção, a pergunta pareceria desnecessária. Desde o *Pé de Fanchette, ou o sapato cor-de-rosa* (1768), aparece o fetichismo do calçado de mulher, fino e arqueado com seus saltos altos. Pode-se ver que excitante ele constitui para os personagens de *Anti-Justine*, e o uso irrepreensível que alguns entre eles fazem dos sapatos de Conchette-Ingênua.

O herói da aventura não se contenta em ser afetado por esse fetichismo: ele o atribui a todos que o cercam.

Sim, responde o doutor Louis Barras, silenciando sobre essas cenas demasiado apimentadas, mas o *Pé de Fanchette* é uma obra ficcional, e não uma autobiografia: Restif não era Saintepallaie mais que Jean Lorrain era o senhor de Phocas.

Além disso, ainda que em Saintepallaie esse instinto tenha se manifestado *desde sua infância*, estaríamos "bem longe do quadro do surgimento da obsessão fetichista na criança".

No herói do romance, talvez, mas não em Restif, se nos reportarmos a estas linhas escritas por sua mão:

"Ainda criança e tendo apenas atingido o primeiro desenvolvimento, eu era sensível, não à beleza dos seios (esse gosto me veio mais tarde), mas à elegância do pé e do calçado das mulheres. O pé de *Agathe-Tilhien* fez-me a primeira impressão, e tive, antes dos quatro anos, desejo de beijá-lo. Seria a lembrança de uma *vida* precedente em que eu tivera essa paixão? Eu o presumiria, se tivesse sobre isso os mínimos dados. Essa moça tinha dezoito anos: havia muita desproporção. A cabeleira loura de *Edmée-Miné* fez-me a segunda impressão, seu pé também, mas ela estava menos bem calçada do que *Agathe*."

"A senhorita *Susanne-Colas*, de *Noyers*[4], mostrou-me um pé calçado em tecido, e esse sapato de senhorita despertou todos os meus desejos. Mas a beldade desapareceu."

Isso não parece tão intenso quanto a impressão prematura produzida na criança por algum ato ou detalhe da vida feminina, que – por menos que a ocasião se preste – pode determinar, aguilhoando tal ou qual sentido, toda a existência genital do adulto. A lembrança dessa primeira impressão continuará ainda no ancião, e será às vezes a única a animar sua virilidade expirante.

Outra razão pela qual Restif não teria sido fetichista: a visão, a posse do fetiche não teriam bastado para satisfazer a excitação assim provocada. Desde sua mais tenra idade ele teria tendido à plena possessão da mulher, com a qual suas relações teriam sido normais.

Mas o fetichismo, assim como a virtude e o vício, tem seus graus, de modo que somos todos mais ou menos fetichistas. Além disso, Restif não desejou nem possuiu mulheres tão jovem quanto disse. Ele pertencia à não menor família dos fanfarrões, e os onze anos que o doutor Barras atribui-lhe quando de suas primeiras relações carnais devem ser, segundo suas próprias notas, substituídos pela idade de dezessete.

Essa precocidade não tem nada de exagerado: os desejos geralmente nascem mais cedo, e quantos não esperam o mesmo longo tempo para satisfazê-los!

"O primeiro belo seio que me deu a idéia desse tipo de beleza foi o de *Nannette*, a ceifeira. Eu tinha dezessete anos e meio. Fui atormentado por desejos pela primeira vez. Eu a vira na missa. Ao voltar para nossa propriedade,

---

4. Noyers, sede de cantão, departamento de Tonnerre (Yonne). Essas referências geográficas são para mostrar a exatidão das indicações dadas por Restif. Ele parecia nada ter a invejar, neste aspecto, a Casanova.

senti uma insólita coceira... Descobri-me em violenta ereção. Mas eu ignorava ainda o cruel vício da masturbação, contentei-me com refrescar-me ao ar livre... À tarde, eu devorava *Nannette* com os olhos. Foi ao sair da igreja que sua jovem senhora, *Madelon Rameau*, lhe aconselhou a me seguir... Sabe-se o que resultou daí. Pensei que morreria, e o que senti acalmou por um tempo a irritação de meus desejos."

"Foi em 15 de agosto que fiz Zéphire em *Nannette*. No dia 29 à noite, vi *Edmée Boissard* voltar a Nitry[5] da casa de sua tia, a mãe *Berthier*. Ela me arrebatou. Mas foi antes ternura do que desejo o que ela me inspirou. Ela tinha entre dezesseis e dezessete anos."

Toda a continuação desses *addenda* é digna de ser reproduzida. Essas páginas pouco conhecidas não formam somente um complemento precioso a *Monsieur Nicolas*, elas indicam o quanto de autobiografia entra no *Anti-Justine*. Até esse detalhe íntimo, congenial na criança, vício de conformação no homem, que reclama às vezes a intervenção do cirurgião, a fimose, é mencionado.

Em 1798, quando escreveu o *Anti-Justine*, Restif, nascido em 23 de outubro de 1734 em Sacy, no atual cantão de Vermenton, tinha 64 anos, e, ao ler esse volume, tem-se a impressão de que o fetichismo e a idade se somaram para induzir sua publicação. Essas virilidades monstruosas, esses assaltos repetidos, precedidos ou seguidos de carícias particulares, que sempre interessaram a Restif; não será a ocasião de lembrar o belo motejo do mais espirituoso de nossos panfletários, réplica divertida a outro mais conhecido: "A língua foi dada ao homem para disfarçar sua impotência"? Tudo isso trai sem piedade a idade do escritor. Percebe-se menos o ator que age do

---

5. Nitry, cantão de Noyers (Yonne).

que o ancião cuja devassidão tornou-se totalmente cerebral e que busca satisfazer, no papel, sentidos embotados por um uso que, talvez, fora excessivo.

Neste simpósio de devassos e devassas pouco delicados, ele acreditou dever acrescentar sob formas variadas o medíocre manjar do incesto, enquanto que, reiteradamente, resolvia o caso de seu indigno genro, o senhor Augé, do qual oferece o retrato sob o anagrama transparente de Guaé.

Naturalmente, fiel à mania cara às pessoas da época, ele não deixou de misturar a filosofia e a moral num assunto onde elas não tinham nada a fazer, proclamando com serenidade, no curto prefácio de que é precedido seu livro, o fim moral que perseguia, excelente ocasião para esmagar com injúrias seu velho inimigo, o marquês, ou mais exatamente o conde, de Sade.

"Ninguém ficou mais indignado do que eu", Restif faz com que Linguet – que, aliás, chamava-se Simon-Nicolas-Henri e não Jean-Pierre – escreva, "com as obras do infame de Sade, que li em minha prisão. Esse celerado só apresenta as delícias do amor acompanhadas de tormentos, inclusive da morte. Meu objetivo é escrever um livro mais saboroso do que os dele e que as esposas poderão ler a seus maridos; um livro onde os sentidos falarão ao coração, onde a libertinagem nada tenha de cruel para o sexo das graças, onde o amor, reconduzido à natureza, isento de escrúpulos e de preconceitos, só apresente imagens risonhas e voluptuosas."[6]

---

6. *As Revivescências: histórias refeitas segundo uma outra hipótese. As Póstumas: cartas recebidas após a morte do marido pela mulher, que o crê em Florença.* Por Feu Cazotte, quarta parte. Impresso em Paris, em casa. Vende-se no estabelecimento de Duchène, livreiro, rua dos Grands-Augustins. 1802; in-12, de 335 páginas, mais 43 páginas não numeradas. – Feu (em francês: finado) Cazotte! Mais uma atribuição fantasista, não buscando, aliás, enganar quem quer que seja.

O autor de *Justine* não tinha, segundo o que afirmava, um objetivo menos moral quando dedicava, nestes termos, seu romance a sua *boa amiga*:

"Sim, Constance, é a ti que dedico esta obra. Ao mesmo tempo exemplo e honra do seu sexo, reunindo na alma mais sensível o espírito mais justo e o mais esclarecido, é apenas a ti que cabe conhecer a doçura das lágrimas que a virtude infeliz faz verter. Abominando os sofismas da libertinagem e da irreligião, combatendo-os sem cessar com tuas ações e teus discursos, não temo de tua parte o que o tipo de personagem criado nessas memórias tornou necessário; o cinismo de certos esboços (suavizados, entretanto, tanto quanto pude) não te horrorizará demasiado; é o vício que, gemendo por ter sido desmascarado, grita escândalo logo que é atacado. O processo contra o *Tartufo* foi feito por hipócritas, o de *Justine* será obra de libertinos. Eu os temo pouco: meus motivos, desvendados por ti, não serão desaprovados. Tua opinião basta à minha glória, e eu devo, após ter-te agradado, ou agradar universalmente, ou consolar-me de todas as censuras..." [7]

Ele não agradou universalmente, não sendo sem dúvida para todos o "divino marquês". E, não se consolando de todas as censuras, acabou por protestar com veemência contra a paternidade dessa *Justine* que ninguém jamais ousou contestar-lhe.

Quanto ao "infame de Sade", trata-se de uma troca de amenidades que não deve surpreender, se nos lembrarmos dos dois esboços bastante descorteses com que o conde de Sade respondeu à *Noite* que Restif lhe consagrou. Comumente as pessoas não se amam quando trabalham no mesmo domínio; ao contrário da música, a concorrência não suaviza os costumes.

---

7. *Justine, ou as infelicidades da virtude*. Na Holanda, pelos Livreiros Associados, 1791; 2 volumes in-8.

"R... inunda o público, precisa de uma prensa à cabeceira de sua cama; felizmente só ela gemerá com suas *terríveis produções*. Um estilo baixo e rasteiro, aventuras repugnantes, sempre executadas na pior companhia. Nenhum outro mérito, enfim, senão o de uma prolixidade que somente os mercadores de pimenta agradecerão".[8]

"Não se tem o direito de escrever mal quando se pode dizer tudo o que se quer. Se, como R..., tu só escreves *o que todo o mundo sabe*; se tu, como ele, nos desse quatro volumes por mês, não vale a pena tomar a pluma. Ninguém te constrange à tua profissão, mas, se tu a empreenderes, exerce-a bem. Sobretudo não a adotes como um socorro à tua existência; teu trabalho se ressentiria de tuas necessidades, tu lhe transmitirias tua fraqueza, ele teria a palidez da fome. Outras profissões apresentam-se a ti; faze sapatos, e não escrevas livros. Não te estimaremos menos por isso, e, como tu não nos aborrecerás, talvez te amemos mais."[9]

A idéia de atribuir o *Anti-Justine* a Linguet, polemista impetuoso cujo *Relatório sobre a Bastilha* tende mais ao panfleto do que à história, pode parecer bizarra e constitui uma clamorosa inabilidade aos olhos de quem quer que tenha o menor cuidado com datas. Linguet, jornalista mais do que advogado, condenado pelo tribunal revolucionário, foi guilhotinado no dia 9 de *messidor* do ano II (27 de junho de 1794) e morreu com coragem após ter buscado, na ausência do confessor que lhe havia sido recusado, um encorajamento supremo na leitura de uma

---

8. *Nota sobre os romances* (Coleção L&PM Pocket no livro intitulado *Os Crimes do Amor e A arte de escrever ao gosto do público*, de Marquês de Sade, 2000.), por D. A. F. de Sade, publicada com prefácio, notas e documentos inéditos por Octave Uzanne. Paris, Rouveyre, 1878; in-12, p. 31.

9. Ibidem.

página de Sêneca. Portanto, ele não teria podido, em um prefácio datado de 2 do *floreal* do ano II (21 de abril), falar da *Filosofia na Alcova*, publicada somente em 1795 com a rubrica de Londres.

Foi portanto quase uma tolice, unida a uma má ação, essa atribuição que sujava não apenas a memória de um morto, mas também a das mulheres de sua família.

Quanto à "Teoria da Libertinagem", é preciso sem dúvida compreender *Os cento e vinte dias de Sodoma, ou a escola da libertinagem*, da qual – por mais detestável que ela parecesse – pouco se podia dizer senão por ouvir dizer, pois a obra, cujo manuscrito existia, permaneceu inédita até 1904.

O *Anti-Justine, ou as delícias do amor* apareceu "no Palais-Royal na loja da finada Viúva Girouard" em 1798 e consistia em um volume in-12 dividido em duas partes, uma absoluta raridade. A Biblioteca Nacional possui um único exemplar completo, proveniente da biblioteca do conde de la Bédoyère. Ele foi recomposto, e suas folhas, cuidadosamente remarginadas, foram coladas sobre papel de formato in-8. A obra contém 252 páginas, a primeira parte terminando na página 204 e a segunda, que começa na página 207, detendo-se bruscamente na página 252, no começo de uma frase.

Estamos, portanto, distantes das cinco ou seis partes com que o romance, originalmente, devia contar.

Duas folhas (p. 145-180), unidas à primeira parte, são formadas por provas corrigidas pela própria mão de Restif. As folhas não numeradas 195 a 200 contêm a descrição de trinta e oito das sessenta figuras que deviam ilustrar a obra. Dois desenhos originais a nanquim, de aparência sádica, ilustram a primeira parte, enquanto que à segunda foi acrescida uma figura de Binet, estranha ao assunto.

No verso da folha de rosto lê-se esta interessante nota manuscrita:

"Essa obra extremamente licenciosa é de Restif de la Bretonne, e esse exemplar, talvez único, é precioso pelo que contém dos desenhos originais e pelas duas provas corrigidas pela própria mão do autor."

"O senhor de Palmézeaux (o cavaleiro de Cubières), editor de uma *História das campanhas de Maria, ou episódios da vida de uma bela mulher*, obra póstuma de Restif de la Bretonne, em 3 volumes in-12, anuncia, na página 36 do primeiro volume, que Restif de la Bretonne compusera uma *Anti-Justine*, mas que sua intenção fora a de não imprimi-la, e de suprimi-la."

O anúncio não é, entretanto, exato, e a existência desse exemplar é sua prova. A obra, na verdade, não é completa, mas parece mais ou menos certo, segundo as investigações que foram feitas a respeito do assunto, que da *Anti-Justine* só foi impresso o que este volume contém.

Sabe-se que o próprio Restif de la Bretonne imprimiu muitas de suas obras, e provavelmente esta é uma delas[10].

Deste exemplar foi tirada a cópia que permitiu a Poulet-Malassis fazer em 1864 em Bruxelas, sem indicação de lugar, uma boa reimpressão do *Anti-Justine*, in-12, de VII-260 páginas, ornada com seis bonitas figuras livres.

Reedições posteriores, truncadas ou cheias de erros, não merecem ser mencionadas.

Outro exemplar da edição original da *Anti-Justine* existia na coleção do senhor Armand Cigongnes, e após ter sua venda anunciada foi adquirido pelo duque d'Aumale, que não demorou a cedê-lo ao colecionador Henckey, para quem o erotismo era uma especialidade. Seu último paradeiro foi a América.

---

10. Cf. *O Inferno da Biblioteca Nacional*. Paris, Mercure de France, 1913; in-8, p. 236.

Para vomitar as torpezas com que a imaginação desregrada e doentia do velho Restif sonhava, no ambiente dos fundos de uma loja, e expulsar os miasmas pestilentos que exalam, com um sarro enjoativo de carne no cio e de baixos perfumes, as masmorras onde trabalham, manietadas, as infelizes do estupro, escancaremos as janelas e olhemos ao longe, ao largo. Peçamos emprestado a Laurent Tailhade esse final maravilhoso, com o qual, da prisão da Santé, onde expiava a eloquência e a clarividência de seu verbo, ele concluía a bela introdução que, em um estilo de púrpura e ouro, ele escrevera para este romance de origem inglesa, copioso em imbecilidades, a *Ginecocracia*:

"A terra é verde como uma jovem esperança. No céu azul passam grandes nuvens de rolas. Eflúvios de mel impregnam o ar mais doce. As moças de quinze anos penduram em suas cabeleiras ramalhetes de lilases. No cercado tenebroso onde a erva faz aos mortos uma mortalha de esmeraldas, os casais ingênuos beijam-se em plena boca."

É *A Caverna* de Platão: os que não puderam encontrar o campo de seu desejo, a gleba hospitaleira de alegria e beleza, selam no mais tépido das noites os estigmas derrisórios de seus trabalhos perdidos; mas, longe dos acorrentados e dos amortalhados, banhado pelos clarões e tremores da aurora, de pé sobre o cume virgiliano das colinas, tomado de orgulho, de harmonia e de luz, um pastor árcade canta para o sol que se levanta: "Tu sorris sobre tumbas, imortal Amor!" [11]

Réplica, esse "pastor árcade", de um dos mais belos sonetos do Mestre em sua inencontrável *Dezena de So-*

---

11. *A Ginecocracia, ou o domínio da mulher*, por Jacques Desroix, precedido por um *Estudo sobre o masoquismo na história e nas tradições*, por Laurent Tailhade. Paris, Carrington, 1913, in-8, p. 85-86.

netos[12], pérola de um incomparável oriente que, desde então, os *Poemas Elegíacos* recolheram e engastaram.

Felizmente, nem sempre essas cavernas foram as únicas, para Restif, capazes de iluminar o claro raio da aurora. Se nos reportarmos a *Monsieur Nicolas* e a seus complementos, houve, no início, na falta do idílio, a pastoral. E pode parecer pelo menos curioso que o rapazinho simplório e Marie Fouard, sempre guardando seus rebanhos, preludiavam, como Dafne e Cloé, os jogos do amor, nessas páginas pouco conhecidas uma reminiscência vívida do romance de Longus.

Licenion chamava-se Marguerite Miné, e, ainda que mais sábio do que Dafne, o pastor, "aprendiz alegre e bem disposto", tinha a mesma necessidade de lição amorosa, "implorando de mãos juntas que ela lhe mostrasse essa doce profissão", e de que o pusessem "no caminho que ele buscara até então[13]".

Só que a própria Marie Fouard-Cloé é que havia provocado a lição, e, escondida, havia assistido a ela, antes de recolher, sem gritar nem chorar, os frutos dessa iniciação.

---

12. *Uma dezena de Sonetos*. Paris, A. Lemerre, 1882, in-8. Impressos 25 exemplares, que não foram postos à venda.

13. *Dafne e Cloé*, livro terceiro.

Coleção **L&PM** POCKET (LANÇAMENTOS MAIS RECENTES)

172. **Lucíola** – José de Alencar
173. **Antígona** – Sófocles – trad. Donaldo Schüler
174. **Otelo** – William Shakespeare
175. **Antologia** – Gregório de Matos
176. **A liberdade de imprensa** – Karl Marx
177. **Casa de pensão** – Aluísio Azevedo
178. **São Manuel Bueno, Mártir** – Unamuno
179. **Primaveras** – Casimiro de Abreu
180. **O noviço** – Martins Pena
181. **O sertanejo** – José de Alencar
182. **Eurico, o presbítero** – Alexandre Herculano
183. **O signo dos quatro** – Conan Doyle
184. **Sete anos no Tibet** – Heinrich Harrer
185. **Vagamundo** – Eduardo Galeano
186. **De repente acidentes** – Carl Solomon
187. **As minas de Salomão** – Rider Haggar
188. **Uivo** – Allen Ginsberg
189. **A ciclista solitária** – Conan Doyle
190. **Os seis bustos de Napoleão** – Conan Doyle
191. **Cortejo do divino** – Nelida Piñon
194. **Os crimes do amor** – Marquês de Sade
195. **Besame Mucho** – Mário Prata
196. **Tuareg** – Alberto Vázquez-Figueroa
197. **O longo adeus** – Raymond Chandler
199. **Notas de um velho safado** – C. Bukowski
200. **111 ais** – Dalton Trevisan
201. **O nariz** – Nicolai Gogol
202. **O capote** – Nicolai Gogol
203. **Macbeth** – William Shakespeare
204. **Heráclito** – Donaldo Schüler
205. **Você deve desistir, Osvaldo** – Cyro Martins
206. **Memórias de Garibaldi** – A. Dumas
207. **A arte da guerra** – Sun Tzu
208. **Fragmentos** – Caio Fernando Abreu
209. **Festa no castelo** – Moacyr Scliar
210. **O grande deflorador** – Dalton Trevisan
212. **Homem do princípio ao fim** – Millôr Fernandes
213. **Aline e seus dois namorados** – A. Iturrusgarai
214. **A juba do leão** – Sir Arthur Conan Doyle
215. **Assassino metido a esperto** – R. Chandler
216. **Confissões de um comedor de ópio** – T.De Quincey
217. **Os sofrimentos do jovem Werther** – Goethe
218. **Fedra** – Racine / Trad. Millôr Fernandes
219. **O vampiro de Sussex** – Conan Doyle
220. **Sonho de uma noite de verão** – Shakespeare
221. **Dias e noites de amor e de guerra** – Galeano
222. **O Profeta** – Khalil Gibran
223. **Flávia, cabeça, tronco e membros** – M. Fernandes
224. **Guia da ópera** – Jeanne Suhamy
225. **Macário** – Álvares de Azevedo
226. **Etiqueta na prática** – Celia Ribeiro
227. **Manifesto do partido comunista** – Marx & Engels
228. **Poemas** – Millôr Fernandes
229. **Um inimigo do povo** – Henrik Ibsen
230. **O paraíso destruído** – Frei B. de las Casas
231. **O gato no escuro** – Josué Guimarães
232. **O mágico de Oz** – L. Frank Baum
233. **Armas no Cyrano's** – Raymond Chandler
234. **Max e os felinos** – Moacyr Scliar
235. **Nos céus de Paris** – Alcy Cheuiche
236. **Os bandoleiros** – Schiller
237. **A primeira coisa que eu botei na boca** – Deonísio da Silva
238. **As aventuras de Simbad, o marújo**
239. **O retrato de Dorian Gray** – Oscar Wilde
240. **A carteira de meu tio** – J. Manuel de Macedo
241. **A luneta mágica** – J. Manuel de Macedo
242. **A metamorfose** – Kafka
243. **A flecha de ouro** – Joseph Conrad
244. **A ilha do tesouro** – R. L. Stevenson
245. **Marx - Vida & Obra** – José A. Giannotti
246. **Gênesis**
247. **Unidos para sempre** – Ruth Rendell
248. **A arte de amar** – Ovídio
249. **O sono eterno** – Raymond Chandler
250. **Novas receitas do Anonymus Gourmet** – J.A.P.M.
251. **A nova catacumba** – Arthur Conan Doyle
252. **Dr. Negro** – Arthur Conan Doyle
253. **Os voluntários** – Moacyr Scliar
254. **A bela adormecida** – Irmãos Grimm
255. **O príncipe sapo** – Irmãos Grimm
256. **Confissões e Memórias** – H. Heine
257. **Viva o Alegrete** – Sergio Faraco
258. **Vou estar esperando** – R. Chandler
259. **A senhora Beate e seu filho** – Schnitzler
260. **O ovo apunhalado** – Caio Fernando Abreu
261. **O ciclo das águas** – Moacyr Scliar
262. **Millôr Definitivo** – Millôr Fernandes
264. **Viagem ao centro da Terra** – Júlio Verne
265. **A dama do lago** – Raymond Chandler
266. **Caninos brancos** – Jack London
267. **O médico e o monstro** – R. L. Stevenson
268. **A tempestade** – William Shakespeare
269. **Assassinatos na rua Morgue** – E. Allan Poe
270. **99 corruíras nanicas** – Dalton Trevisan
271. **Broquéis** – Cruz e Sousa
272. **Mês de cães danados** – Moacyr Scliar
273. **Anarquistas – vol. 1 – A idéia** – G. Woodcock
274. **Anarquistas – vol. 2 – O movimento** – G.Woodcock
275. **Pai e filho, filho e pai** – Moacyr Scliar
276. **As aventuras de Tom Sawyer** – Mark Twain
277. **Muito barulho por nada** – W. Shakespeare
278. **Elogio da loucura** – Erasmo
279. **Autobiografia de Alice B. Toklas** – G. Stein
280. **O chamado da floresta** – J. London
281. **Uma agulha para o diabo** – Ruth Rendell
282. **Verdes vales do fim do mundo** – A. Bivar
283. **Ovelhas negras** – Caio Fernando Abreu
284. **O fantasma de Canterville** – O. Wilde
285. **Receitas de Yayá Ribeiro** – Celia Ribeiro
286. **A galinha degolada** – H. Quiroga
287. **O último adeus de Sherlock Holmes** – A. Conan Doyle
288. **A. Gourmet em Histórias de cama & mesa** – J. A. Pinheiro Machado
289. **Topless** – Martha Medeiros
290. **Mais receitas do Anonymus Gourmet** – J. A. Pinheiro Machado
291. **Origens do discurso democrático** – D. Schüler
292. **Humor politicamente incorreto** – Nani

293. O teatro do bem e do mal – E. Galeano
294. Garibaldi & Manoela – J. Guimarães
295. 10 dias que abalaram o mundo – John Reed
296. Numa fria – Charles Bukowski
297. Poesia de Florbela Espanca vol. 1
298. Poesia de Florbela Espanca vol. 2
299. Escreva certo – E. Oliveira e M. E. Bernd
300. O vermelho e o negro – Stendhal
301. Ecce homo – Friedrich Nietzsche
302. (7). Comer bem, sem culpa – Dr. Fernando Lucchese, A. Gourmet e Iotti
303. O livro de Cesário Verde – Cesário Verde
305. 100 receitas de macarrão – S. Lancellotti
306. 160 receitas de molhos – S. Lancellotti
307. 100 receitas light – H. e Â. Tonetto
308. 100 receitas de sobremesas – Celia Ribeiro
309. Mais de 100 dicas de churrasco – Leon Diziekaniak
310. 100 receitas de acompanhamentos – C. Cabeda
311. Honra ou vendetta – S. Lancellotti
312. A alma do homem sob o socialismo – Oscar Wilde
313. Tudo sobre Yôga – Mestre De Rose
314. Os varões assinalados – Tabajara Ruas
315. Édipo em Colono – Sófocles
316. Lisístrata – Aristófanes / trad. Millôr
317. Sonhos de Bunker Hill – John Fante
318. Os deuses de Raquel – Moacyr Sclair
319. O colosso de Marússia – Henry Miller
320. As eruditas – Molière / trad. Millôr
321. Radicci 1 – Iotti
322. Os Sete contra Tebas – Ésquilo
323. Brasil Terra à vista – Eduardo Bueno
324. Radicci 2 – Iotti
325. Júlio César – William Shakespeare
326. A carta de Pero Vaz de Caminha
327. Cozinha Clássica – Sílvio Lancellotti
328. Madame Bovary – Gustave Flaubert
329. Dicionário do viajante insólito – M. Sclair
330. O capitão saiu para o almoço... – Bukowski
331. A carta roubada – Edgar Allan Poe
332. É tarde para saber – Josué Guimarães
333. O livro de bolso da Astrologia – Maggy Harrisonx e Mellina Li
334. 1933 foi um ano ruim – John Fante
335. 100 receitas de arroz – Aninha Comas
336. Guia prático do Português correto – vol. 1 – Cláudio Moreno
337. Bartleby, o escriturário – H. Melville
338. Enterrem meu coração na curva do rio – Dee Brown
339. Um conto de Natal – Charles Dickens
340. Cozinha sem segredos – J. A. P. Machado
341. A dama das Camélias – A. Dumas Filho
342. Alimentação saudável – H. e Â. Tonetto
343. Continhos galantes – Dalton Trevisan
344. A Divina Comédia – Dante Alighieri
345. A Dupla Sertanojo – Santiago
346. Cavalos do amanhecer – Mario Arregui
347. Biografia de Vincent van Gogh por sua cunhada – Jo van Gogh-Bonger
348. Radicci 3 – Iotti
349. Nada de novo no front – E. M. Remarque
350. A hora dos assassinos – Henry Miller
351. Flush - Memórias de um cão – Virginia Woolf
352. A guerra no Bom Fim – M. Sclair
353. (1). O caso Saint-Fiacre – Simenon
354. (2). Morte na alta sociedade – Simenon
355. (3). O cão amarelo – Simenon
356. (4). Maigret e o homem do banco – Simenon
357. As uvas e o vento – Pablo Neruda
358. On the road – Jack Kerouac
359. O coração amarelo – Pablo Neruda
360. Livro das perguntas – Pablo Neruda
361. Noite de Reis – William Shakespeare
362. Manual de Ecologia – vol.1 – J. Lutzenberger
363. O mais longo dos dias – Cornelius Ryan
364. Foi bom prá você? – Nani
365. Crepusculário – Pablo Neruda
366. A comédia dos erros – Shakespeare
367. (5). A primeira investigação de Maigret – Simenon
368. (6). As férias de Maigret – Simenon
369. Mate-me por favor (vol.1) – L. McNeil
370. Mate-me por favor (vol.2) – L. McNeil
371. Carta ao pai – Kafka
372. Os vagabundos iluminados – J. Kerouac
373. (7). O enforcado – Simenon
374. (8). A fúria de Maigret – Simenon
375. Vargas, uma biografia política – H. Silva
376. Poesia reunida (vol.1) – A. R. de Sant'Anna
377. Poesia reunida (vol.2) – A. R. de Sant'Anna
378. Alice no país do espelho – Lewis Carroll
379. Residência na Terra 1 – Pablo Neruda
380. Residência na Terra 2 – Pablo Neruda
381. Terceira Residência – Pablo Neruda
382. O delírio amoroso – Bocage
383. Futebol ao sol e à sombra – E. Galeano
384. (9). O porto das brumas – Simenon
385. (10). Maigret e seu morto – Simenon
386. Radicci 4 – Iotti
387. Boas maneiras & sucesso nos negócios – Celia Ribeiro
388. Uma história Farroupilha – M. Sclair
389. Na mesa ninguém envelhece – J. A. P. Machado
390. 200 receitas inéditas do Anonymus Gourmet – J. A. Pinheiro Machado
391. Guia prático do Português correto – vol.2 – Cláudio Moreno
392. Breviário das terras do Brasil – Assis Brasil
393. Cantos Cerimoniais – Pablo Neruda
394. Jardim de Inverno – Pablo Neruda
395. Antonio e Cleópatra – William Shakespeare
396. Tróia – Cláudio Moreno
397. Meu tio matou um cara – Jorge Furtado
398. O anatomista – Federico Andahazi
399. As viagens de Gulliver – Jonathan Swift
400. Dom Quixote – (v. 1) – Miguel de Cervantes
401. Dom Quixote – (v. 2) – Miguel de Cervantes
402. Sozinho no Pólo Norte – Thomaz Brandolin
403. Matadouro 5 – Kurt Vonnegut
404. Delta de Vênus – Anaïs Nin
405. O melhor de Hagar – Dik Browne
406. É grave Doutor? – Nani
407. Orai pornô – Nani
408. (11). Maigret em Nova York – Simenon
409. (12). O assassino sem rosto – Simenon
410. (13). O mistério das jóias roubadas – Simenon
411. A irmãzinha – Raymond Chandler
412. Três contos – Gustave Flaubert

413. **De ratos e homens** – John Steinbeck
414. **Lazarilho de Tormes** – Anônimo do séc. XVI
415. **Triângulo das águas** – Caio Fernando Abreu
416. **100 receitas de carnes** – Sílvio Lancellotti
417. **Histórias de robôs**: vol. 1 – org. Isaac Asimov
418. **Histórias de robôs**: vol. 2 – org. Isaac Asimov
419. **Histórias de robôs**: vol. 3 – org. Isaac Asimov
420. **O país dos centauros** – Tabajara Ruas
421. **A república de Anita** – Tabajara Ruas
422. **A carga dos lanceiros** – Tabajara Ruas
423. **Um amigo de Kafka** – Isaac Singer
424. **As alegres matronas de Windsor** – Shakespeare
425. **Amor e exílio** – Isaac Bashevis Singer
426. **Use & abuse do seu signo** – Marília Fiorillo e Marylou Simonsen
427. **Pigmaleão** – Bernard Shaw
428. **As fenícias** – Eurípides
429. **Everest** – Thomaz Brandolin
430. **A arte de furtar** – Anônimo do séc. XVI
431. **Billy Bud** – Herman Melville
432. **A rosa separada** – Pablo Neruda
433. **Elegia** – Pablo Neruda
434. **A garota de Cassidy** – David Goodis
435. **Como fazer a guerra: máximas de Napoleão** – Balzac
436. **Poemas escolhidos** – Emily Dickinson
437. **Gracias por el fuego** – Mario Benedetti
438. **O sofá** – Crébillon Fils
439. **O "Martín Fierro"** – Jorge Luis Borges
440. **Trabalhos de amor perdidos** – W. Shakespeare
441. **O melhor de Hagar 3** – Dik Browne
442. **Os Maias (volume1)** – Eça de Queiroz
443. **Os Maias (volume2)** – Eça de Queiroz
444. **Anti-Justine** – Restif de La Bretonne
445. **Juventude** – Joseph Conrad
446. **Contos** – Eça de Queiroz
447. **Janela para a morte** – Raymond Chandler
448. **Um amor de Swann** – Marcel Proust
449. **À paz perpétua** – Immanuel Kant
450. **A conquista do México** – Hernan Cortez
451. **Defeitos escolhidos e 2000** – Pablo Neruda
452. **O casamento do céu e do inferno** – William Blake
453. **A primeira viagem ao redor do mundo** – Antonio Pigafetta
454(14). **Uma sombra na janela** – Simenon
455(15). **A noite da encruzilhada** – Simenon
456(16). **A velha senhora** – Simenon
457. **Sartre** – Annie Cohen-Solal
458. **Discurso do método** – René Descartes
459. **Garfield em grande forma (1)** – Jim Davis
460. **Garfield está de dieta (2)** – Jim Davis
461. **O livro das feras** – Patricia Highsmith
462. **Viajante solitário** – Jack Kerouac
463. **Auto da barca do inferno** – Gil Vicente
464. **O livro vermelho dos pensamentos de Millôr** – Millôr Fernandes
465. **O livro dos abraços** – Eduardo Galeano
466. **Voltaremos!** – José Antonio Pinheiro Machado
467. **Rango** – Edgar Vasques
468(8). **Dieta mediterrânea** – Dr. Fernando Lucchese e José Antonio Pinheiro Machado
469. **Radicci 5** – Iotti
470. **Pequenos pássaros** – Anaïs Nin
471. **Guia prático do Português correto – vol.3** – Cláudio Moreno
472. **Atire no pianista** – David Goodis
473. **Antologia Poética** – García Lorca
474. **Alexandre e César** – Plutarco
475. **Uma espiã na casa do amor** – Anaïs Nin
476. **A gorda do Tiki Bar** – Dalton Trevisan
477. **Garfield um gato de peso (3)** – Jim Davis
478. **Canibais** – David Coimbra
479. **A arte de escrever** – Arthur Schopenhauer
480. **Pinóquio** – Carlo Collodi
481. **Misto-quente** – Charles Bukowski
482. **A lua na sarjeta** – David Goodis
483. **O melhor do Recruta Zero (1)** – Mort Walker
484. **Aline 2** – Adão Iturrusgarai
485. **Sermões do Padre Antonio Vieira**
486. **Garfield numa boa (4)** – Jim Davis
487. **Mensagem** – Fernando Pessoa
488. **Vendeta** seguido de **A paz conjugal** – Balzac
489. **Poemas de Alberto Caeiro** – Fernando Pessoa
490. **Ferragus** – Honoré de Balzac
491. **A duquesa de Langeais** – Honoré de Balzac
492. **A menina dos olhos de ouro** – Honoré de Balzac
493. **O lírio do vale** – Honoré de Balzac
494(17). **A barcaça da morte** – Simenon
495(18). **As testemunhas rebeldes** – Simenon
496(19). **Um engano de Maigret** – Simenon
497(1). **A noite das bruxas** – Agatha Christie
498(2). **Um passe de mágica** – Agatha Christie
499(3). **Nêmesis** – Agatha Christie
500. **Esboço para uma teoria das emoções** – Sartre
501. **Renda básica de cidadania** – Eduardo Suplicy
502(1). **Pílulas para viver melhor** – Dr. Lucchese
503(2). **Pílulas para prolongar a juventude** – Dr. Lucchese
504(3). **Desembarcando o diabetes** – Dr. Lucchese
505(4). **Desembarcando o sedentarismo** – Dr. Fernando Lucchese e Cláudio Castro
506(5). **Desembarcando a hipertensão** – Dr. Lucchese
507(6). **Desembarcando o colesterol** – Dr. Fernando Lucchese e Fernanda Lucchese
508. **Estudos de mulher** – Balzac
509. **O terceiro tira** – Flann O'Brien
510. **100 receitas de aves e ovos** – J. A. P. Machado
511. **Garfield em toneladas de diversão (5)** – Jim Davis
512. **Trem-bala** – Martha Medeiros
513. **Os cães ladram** – Truman Capote
514. **O Kama Sutra de Vatsyayana**
515. **O crime do Padre Amaro** – Eça de Queiroz
516. **Odes de Ricardo Reis** – Fernando Pessoa
517. **O inverno da nossa desesperança** – Steinbeck
518. **Piratas do Tietê (1)** – Laerte
519. **Rê Bordosa: do começo ao fim** – Angeli
520. **O Harlem é escuro** – Chester Himes
521. **Café-da-manhã dos campeões** – Kurt Vonnegut
522. **Eugénie Grandet** – Balzac
523. **O último magnata** – F. Scott Fitzgerald
524. **Carol** – Patricia Highsmith
525. **100 receitas de patisserie** – Sílvio Lancellotti
526. **O fator humano** – Graham Greene
527. **Tristessa** – Jack Kerouac
528. **O diamante do tamanho do Ritz** – S. Fitzgerald
529. **As melhores histórias de Sherlock Holmes** – Arthur Conan Doyle
530. **Cartas a um jovem poeta** – Rilke
531(20). **Memórias de Maigret** – Simenon

532(4). O misterioso sr. Quin – Agatha Christie
533. Os analectos – Confúcio
534(21). Maigret e os homens de bem – Simenon
535(22). O medo de Maigret – Simenon
536. Ascensão e queda de César Birotteau – Balzac
537. Sexta-feira negra – David Goodis
538. Ora bolas – O humor de Mario Quintana – Juarez Fonseca
539. Longe daqui para mesmo – Antonio Bivar
540(5). É fácil matar – Agatha Christie
541. O pai Goriot – Balzac
542. Brasil, um país do futuro – Stefan Zweig
543. O processo – Kafka
544. O melhor de Hagar 4 – Dik Browne
545(6). Por que não pediram a Evans? – Agatha Christie
546. Fanny Hill – John Cleland
547. O gato por dentro – William S. Burroughs
548. Sobre a brevidade da vida – Sêneca
549. Geraldão (1) – Glauco
550. Piratas do Tietê (2) – Laerte
551. Pagando o pato – Ciça
552. Garfield de bom humor (6) – Jim Davis
553. Conhece o Mário? vol.1 – Santiago
554. Radicci 6 – Iotti
555. Os subterrâneos – Jack Kerouac
556(1). Balzac – François Taillandier
557(2). Modigliani – Christian Parisot
558(3). Kafka – Gérard-Georges Lemaire
559(4). Júlio César – Joël Schmidt
560. Receitas da família – J. A. Pinheiro Machado
561. Boas maneiras à mesa – Celia Ribeiro
562(9). Filhos sadios, pais felizes – R. Pagnoncelli
563(10). Fatos & mitos – Dr. Fernando Lucchese
564. Ménage à trois – Paula Taitelbaum
565. Mulheres! – David Coimbra
566. Poemas de Álvaro de Campos – Fernando Pessoa
567. Medo e outras histórias – Stefan Zweig
568. Snoopy e sua turma (1) – Schulz
569. Piadas para sempre (1) – Visconde da Casa Verde
570. O alvo móvel – Ross Macdonald
571. O melhor do Recruta Zero (2) – Mort Walker
572. Um sonho americano – Norman Mailer
573. Os broncos também amam – Angeli
574. Crônica de um amor louco – Bukowski
575(5). Freud – René Major e Chantal Talagrand
576(6). Picasso – Gilles Plazy
577(7). Gandhi – Christine Jordis
578. A tumba – H. P. Lovecraft
579. O príncipe e o mendigo – Mark Twain
580. Garfield, um charme de gato (7) – Jim Davis
581. Ilusões perdidas – Balzac
582. Esplendores e misérias das cortesãs – Balzac
583. Walter Ego – Angeli
584. Striptiras (1) – Laerte
585. Fagundes: um puxa-saco de mão cheia – Laerte
586. Depois do último trem – Josué Guimarães
587. Ricardo III – Shakespeare
588. Dona Anja – Josué Guimarães
589. 24 horas na vida de uma mulher – Stefan Zweig
590. O terceiro homem – Graham Greene
591. Mulher no escuro – Dashiell Hammett
592. No que acredito – Bertrand Russell
593. Odisséia (1): Telemaquia – Homero
594. O cavalo cego – Josué Guimarães
595. Henrique V – Shakespeare
596. Fabulário geral do delírio cotidiano – Bukowski
597. Tiros na noite 1: A mulher do bandido – Dashiell Hammett
598. Snoopy em Feliz Dia dos Namorados! (2) – Schulz
599. Mas não se matam cavalos? – Horace McCoy
600. Crime e castigo – Dostoiévski
601(7). Mistério no Caribe – Agatha Christie
602. Odisséia (2): Regresso – Homero
603. Piadas para sempre (2) – Visconde da Casa Verde
604. À sombra do vulcão – Malcolm Lowry
605(8). Kerouac – Yves Buin
606. E agora são cinzas – Angeli
607. As mil e uma noites – Paulo Caruso
608. Um assassino entre nós – Ruth Rendell
609. Crack-up – F. Scott Fitzgerald
610. Do amor – Stendhal
611. Cartas do Yage – William Burroughs e Allen Ginsberg
612. Striptiras (2) – Laerte
613. Henry & June – Anaïs Nin
614. A piscina mortal – Ross Macdonald
615. Geraldão (2) – Glauco
616. Tempo de delicadeza – A. R. de Sant'Anna
617. Tiros na noite 2: Medo de tiro – Dashiell Hammett
618. Snoopy em Assim é a vida, Charlie Brown! (3) – Schulz
619. 1954 – Um tiro no coração – Hélio Silva
620. Sobre a inspiração poética (Íon) e ... – Platão
621. Garfield e seus amigos (8) – Jim Davis
622. Odisséia (3): Ítaca – Homero
623. A louca matança – Chester Himes
624. Factótum – Charles Bukowski
625. Guerra e Paz: volume 1 – Tolstói
626. Guerra e Paz: volume 2 – Tolstói
627. Guerra e Paz: volume 3 – Tolstói
628. Guerra e Paz: volume 4 – Tolstói
629(9). Shakespeare – Claude Mourthé
630. Bem está o que bem acaba – Shakespeare
631. O contrato social – Rousseau
632. Geração Beat – Jack Kerouac
633. Snoopy: É Natal! (4) – Charles Schulz
634(10). Testemunha da acusação – Agatha Christie
635. Um elefante no caos – Millôr Fernandes
636. Guia de leitura (100 autores que você precisa ler) – Organização de Léa Masina
637. Pistoleiros também mandam flores – David Coimbra
638. O prazer das palavras – vol. 1 – Cláudio Moreno
639. O prazer das palavras – vol. 2 – Cláudio Moreno
640. Novíssimo testamento: com Deus e o diabo, a dupla da criação – Iotti
641. Literatura Brasileira: modos de usar – Luís Augusto Fischer
642. Dicionário de Porto-Alegrês – Luís A. Fischer
643. Clô Dias & Noites – Sérgio Jockymann
644. Memorial de Isla Negra – Pablo Neruda
645. Um homem extraordinário e outras histórias – Tchékhov
646. Ana sem terra – Alcy Cheuiche
647. Adultérios – Woody Allen
648. Para sempre ou nunca mais – R. Chandler
649. Nosso homem em Havana – Graham Greene

650. **Dicionário Caldas Aulete de Bolso**
651. **Snoopy: Posso fazer uma pergunta, professora? (5)** – Charles Schulz
652.(10).**Luís XVI** – Bernard Vincent
653. **O mercador de Veneza** – Shakespeare
654. **Cancioneiro** – Fernando Pessoa
655. **Non-Stop** – Martha Medeiros
656. **Carpinteiros, levantem bem alto a cumeeira & Seymour, uma apresentação** – J.D.Salinger
657. **Ensaios céticos** – Bertrand Russell
658. **O melhor de Hagar 5** – Dik Browne
659. **Primeiro amor** – Ivan Turguêniev
660. **A trégua** – Mario Benedetti
661. **Um parque de diversões da cabeça** – Lawrence Ferlinghetti
662. **Aprendendo a viver** – Sêneca
663. **Garfield, um gato em apuros (9)** – Jim Davis
664. **Dilbert 1** – Scott Adams
665. **Dicionário de dificuldades** – Domingos Paschoal Cegalla
666. **A imaginação** – Jean-Paul Sartre
667. **O ladrão e os cães** – Naguib Mahfuz
668. **Gramática do português contemporâneo** – Celso Cunha
669. **A volta do parafuso** *seguido de* **Daisy Miller** – Henry James
670. **Notas do subsolo** – Dostoiévski
671. **Abobrinhas da Brasilônia** – Glauco
672. **Geraldão (3)** – Glauco
673. **Piadas para sempre (3)** – Visconde da Casa Verde
674. **Duas viagens ao Brasil** – Hans Staden
675. **Bandeira de bolso** – Manuel Bandeira
676. **A arte da guerra** – Maquiavel
677. **Além do bem e do mal** – Nietzsche
678. **O coronel Chabert** *seguido de* **A mulher abandonada** – Balzac
679. **O sorriso de marfim** – Ross Macdonald
680. **100 receitas de pescados** – Sílvio Lancellotti
681. **O juiz e seu carrasco** – Friedrich Dürrenmatt
682. **Noites brancas** – Dostoiévski
683. **Quadras ao gosto popular** – Fernando Pessoa
684. **Romanceiro da Inconfidência** – Cecília Meireles
685. **Kaos** – Millôr Fernandes
686. **A pele de onagro** – Balzac
687. **As ligações perigosas** – Choderlos de Laclos
688. **Dicionário de matemática** – Luiz Fernandes Cardoso
689. **Os Lusíadas** – Luís Vaz de Camões
690.(11).**Átila** – Éric Deschodt
691. **Um jeito tranqüilo de matar** – Chester Himes
692. **A felicidade conjugal** *seguido de* **O diabo** – Tolstói
693. **Viagem de um naturalista ao redor do mundo** – vol. 1 – Charles Darwin
694. **Viagem de um naturalista ao redor do mundo** – vol. 2 – Charles Darwin
695. **Memórias da casa dos mortos** – Dostoiévski
696. **A Celestina** – Fernando de Rojas
697. **Snoopy: Como você é azarado, Charlie Brown! (6)** – Charles Schulz
698. **Dez (quase) amores** – Claudia Tajes
699.(9).**Poirot sempre espera** – Agatha Christie
700. **Cecília de bolso** – Cecília Meireles
701. **Apologia de Sócrates** *precedido de* **Êutifron** e *seguido de* **Críton** – Platão
702. **Wood & Stock** – Angeli
703. **Striptiras (3)** – Laerte
704. **Discurso sobre a origem e os fundamentos da desigualdade entre os homens** – Rousseau
705. **Os duelistas** – Joseph Conrad
706. **Dilbert (2)** – Scott Adams
707. **Viver e escrever** (vol. 1) – Edla van Steen
708. **Viver e escrever** (vol. 2) – Edla van Steen
709. **Viver e escrever** (vol. 3) – Edla van Steen
710.(10).**A teia da aranha** – Agatha Christie
711. **O banquete** – Platão
712. **Os belos e malditos** – F. Scott Fitzgerald
713. **Libelo contra a arte moderna** – Salvador Dalí
714. **Akropolis** – Valerio Massimo Manfredi
715. **Devoradores de mortos** – Michael Crichton
716. **Sob o sol da Toscana** – Frances Mayes
717. **Batom na cueca** – Nani
718. **Vida dura** – Claudia Tajes
719. **Carne trêmula** – Ruth Rendell
720. **Cris, a fera** – David Coimbra
721. **O anticristo** – Nietzsche
722. **Como um romance** – Daniel Pennac
723. **Emboscada no Forte Bragg** – Tom Wolfe
724. **Assédio sexual** – Michael Crichton
725. **O espírito do Zen** – Alan W.Watts
726. **Um bonde chamado desejo** – Tennessee Williams
727. **Como gostais** *seguido de* **Conto de inverno** – Shakespeare
728. **Tratado sobre a tolerância** – Voltaire
729. **Snoopy: Doces ou travessuras? (7)** – Charles Schulz
730. **Cardápios do Anonymus Gourmet** – J.A. Pinheiro Machado
731. **100 receitas com lata** – J.A. Pinheiro Machado
732. **Conhece o Mário?** vol.2 – Santiago
733. **Dilbert (3)** – Scott Adams
734. **História de um louco amor** *seguido de* **Passado amor** – Horacio Quiroga
735.(11).**Sexo: muito prazer** – Laura Meyer da Silva
736.(12).**Para entender o adolescente** – Dr. Ronald Pagnoncelli
737.(13).**Desembarcando a tristeza** – Dr. Fernando Lucchese
739. **A última legião** – Valerio Massimo Manfredi
740. **As virgens suicidas** – Jeffrey Eugenides
741. **Sol nascente** – Michael Crichton
742. **Duzentos ladrões** – Dalton Trevisan
743. **Os devaneios do caminhante solitário** – Rousseau
744. **Garfield, o rei da preguiça (10)** – Jim Davis
745. **Os magnatas** – Charles R. Morris
746. **Pulp** – Charles Bukowski
747. **Enquanto agonizo** – William Faulkner
748. **Aline: viciada em sexo (3)** – Adão Iturrusgarai
749. **A dama do cachorrinho** – Anton Tchékhov
750. **Tito Andrônico** – Shakespeare
751. **Antologia poética** – Anna Akhmátova
752. **O melhor de Hagar 6** – Dik e Chris Browne
753.(12).**Michelangelo** – Nadine Sautel
754. **Dilbert (4)** – Scott Adams
755. **O jardim das cerejeiras** *seguido de* **Tio Vânia** – Tchékhov
756. **Geração Beat** – Claudio Willer
757. **Santos Dumont** – Alcy Cheuiche
758. **Budismo** – Claude B. Levenson

759. **Cleópatra** – Christian-Georges Schwentzel
760. **Revolução Francesa** – Frédéric Bluche, Stéphane Rials e Jean Tulard
761. **A crise de 1929** – Bernard Gazier
762. **Sigmund Freud** – Edson Sousa e Paulo Endo
763. **Império Romano** – Patrick Le Roux
764. **Cruzadas** – Cécile Morrisson
765. **O mistério do Trem Azul** – Agatha Christie
766. **Os escrúpulos de Maigret** – Simenon
767. **Maigret se diverte** – Simenon
768. **Senso comum** – Thomas Paine
769. **O parque dos dinossauros** – Michael Crichton
770. **Trilogia da paixão** – Goethe
771. **A simples arte de matar (vol.1)** – R. Chandler
772. **A simples arte de matar (vol.2)** – R. Chandler
773. **Snoopy: No mundo da lua! (8)** – Charles Schulz
774. **Os Quatro Grandes** – Agatha Christie
775. **Um brinde de cianureto** – Agatha Christie
776. **Súplicas atendidas** – Truman Capote
777. **Ainda restam aveleiras** – Simenon
778. **Maigret e o ladrão preguiçoso** – Simenon
779. **A viúva imortal** – Millôr Fernandes
780. **Cabala** – Roland Goetschel
781. **Capitalismo** – Claude Jessua
782. **Mitologia grega** – Pierre Grimal
783. **Economia: 100 palavras-chave** – Jean-Paul Betbèze
784. **Marxismo** – Henri Lefebvre
785. **Punição para a inocência** – Agatha Christie
786. **A extravagância do morto** – Agatha Christie
787.(13).**Cézanne** – Bernard Fauconnier
788. **A identidade Bourne** – Robert Ludlum
789. **Da tranquilidade da alma** – Sêneca
790. **Um artista da fome** seguido de **Na colônia penal e outras histórias** – Kafka
791. **Histórias de fantasmas** – Charles Dickens
792. **A louca de Maigret** – Simenon
793. **O amigo de infância de Maigret** – Simenon
794. **O revólver de Maigret** – Simenon
795. **A fuga do sr. Monde** – Simenon
796. **O Uraguai** – Basílio da Gama
797. **A mão misteriosa** – Agatha Christie
798. **Testemunha ocular do crime** – Agatha Christie
799. **Crepúsculo dos ídolos** – Friedrich Nietzsche
800. **Maigret e o negociante de vinhos** – Simenon
801. **Maigret e o mendigo** – Simenon
802. **O grande golpe** – Dashiell Hammett
803. **Humor barra pesada** – Nani
804. **Vinho** – Jean-François Gautier
805. **Egito Antigo** – Sophie Desplancques
806.(14).**Baudelaire** – Jean-Baptiste Baronian
807. **Caminho da sabedoria, caminho da paz** – Dalai Lama e Felizitas von Schönborn
808. **Senhor e servo e outras histórias** – Tolstói
809. **Os cadernos de Malte Laurids Brigge** – Rilke
810. **Dilbert (5)** – Scott Adams
811. **Big Sur** – Jack Kerouac
812. **Seguindo a correnteza** – Agatha Christie
813. **O álibi** – Sandra Brown
814. **Montanha-russa** – Martha Medeiros
815. **Coisas da vida** – Martha Medeiros
816. **A cantada infalível** seguido de **A mulher do centroavante** – David Coimbra
817. **Maigret e os crimes do cais** – Simenon
818. **Sinal vermelho** – Simenon
819. **Snoopy: Pausa para a soneca (9)** – Charles Schulz
820. **De pernas pro ar** – Eduardo Galeano
821. **Tragédias gregas** – Pascal Thiercy
822. **Existencialismo** – Jacques Colette
823. **Nietzsche** – Jean Granier
824. **Amar ou depender?** – Walter Riso
825. **Darmapada: A doutrina budista em versos**
826. **J'Accuse...! – a verdade em marcha** – Zola
827. **Os crimes ABC** – Agatha Christie
828. **Um gato entre os pombos** – Agatha Christie
829. **Maigret e o sumiço do sr. Charles** – Simenon
830. **Maigret e a morte do jogador** – Simenon
831. **Dicionário de teatro** – Luiz Paulo Vasconcellos
832. **Cartas extraviadas** – Martha Medeiros
833. **A longa viagem de prazer** – J. J. Morosoli
834. **Receitas fáceis** – J. A. Pinheiro Machado
835. **Mais fatos e mitos** – Dr. Fernando Lucchese
836. **Boa viagem!** – Dr. Fernando Lucchese
837. **Aline: Finalmente nua!!! (4)** – Adão Iturrusgarai
838. **Mônica tem uma novidade!** – Mauricio de Sousa
839. **Cebolinha em apuros!** – Mauricio de Sousa
840. **Sócios no crime** – Agatha Christie
841. **Bocas do tempo** – Eduardo Galeano
842. **Orgulho e preconceito** – Jane Austen
843. **Impressionismo** – Dominique Lobstein
844. **Escrita chinesa** – Viviane Alleton
845. **Paris: uma história** – Yvan Combeau
846.(15).**Van Gogh** – David Haziot
847. **Maigret e o corpo sem cabeça** – Simenon
848. **Portal do destino** – Agatha Christie
849. **O futuro de uma ilusão** – Freud
850. **O mal-estar na cultura** – Freud
851. **Maigret e o matador** – Simenon
852. **Maigret e o fantasma** – Simenon
853. **Um crime adormecido** – Agatha Christie
854. **Satori em Paris** – Jack Kerouac
855. **Medo e delírio em Las Vegas** – Hunter Thompson
856. **Um negócio fracassado e outros contos de humor** – Tchékhov
857. **Mônica está de férias!** – Mauricio de Sousa
858. **De quem é esse coelho?** – Mauricio de Sousa
859. **O burgomestre de Furnes** – Simenon
860. **O mistério Sittaford** – Agatha Christie
861. **Manhã transfigurada** – Luiz Antonio de Assis Brasil
862. **Alexandre, o Grande** – Pierre Briant
863. **Jesus** – Charles Perrot
864. **Islã** – Paul Balta
865. **Guerra da Secessão** – Farid Ameur
866. **Um rio que vem da Grécia** – Cláudio Moreno
867. **Maigret e os colegas americanos** – Simenon
868. **Assassinato na casa do pastor** – Agatha Christie
869. **Manual do líder** – Napoleão Bonaparte
870. **Billie Holiday** – Sylvia Fol
871. **Bidu arrasando!** – Mauricio de Sousa
872. **Desventuras em família** – Mauricio de Sousa
873. **Liberty Bar** – Simenon
874. **E no final a morte** – Agatha Christie
875. **Guia prático do Português correto – vol. 4** – Cláudio Moreno
876. **Dilbert (6)** – Scott Adams
877. **Leonardo da Vinci** – Sophie Chauveau
878. **Bella Toscana** – Frances Mayes

ENCYCLOPAEDIA é a nova série da Coleção **L&PM** POCKET, que traz livros de referência com conteúdo acessível, útil e na medida certa. São temas universais, escritos por especialistas de forma compreensível e descomplicada.

PRIMEIROS LANÇAMENTOS: **Acupuntura**, Madeleine Fiévet-Izard, Madeleine J. Guillaume e Jean-Claude de Tymowski – **Alexandre, o Grande**, Pierre Briant – **Budismo**, Claude B. Levenson – **Cabala**, Roland Goetschel – **Capitalismo**, Claude Jessua – **Cleópatra**, Christian-Georges Schwentzel **A crise de 1929**, Bernard Gazier – **Cruzadas**, Cécile Morrisson – **Economia: 100 palavras-chave**, Jean-Paul Betbèze – **Egito Antigo**, Sophie Desplancques – **Escrita chinesa**, Viviane Alleton – **Existencialismo**, Jacques Colette – **Geração Beat**, Claudio Willer – **Guerra da Secessão**, Farid Ameur **Império Romano**, Patrick Le Roux – **Impressionismo**, Dominique Lobstein **Islã**, Paul Balta – **Jesus**, Charles Perrot – **Marxismo**, Henri Lefebvre – **Mitologia grega**, Pierre Grimal – **Nietzsche**, Jean Granier – **Paris: uma história**, Yvan Combeau – **Revolução Francesa**, Frédéric Bluche, Stéphane Rials e Jean Tulard – **Santos Dumont**, Alcy Cheuiche – **Sigmund Freud**, Edson Sousa e Paulo Endo – **Tragédias gregas**, Pascal Thiercy – **Vinho**, Jean-François Gautier

L&PM POCKET **ENCYCLOPAEDIA**

IMPRESSÃO:

Santa Maria - RS - Fone/Fax: (55) 3220.4500
www.pallotti.com.br